トッケビ梅雨時《つゆどき》商店街

ユ・ヨングァン

岩井理子 訳

静山社

誰《だれ》かが暗雲の中にいる時はその人の虹《にじ》になってあげましょう
——マヤ・アンジェロウ(詩人)

装画／いとうあつき
装丁／城所潤(JUN KIDOKORO DESIGN)

プロローグ

ザザー……ザーザー
「また壊《こわ》れた」

セリンは、今ではめったにお目にかかれそうにない古いラジオをいじくり回し、あげくにバシッと音が出るほどどたたいた。

「太平洋高気圧《たいへいようこうきあつ》の影響《えいきょう》により、来週から全国的に雨が降《ふ》る見こみ……」

どういう理屈《りくつ》で直ったのかは分からないが、とにかくラジオからはお天気キャスターの声が聞こえてきた。

セリンは、壊《こわ》れかけのラジオをうっかり落としそうになった。

待ちに待った梅雨《つゆ》が、ついにやってくるのだ。

雨が降《ふ》れば梅雨時《つゆどき》商店街、「不幸を売ることのできる店」がオープンする。

目次

不思議なうわさ

レインボータウンに存在《そんざい》する、とある廃墟《はいきょ》。

いつのころからか、この廃墟《はいきょ》についておかしなうわさが流れ始めた。自分の「身の上話」を手紙に書いてそこに送ると、不思議なチケットが家に届《とど》くと言う。うわさの続きはさらに突拍《とっぴょう》子《し》もなくて、梅雨《つゆ》入《い》りの日にチケットを持ってその廃墟《はいきょ》へ行けば、人生を望むがままに変えられると言うのだ。

「あり得《え》ない」

「今どき、そんなの信じる人なんていないでしょ」

最初は、誰《だれ》かがおもしろ半分に語った作り話のように思われた。しかし、うわさには足でもついていたのか、そこら中を駆《か》け巡《めぐ》り、そしてだんだんと内容《ないよう》にも尾《お》ひれがついていく。

あちこちから聞こえてくるうわさは、細かい部分に違《ちが》いはあっても共通点があった。

「ホントだって。この目で見たんだから」

廃墟《はいきょ》に行ったと主張《しゅちょう》する人たちは、人間に似《に》ているけれど決して人間ではない、自らをトッケビ（訳者注：妖怪［ようかい］、ゴブリンのような存在［そんざい］）と称《しょう》する者たちがいたと声をそろえる。そして全員が口裏《くちうら》を合わせたかのように、トッケビが集まって暮《く》らす、人の目に触《ふ》れることのない神秘的《しんぴてき》な場所に行ってきたと話すのだった。

「ご冗談《じょうだん》を」

もちろん、誰《だれ》だってそんなあやしいうわさを簡単《かんたん》に信じたりはしない。でも、セリンのように強く興味《きょうみ》を示《しめ》す人もやはり少なくはなかった。トッケビだとか不可思議《ふかしぎ》なチケットだとか、そんな単語が出てくるとたいていの人は鼻で笑ったが、セリンは、食事中に動かしていた手を止めてしまうぐらい、そのうわさに惹《ひ》かれた。そして今、予約までして借りた『トッケビの店の秘密《ひみつ》～梅雨時《つゆどき》商店街』という本を、図書館のすみでながめているのだった。

その本は表紙からして普通《ふつう》と違《ちが》っていて、見るからに出版社《しゅっぱんしゃ》が力を入れた感じがする。光の当たり方や目線の角度によって色が変わって見える、特殊《とくしゅ》な紙が使われていた。セリンはしばらくの間、表紙をすみからすみまでながめていた。「ついにうわさの真相が明らかになる」というキャッチフレーズは見る人の心をとらえ、「ベストセラー」の文字も目を引く。セリンのように読書とは縁遠《えんどお》い人間でさえ、目の前にこの本があれば手に取ってしまうだろう。

その証拠《しょうこ》に、出版《しゅっぱん》されたばかりの本なのに、すでに多くの人が触《ふ》れた痕跡《こんせき》がある。セリンは浮《う》き立《た》つ心を落ち着かせつつ、そっと表紙をめくった。

「う、何これ？」

表紙のすぐ裏《うら》には、不自然な笑《え》みを浮《う》かべる著者《ちょしゃ》の顔写真があったが、誰《だれ》かが太い油性《ゆせい》ペンでメガネを描《か》き足《た》し、何本かの歯を黒く塗《ぬ》っていたため、もともとの顔がよく分からなくなっていた。

本文のほうも似《に》たようなもので、いろいろな落書きに、電話番号や銀行の口座番号《こうざばんごう》などの走り書きがされている。鉛筆《えんぴつ》で引かれた傍線《ぼうせん》などはその中でもマシなほうで、ところどころに黄色く固まった何かがくっついていたりもした。セリンは、とにかく大事なのは中身なんだからと自分をなだめながら、付着物を頑張《がんば》って見ないようにした。

幸い本の内容《ないよう》は冒頭《ぼうとう》からおもしろかった。まず著者《ちょしゃ》がどうしてトッケビの暮《く》らす街に行くことになったのかが簡単《かんたん》に書かれていた。本人は恥《は》ずべき過去《かこ》の持ち主で、刑務所《けいむしょ》に出たり入ったりを繰《く》り返《かえ》していた時期があり、希望も何もない人生を送っていたそうだ。

「あたしと同じくらいかわいそう」

著者《ちょしゃ》は出所後に真人間になろうと固く決心したものの、どうしても仕事が見つからず、身も心も弱ってしまったことを淡々《たんたん》と打ち明けている。

そんな時にたまたま、求人案内をチェックしようと拾った新聞で、「あなたの身の上話を書いて送ってください」という変わった広告《こうこく》を見たのだと言う。その後、恨《うら》めしい気持ちを吐露《とろ》するかのように、身の上話を殴《なぐ》り書《が》きして広告主《こうこくぬし》に送ったところ、驚《おどろ》いたことにチケットが送られてきて、不思議な街へ招待《しょうたい》されたとのこと。

「あたしにもチケットが届《とど》くかな？」

セリンは、著者《ちょしゃ》の状況《じょうきょう》と今の自分を比《くら》べようとしたけれど、優劣《ゆうれつ》をつけるのは難《むずか》しいし、そもそも考えても分からなさそうだったので、やめておいた。

半分くらい読み進めるまでは、あっという間だった。章ごとに、著者《ちょしゃ》が出会ったトッケビの特徴《とくちょう》や、そのトッケビたちが構《かま》える店のだいたいの規模《きぼ》などが書かれていた。地図までついていて、まるで観光地のガイドブックのようだ。もしここに行くことになったなら、絶対《ぜったい》に必要だと思わせるほどきちんとした地図だった。しかし、そこでセリンの集中力がいったん途切《とぎ》れた。穏《おだ》やかな午後で、睡魔《すいま》が襲《おそ》ってきたせいだ。セリンは、こらえきれずにあくびをした。

「ふわぁ……」

本も後半になると、著者《ちょしゃ》がどんな人生を選び、実際《じっさい》にどう幸せをつかんだのかが詳《くわ》しく語られ始める。望んだのは有名な作家になることであり、『トッケビの店の秘密《ひみつ》』の原稿《げんこう》を書き上げてからほどなくして大手出版社《おおてしゅっぱんしゃ》との契約《けいやく》に至《いた》ったそうだ。その結果は、さきほど表紙で確認《かくにん》したとおりである。本文はここまでだったが、最後の最後に変わった付録がついていた。

「そうそう、これ」

　この付録こそ、セリンが最も関心を抱《いだ》いていたことであり、本を借りた理由でもある。セリンは眠気《ねむけ》が飛んだ気がした。

　付録に詳《くわ》しく記されていたのは、トッケビの街に身の上話を送る時のヒント集。そこへ行ったことのある人たちに取材し、本人の経験《けいけん》も交えてまとめたもので、信じるに値《あたい》する内容《ないよう》であると自信たっぷりに紹介《しょうかい》されていた。

「ペンはどこだっけ？」

　セリンは手紙を送る際《さい》の注意事項《ちゅういじこう》と参考になりそうなポイントを小さな手帳に書き写した。

　それによると、無理に話を盛《も》って長々とつづるよりも、自分が今置かれた状況《じょうきょう》を、ありのまま正直に書くのがベストだそうだ。「信じられないかもしれないが、トッケビは人間の本心を見《み》抜《ぬ》けるのでウソは必ずバレる」と警告《けいこく》っぽく書かれていた。また、重要なのは文章のうまいへタではなく、その人がどんな状況《じょうきょう》に置かれているかであると、複数《ふくすう》の根拠《こんきょ》を挙げながら論理的《ろんりてき》に説明されていた。

「これって、信じていいモノ？」

　著者《ちょしゃ》は次のような言葉で本を締《し》めくくっている。「自分は、何もかも投げ出したかった状況《じょうきょう》からトッケビの店を通じて人生を逆転《ぎゃくてん》させた。もしこの本の読者で、困難《こんなん》な状況《じょうきょう》に置かれている人がいるのなら、チャレンジしてみてほしい」と。


セリンは教室に戻《もど》ったが、授業《じゅぎょう》にはまったく集中できなかった。

先生が一年中着ている、生活韓服《せいかつハンボク》（訳者注：伝統的［でんとうてき］な民族衣装［いしょう］である韓服を日常的［にちじょうてき］に着られるようデザインした服）の脇《わき》に穴《あな》が開いていたせいでは、決してない。薄《うす》くなった頭頂部《とうちょうぶ》を隠《かく》すために横からなでつけている髪《かみ》の一部が乱《みだ》れてでろーんと垂《た》れているせいでもない。

昼休みに、給食も食べずに読んでいた本のせいである。

先生は、黒板をチョークで塗《ぬ》りつぶしてしまいそうな勢《いきお》いで、激《はげ》しくつばを飛ばしながら熱心に説明をしていたが、セリンはトッケビの店のことに全集中していた。

「トッケビなんてまさか」

セリンは頭を振《ふ》って考えるのをやめようとしたものの、雑念《ざつねん》を追《お》い払《はら》うどころか、先生の目に留《と》まってしまった。

「キム・セリン、授業《じゅぎょう》に集中しろ」

セリンはようやく先生が自分を見ていることに気づき、あわてて謝《あやま》る。

「すみません……」

先生は渋《しぶ》い表情《ひょうじょう》を浮《う》かべたが、すぐに乱《みだ》れた髪《かみ》を直し、金ぶちメガネの位置を整え、再《ふたた》び授《じゅ》業《ぎょう》を始めた。その後、板書中にチョークが立て続けに折れてしまったため、「最近の物は何もかもデキが悪い」と黒板のほうを向いたまま文句《もんく》を言い出した。

セリンは、それが自分のせいのように感じられ、顔を赤くしてうつむいてしまった。

何人かのクラスメイトがちらりとセリンのほうを見たが、それ以上、特に気にかける様子はなく、セリンのほうも、それをいつものこととして受け止めるだけだった。

家に帰ったセリンは、小さなスタンドの電気を点《つ》け、いつものように古いラジオのダイヤルをいじって好きな音楽番組に合わせた。

もともとはきれいな赤い色だったこのラジオ、月日が経《た》った今では洗《あら》い物用《ものよう》のゴム手袋《てぶくろ》みたいな色をしている。それでもきちんと聞こえていたのだが、さすがにそろそろ寿命《じゅみょう》なのか、最近は少し手をかけてやらないと音が出ないことが増《ふ》えてきた。

「最近、調子が悪いなあ」

それでも、この骨董品《こっとうひん》のようなラジオを捨《す》てられないのには訳《わけ》があった。

父親の唯一《ゆいいつ》の遺品《いひん》だからだ。

セリンには父親に関する思い出が一つもない。父親は、セリンが幼《おさな》いころに突然《とつぜん》の事故《じこ》でこの世を去ったためだ。母親は何度もこのラジオを捨《す》てようとしたが、娘《むすめ》のセリンが「あたしが使う」と譲《ゆず》らなかったので、そのとおりにしてやったのだった。

ラジオは、セリンにとって話し相手になってくれる唯一《ゆいいつ》の友達であり、心の隙間《すきま》を埋《う》めてくれるもう一人の家族でもあった。

夜十時になると、ラジオからはセリンが一番好きな番組のオープニング曲が流れてくる。

「こんばんは。今夜も皆《みな》さんの夜のお供《とも》に……」

ＤＪの声がいつもより低く、やわらかい。セリンは、普段《ふだん》ならもっと真面目に聞くところだが、今日はあまり集中できなかった。学校の帰りに買った便箋《びんせん》を机《つくえ》の上に出し、あごをついて考え事をしていたからだ。ペンをくるくる回しては机《つくえ》に落とす、その繰《く》り返《かえ》しだった。

「次は『身の上話を聞かせて』のコーナーです」

セリンには文章を書く才能《さいのう》があまりない。今、聞いているラジオ番組にも何度も投稿《とうこう》したものの、取り上げられたことはなく、「もしかして」が「やっぱり」に変わる経験《けいけん》を何度となくしているうちに、最初から送らないほうがいいと学んでしまった。

ぼんやりとラジオを聞いていたセリンだが、ついに意を決したように姿勢《しせい》を正した。

机《つくえ》の上のカレンダーに書き入れた丸印が、もうすぐテストがあることを教えてくれているが、今日だけは目をつぶり、身の上話を書くのに専念《せんねん》することにした。セリンは、昼休みに書き写した手帳のメモを見ながら記憶《きおく》をたどる。

「できるだけ正直に書け……だっけ？」

母親と二人暮《ふたりぐ》らしであること。もともと貧乏《びんぼう》なのに、火事のせいで今は日差しも入らない半地下の部屋に住んでいること。制服《せいふく》を買うお金がなくてお古で済《す》ませたこと。たった一人、妹がいたけれど、去年家を出てからは連絡《れんらく》が取れないこと。

セリンは、口にするのが恥《は》ずかしいことまで、思いつくままに書き出していった。

「今のお話は、本当に胸《むね》が痛《いた》みますね。でもあまりご自分を責《せ》めないでいただきたいです。これまで耐《た》えてきたことだけでも十分に頑張《がんば》っていらっしゃるから」

ラジオの声をＢＧＭに、自分の状況《じょうきょう》をスッキリするまで書き出しているうちに、もうすぐ夜明けという時間になっていた。セリンは何度も読み直してから手紙を封筒《ふうとう》に入れ、そして古い毛布《もうふ》の敷《し》かれた床《ゆか》に寝転《ねころ》がった。

横には、いつの間にか母親がいて、腰《こし》を伸《の》ばすこともできず丸まって眠《ねむ》っていた。食堂《しょくどう》での仕事が終わって帰ってきた母親は、娘《むすめ》の勉強の邪魔《じゃま》をしないようにと、そのまま眠《ねむ》ったようである。

セリンがイヤホンをつけたままラジオをたぐり寄《よ》せると、一番好きな歌が聞こえてきた。

『Tomorrow better than today（明日は今日よりいい日になる）』

聞くたびに一緒《いっしょ》に歌っていたので、今では前奏《ぜんそう》を聞いただけでつい口ずさんでしまう曲だ。

「It may feel like it's raining. But don't forget that there's always a silver lining in every cloud.（雨が降《ふ》っているように感じることでしょう。でも忘《わす》れないで。雨雲の後ろにはいつでも希望の光があるということを）」

セリンは心の中で歌いながら目を閉《と》じる。

甘《あま》いメロディーのためか、あるいはただ時間が遅《おそ》かったからか、セリンは枕《まくら》に頭を乗せると、すぐに深い眠《ねむ》りについた。

あやしい手紙

　セリンは、さほど期待していたわけではない。

　期待が大きければ失望も大きくなる。初めから、そこに行きたいというよりは、今の苦しい現実《げんじつ》から逃《のが》れる小さなきっかけにでもなれば、と何となく考えただけだった。

　もしかすると、うわさは本当なのか確《たし》かめてみたい気持ちもあったかもしれない。

「こんなものよね」

　中間テストで成績《せいせき》が少し下がってしまったが、セリンにとっては別にどうでもいいことだった。「今の自分に進学なんて贅沢《ぜいたく》すぎる」「お母さんだって特に何も言わないけれど、高校を卒業したら働いて家計を助けてほしいと考えているはず」と思っていた。

　学校が終わると、クラスメイトはそれぞれ塾《じゅく》に向かう。家に帰るだけのセリンとは、目的地が違《ちが》うだけでなく、方向まで正反対だった。

「ふう……」

セリンの足取りが重くなった。この先には、見るだけでため息が出そうな急な階段《かいだん》が延々《えんえん》と続いているのだ。雨や雪の日は、若《わか》い人でも転ばないようにと慎重《しんちょう》に歩かなければならず、夏ともなれば汗《あせ》ダラダラになる。セリンは、楽しくもない退屈《たいくつ》な学校生活もイヤだったが、家に帰る途中《とちゅう》にあるこの階段《かいだん》も同じくらいイヤだった。

「はあ、はあ……」

かなりの高層《こうそう》マンションと同じくらいの高さまで上がると、ようやく息をつける平地が現《あらわ》れる。

高い丘《おか》を削《けず》ってできた平らな場所には、グレーの家がごちゃごちゃと並《なら》んでいる。雨漏《あまも》りを防《ふせ》ぐために、屋根にオレンジ色のシートが掛《か》けられている家もぽつぽつあり、シートが風で飛ばされないよう重し代わりに古タイヤや割《わ》れた瓦《かわら》が乱雑《らんざつ》に載《の》せられていた。

多くの人が仕事に出ている午後だからか、行《い》き交《か》う人はほとんど見当たらず、目につくのは、まだ学校に通う年にもならない小さな子供《こども》たちだけだ。

「僕《ぼく》の番だよ！」

そばにある小さな空き地のようなスペースでは、薄着《うすぎ》の男の子たちが砂《すな》を集めて棒倒《ぼうたお》しをして遊んでいる。ガラクタが山のように積まれたリヤカーを引くおじいさんが近くを通ると、子《こ》供《ども》たちは鼻水を垂《た》らしたまま急いで駆《か》け寄《よ》っていった。その時に一人の男の子が転んで泣き出してしまった。

「こらこら、気をつけなさい」

風通しをよくするための穴《あな》が開いたベストに短い丈《たけ》のズボン姿《すがた》のおじいさんは目を細め、足元に寄《よ》ってきた子供《こども》たちを抱《だ》きしめてあげた。おじいさんは子供《こども》たちを「チビちゃんたち」と呼《よ》び、「危《あぶ》ないから離《はな》れて」と言うと、チビちゃんたちはリヤカーの後ろから、役にも立たない応援《おうえん》をするのだった。

セリンはリヤカーが通れるように道を譲《ゆず》ってあげてから、再《ふた》び歩き出した。

ニャア、ニャア
その時、どこからかネコの悲しげな鳴き声が聞こえてきた。

セリンがキョロキョロと見回すと、誰《だれ》も住んでいない空き家のそばに、ネコの姿《すがた》があった。

セリンはそっと近づいて声をかける。

「おなか空《す》いてるの？」

ネコは返事でもするかのように、もう一度長く鳴いた。

お小遣《こづか》いは昨日、便箋《びんせん》を買ってなくなっちゃったけれど、もしかしたら……と、セリンがポケットの中を探《さぐ》ったところ、幸いにも小銭《こぜに》が何枚《なんまい》か残っていた。

「これで買える物、何かあるかな」

セリンは小銭《こぜに》とネコを交互《こうご》に見てから、近くにある店に向かった。

何坪《なんつぼ》にもならないような広さの、こぢんまりした個人商店《こじんしょうてん》は、近所に住む老人たちのたまり場になっている。ブルーの看板《かんばん》には白い文字で「スーパーマーケット」と書かれていたはずだが、文字の一部が消えてしまい、看板《かんばん》の役目は果たせていないようだ。「タバコ」と表示《ひょうじ》されたステッカーもだいぶ色あせている。

店の主人のおばあさんは、商売には関心がないのか、店の前に置かれた台で花札に興《きょう》じる人たちに交ざっていた。ただ、自分はゲームに参加せず、マクワウリを食べながら隣《となり》のおばあさんにあれこれ口を挟《はさ》むだけだった。

おばあさんは、セリンが店の中に入るのを見ると重い腰《こし》を上げ、ウエストゴムのパンツを胸《むね》まで引《ひ》っ張《ぱ》り上《あ》げながら声をかけた。

「何を買いに来たの?」

「あの……ネコにあげられそうな物はありますか」

「ネコ?」

「はい」

「ここにはネコのエサなんかないよ」と言いたげだったが、セリンの真っすぐな目を見て、ためらったようだ。

「飼《か》いネコ？　それとも野良《のら》？」

「野良《のら》ネコです」

セリンは、すでに指ぐらいの太さのウインナーを手にしていた。

「ネコに人間の食べ物をむやみにあげちゃダメだよ。ちょっと待ってなさい」

おばあさんは器《うつわ》に盛《も》られていたマクワウリを何切れか、種を落としてから黒いビニール袋《ぶくろ》に入れてくれた。

「これをあげてごらん。ほかの物よりはいい」

セリンの暗い顔がぱっと明るくなった。

「ありがとうございます」

セリンはしつこいくらい何度もお礼を言って店を出た。おばあさんのほうも明るく笑って応《こた》えてくれたが、すぐにまた花札に口出しすべく戻《もど》っていった。

セリンは焦《あせ》る気持ちを抑《おさ》えられず、早歩きで向かった。自分が戻《もど》る前にネコがいなくなってしまうのではと思ったからだ。

しかし幸いなことに、それは要《い》らぬ心配だった。

小走りするセリンを見たネコは、さっきよりもさらに大きな声で鳴いた。

セリンはネコにビニール袋《ぶくろ》を見せ、それから袋《ふくろ》を開けてにおいをかがせた。ネコの耳がビニールのガサガサ音に敏感《びんかん》に反応《はんのう》する。セリンの本音としては、近寄《ちかよ》って自分の手から食べさせてやりたいところだったが、警戒心《けいかいしん》の強い野良《のら》ネコを怖《こわ》がらせてもいけないと思い、何歩か離《はな》れた所にしゃがんで、マクワウリを差し出した。

その様子を注意深く見ていたネコは、前足を出しては下がる、を何度か繰《く》り返《かえ》してから、ようやく出てきて、そしてマクワウリをくわえるとすぐ元の場所に戻《もど》っていった。

そのわずかの間に、セリンはネコのおなかが膨《ふく》れていることに気づいた。顔やほかの部分はみすぼらしかったので、太っているせいではないのだろう。

「おなかに赤ちゃんがいるのね」

セリンは、ネコがゴミ箱から腐《くさ》った物を食べたりしないといいなと思いつつ、ネコのいる所に手を伸《の》ばし、残ったマクワウリをビニール袋《ぶくろ》ごと置いた。本当なら連れ帰って飼《か》いたいくらいだが、母親が絶対《ぜったい》に許可《きょか》しないことも分かっていた。少しでもお金がかかることは、いつだって「ダメ」なのだ。

「元気な子ネコを産んでね」

セリンは後《うし》ろ髪《がみ》を引かれながら、そこを離《はな》れた。

セリン親子が住んでいるのは、古い多世帯住宅《たせたいじゅうたく》をリフォームした建物で、いわゆる「小部屋の村（訳者注：貧「まず」しい人々が住むエリアを指す）」にある。外壁《がいへき》には撤去予定《てっきょよてい》という文字が大きく書かれていて、それ以外にも、誰《だれ》と誰《だれ》が付き合っているとか恋人募集中《こいびとぼしゅうちゅう》とか、どうでもいい落書きも目につく。

セリンは見慣《みな》れた景色を通《とお》り過《す》ぎ、家に入ろうとしたところで足を止めた。普段《ふだん》はほとんど何も届《とど》かないポストに、よく目立つ赤い封筒《ふうとう》がささっていたからだ。

督促状《とくそくじょう》かと思っていったんは放置しようとしたものの、それならそれで誰《だれ》かに見られる前に回収《かいしゅう》しておいたほうがよさそうだと考え直した。

しかし取り出してみたところ、それは督促状《とくそくじょう》ではなかった。

表面には見たこともない変な記号が並《なら》んでいる。金色のワックスで封《ふう》がされていて、そこにはヨーロッパの王族が使っていそうな立派《りっぱ》な印章が押《お》されていた。

幸い、送り主のところは読める文字で書かれていた。

――梅雨時《つゆどき》商店街

宛《あ》て先《さき》の住所と名前はセリンで間違《まちが》いない。

セリンはうれしいような、どうしたらいいか分からないような気持ちで、手紙を持って暗い階段《かいだん》を下りていった。急に胸《むね》がドキドキしてくる。いつもより何倍も速く脈《みゃく》を打っているようだ。

そして家に入ると、靴《くつ》を脱《ぬ》ぐのもそこそこに、開けるのが惜《お》しいほど立派《りっぱ》な封印《ふういん》を破《やぶ》った。

中からは、万年筆で美しく書かれた文字が現《あらわ》れる。

お送りいただいた「身の上話」を拝読《はいどく》いたしました

私《わたし》どもは信用と誠実《せいじつ》をモットーとする

由緒《ゆいしょ》正しい店であり

ご来店いただいた方々には最高のサービスを

お約束いたします

毎年お送りくださる声援《せいえん》に感謝《かんしゃ》の意を表し

特別な提案《ていあん》をいたしたく存《ぞん》じます

貴方《あなた》の不幸を売りませんか？

その代わりとしてこちらの店で保管《ほかん》しているほかの幸福と
取《と》り換《か》えるチャンスを差し上げます

もし提案《ていあん》をお受けいただけるなら
同封《どうふう》したチケットを持ち　梅雨入《つゆい》りの日に
こちらまでお越《こ》しください

梅雨《つゆ》の間はゆっくりとご滞在《たいざい》いただけます
ご参考までに
宿泊《しゅくはく》や食事などにかかる費用《ひよう》は
こちらから提供《ていきょう》する分で十分にお支払《しはら》い可能《かのう》です

それでは近々お目にかかれますことを
——ただし滞在中《たいざいちゅう》にこちらで起きたことに関しては責任《せきにん》を負いかねます

セリンは驚《おどろ》いて、片手《かたて》で口を覆《おお》った。この手紙に書かれているとおり、小さなチケットも同封《どうふう》されている。それもワックスと同じように金色に輝《かがや》くチケットだ。

「チケットは金色だなんて書いてあったっけ?」

セリンは読んだ本の内容《ないよう》を思い出そうとしたが、適当《てきとう》に読み流した部分だったのか、あまり覚えていなかった。

「ま、いいや」

本気で期待していたわけでもなかったので、いざチケットを受け取ってみても実感が湧《わ》かなかった。一瞬《いっしゅん》、ほっぺたをつねってみようとしたが、赤い跡《あと》が残るだけだと思ってやめておいた。

ただ、最後の一文が少し引っかかる。

「こちらで起きたことに関しては責任《せきにん》を負いかねる?」

いつだったか、就職《しゅうしょく》をエサに人を集めて臓器売買《ぞうきばいばい》していたグループが検挙《けんきょ》されたという事件《じけん》があったことを思い出したのだ。また、部屋の壁紙《かべがみ》が剥《は》がれた所に貼《は》ってある古新聞の記事もちょうど目に入ってしまった。ある島で、数年にわたって奴隷《どれい》のように働かされ、奇跡的《きせきてき》に助けられたという人々の記事だ。

セリンは立ったり座《すわ》ったり、親指の爪《つめ》を噛《か》んだり、ただでさえ狭《せま》い部屋をうろうろしたりしたものの、結論《けつろん》は簡単《かんたん》には出なかった。

「あの本には本当だって書いてあった！」

セリンは正気を失った人のように誰《だれ》もいない部屋でひとり言をつぶやいたが、その時に手に力が入り、立派《りっぱ》なチケットを握《にぎ》りしめてしまった。少しクシャッとなったチケットを、部屋にある一番厚《あつ》い本に急いで挟《はさ》み、さらには教科書を何冊《なんさつ》か載《の》せた。

「もしかしたら、本当に人生を変えられるかもしれない」

セリンは窓《まど》とも言いづらいほど小さな窓《まど》のそばに近づいた。二十センチもない隙間《すきま》から見える空は、いつにも増《ま》して青い。

「梅雨《つゆ》はいつ始まるんだろう」

今はまだ春の真っただ中で、曇《くも》りの日も少ない。セリンには、ずっと先のことに思えた。

蒸《む》し暑《あつ》さ

「あら、セリンじゃない。どこか行くの？」

パーマをかけてきたばかりなのか、強くカールした髪《かみ》をいじりながら、近所の中年の女性《じょせい》が下校中のセリンに声をかけてきた。その女性《じょせい》は四十代半ばだろうか、見ているほうが苦しくなりそうな、紫色《むらさきいろ》のピチピチのTシャツを着ている。服の下に風船でも入れているかのようにおなかが膨《ふく》れ、パンツからは肉がはみ出ていた。

「テコンドー教室です」

セリンは、愛想笑《あいそわら》いもせずに短く答える。

女性《じょせい》はそれを意に介《かい》すこともなく、手でパタパタあおぎながら親しげに近づいてきた。

「この子ったら。今どき、誰《だれ》がテコンドーなんて習うの。何の役にも立たないのに。あれは小さい子が軽く体を動かすためにやる程度《ていど》のものでしょ。勉強しないといけない高校生がテコンドー？　それも女の子が？」

女性《じょせい》は、長ネギが飛び出したバッグを反対の肩《かた》に掛《か》け直《なお》した。

「女の子なら、おとなしく勉強して、いい相手を見つけて結婚《けっこん》するのが一番よ。あなたも幸せにならないと」

「はい。じゃ、練習に遅《おく》れちゃうので」

セリンは、太った女性《じょせい》にこれ以上話しかけられないよう、急ぎ足でその場を立ち去った。女性《じょ せい》はまだ何か言いたいことが残っていたようだが、やれやれと、同情《どうじょう》混《ま》じりの表情《ひょうじょう》を浮《う》かべるだけだった。

放課後、セリンは週に三回、テコンドー教室に通っている。セリンの予定と言えばそれだけだ。その教室は国の支援《しえん》を得《え》て運営《うんえい》しているため、月謝《げっしゃ》はもともと安かったが、セリンはそれすらも免除《めんじょ》されていた。

急いで行ったもののトレーニングはすでに始まっていて、体育館からは掛《か》け声《ごえ》が聞こえてくる。

「キム・セリン、また遅刻《ちこく》だぞ。気合いを入れてやろうか？」

テコンドー教室の若《わか》い師範《しはん》が、まったく怖《こわ》くない顔で、いたずらっぽく叱《しか》る。

「すみません」

セリンは、自分としては最も申《もう》し訳《わけ》なさそうな顔を見せ、何度か頭をかいた。そして、後《うし》ろ髪《がみ》がはねたまま更衣室《こういしつ》に急ぎ、道着に着替《きが》えた。

セリンはバタバタと更衣室《こういしつ》を出ようとしたが、少し立ち止まって鏡を見た。真っ白な道着姿《すがた》の自分は、どことなく堂々《どうどう》として見える。サイズが合わず、いかにもお下がりっぽい制服《せいふく》を着ている時とは別人のようだ。

道着の上から帯をギュッと締《し》めると、わずかに笑《え》みがこぼれる。今はまだ赤帯だが、もうすぐ行われる昇品審査《しんさ》に合格《ごうかく》すれば、黒帯と変わりない、赤と黒の帯をもらえるのだ。

セリンはもう一度、襟元《えりもと》を整えてから外へ出た。ちょうど師範《しはん》が今日の訓練について説明しているところだった。

「先週、言ったとおり、今日は実際《じっさい》に撃破《げきは》の訓練を行う。もちろん訓練用の板を使うから、そう緊張《きんちょう》しなくていい」

セリンはごくりと息をのんだ。この日をずっと待っていたのだ。

たまたまテレビで、テコンドーのデモンストレーションチームが順番に宙《ちゅう》がえりしながら板を割《わ》るところを見たことがあるのだが、その中に女子選手も交ざっていると知った時、セリンは胸《むね》がドキドキするのを止められなかった。

その時は、胸《むね》の奥《おく》から大きな波が押《お》し寄《よ》せてきたような感覚を味わった。そして、テコンドーについて調べ始めたところ、ほとんどお金がかからず学べるテコンドー教室が近くにあることを知り、すぐに申しこみをしたのだ。セリンが幸せを感じられた、数少ない瞬間《しゅんかん》だった。

師範《しはん》と何人かの男子生徒が撃破《げきは》の手本を見せてくれた。

「撃破《げきは》する時は、強く蹴《け》るよりも『できる』と信じることが大事だ」

テコンドーは武術《ぶじゅつ》である以前に心を鍛《きた》えるものだという師範《しはん》の言葉は、すでに耳にタコができるくらい聞いている。

撃破《げきは》の様子を見ていたセリンの顔が突然《とつぜん》、赤くなった。セリンが少し前から気になっている男子生徒が出てきたからだ。その生徒は力強い掛《か》け声《ごえ》とともに回《まわ》し蹴《げ》りで次々と板を真っ二つに割《わ》り、それを見ていたセリンやほかの生徒たちは、手が痛《いた》くなるほど拍手《はくしゅ》をした。

パチパチパチ
撃破《げきは》の実演《じつえん》が終わり、一人ずつ前に出て、手本で見た足蹴《あしげ》りを披露《ひろう》する。板にはもともと半分くらいヒビを入れてあり、ただ割《わ》るだけならば、それほど難《むずか》しいことではない。

いよいよセリンの番が回ってきた。

「準備《じゅんび》はいいか？」

手本を示《しめ》してくれたカッコいい男子生徒が、セリンの頭の高さまで薄《うす》い板を持ち上げ、目で合図を送る。セリンはゆっくりと深呼吸《しんこきゅう》をしてから、一番自信のある後《うし》ろ回《まわ》し蹴《げ》りの構《かま》えを整えた。

その瞬間《しゅんかん》、全員がセリンを見つめた。
セリンは、ごくりと音が出そうなほどつばをぐっと飲みこみ、思いきり体を回転させた。しかし緊張《きんちょう》のためか、あらぬ方向に蹴《け》りが入った。二度目のチャレンジでは、板ではなく、それを持つ男子生徒の手を蹴《け》り上《あ》げたうえに、カッコ悪くも尻《しり》もちまでついてしまった
周りからはどっと笑い声が起きた。師範《しはん》が「最初からうまくできる人はいないものだ」と、その場を鎮《しず》めようとしたが、笑い声はなかなかやまなかった。
その日、セリンは訓練が終わるまでずっとうつむいたままで、終わりのあいさつもそこそこに、カバンを持って逃《に》げ帰《かえ》るように教室を出てきてしまった。

もう夕方とは言え、外はまだ明るい。

「ホント、バカみたい」

セリンは何の罪《つみ》もない小石やたんぽぽを蹴《け》って八つ当たりした。

「イソギンチャク、ナマコ、ホヤ……」

なぜか食べたこともない海産物の名前が口からついて出る。セリンが何かを蹴《け》るたびに、ただでさえ汚《よご》れていた靴《くつ》は土がついて白っぽくなっていった。

「なんで自分には何の才能《さいのう》もないんだろ」

テコンドーは、夢《ゆめ》さえ自由に見られぬ貧《まず》しいセリンにとって、せめてもの希望であり、仲のいい友達が一人もいない学校生活を何とか耐《た》える力であった。デモンストレーションチームに入れたら海外で試演《しえん》もできるという話を聞いた日は、夜も眠《ねむ》れないくらいだった。

セリンは最後に、空《あ》き缶《かん》を思いきり、そして無駄《むだ》なくらい正確《せいかく》に蹴《け》った。空《あ》き缶《かん》は放物線を描《えが》いて飛んでいった。そしてセリンが頭を上げると、もう家の前の通りだ。

あたりには「撤去《てっきょ》に決死反対」と書かれたプラカードが何枚《なんまい》か増《ふ》えている。ここは再開発《さいかいはつ》が予定された地域《ちいき》で、住民は建物を明けわたさないといけないのだが、苦しい生活を送っている住民の引《ひ》っ越《こ》し先《さき》は当然のことながら見つからないためここに居座《いすわ》っていて、それで工事が延《の》びているのだという。セリンが住む家も、そのエリア内にあった。

最近になって、エリア内の住民が集団《しゅうだん》で頭を坊主《ぼうず》にしたことで、地域《ちいき》のメディアが放送機材を大量に抱《かか》えて取材に来たりもした。セリンは、住んでいる家さえ追い出されるかもしれないと思うと、帰り道の足取りも重くなるのだった。

その時、何か大きな音がして、セリンは我《われ》に返った。音は家に近づくにつれ大きくなる。スーパーのセールで使われるような拡声器《かくせいき》から、スローガンを叫《さけ》ぶ声や、時に罵声《ばせい》も混《ま》ざって聞こえてくる。デモはセリンの家から遠くない場所で行われていた。

集団《しゅうだん》は二つに分かれていたが、片方《かたほう》は「決死反対」と書かれた赤いはちまきをしており、もう片方《かたほう》は同じロゴが入った黒い服と帽子《ぼうし》を身に着けていた。お互《たが》いに拳《こぶし》を突《つ》きつけ合《あ》い、罵倒《ばとう》を浴びせ合っていて、今にもケンカに発展《はってん》しそうな雰囲気《ふんいき》だ。セリンにとっては、これまでにも何度か見たことのある光景だが、最近は激《はげ》しさを増《ま》している。

しばらくすると、サイレンが聞こえ、パトカーが何台か入っていくのが見えた。セリンは万が一にでもケンカに巻《ま》きこまれないよう、さっさと家の中に避難《ひなん》した。

家では母親が作業用のルーペグラスをかけて針仕事《はりしごと》をしていた。

「おかえり。ごはんにしましょ」

テーブルには、わずかばかりのおかずがすでに並《なら》んでいた。しかしセリンは気づかぬふりをして、

「おなか空《す》いてない」

と言って、まるで重い石を下ろすかのようにカバンを床《ゆか》に置き、ため息をついた。

「セリンったら、またダイエット?」

「違《ちが》うよ。あたしもう寝《ね》る」

セリンは着替《きが》えもせず、そのまま元気なく布団《ふとん》にもぐりこんだ。

「どうしたの。何かあった?」

セリンは、起きてはいたが、返事をしなかった。母親のほうも特に心配して尋《たず》ねたわけではなかったようで、せっせと針仕事《はりしごと》を続けた。母親が穴《あな》をふさいだ靴下《くつした》を置き、もう片方《かたほう》を手にした時だ。

「お母さん、向かいの家に住んでたデブでブスなおばさんがさ……」

「セリン、言葉遣《ことばづか》いには気をつけなさいと言ってるでしょ」

「本当のことじゃん」

本人に聞かれてもいいと思っているような口調だった。

「とにかく、そのおばさんがあたしにテコンドーをやるな、だって。何の役にも立たないからって。お母さんもそう思う?」

「何の役にも立たないものなんてないわ。どんなものだって、いつか何かの役に立つ」

「テコンドーなんてやめて勉強しようかな? あたしにできることって何だと思う?」

「そうねえ……。セリンなら何だってできるんじゃない?」

母親は針《はり》に糸を通そうとしながら答えてくれたが、セリンが話しかけるせいか、何度も失敗していた。

「お母さんって、あたしに関心ないよね」

セリンは寝返《ねがえ》りを打ち、母親に背《せ》を向けた。

「穴《あな》の開いた靴下《くつした》なんて、捨《す》てちゃえば？　今どき、そんなことまでする人なんていない。靴《くつ》下《した》くらい新しいのを買おうよ」

「捨《す》てて新しい物を買うのが一番とは限《かぎ》らないものよ」

いつもすっきりしない言い方ばかりの母親のことを、セリンは不満に思っていた。母親の手にある穴《あな》の開いた靴下《くつした》が、自分と重なって見えてくる。古くて、ボロくて、みすぼらしくて。捨《す》てられるなら今すぐにでも捨《す》てたかった。

そのまま眠《ねむ》りについたかのように見えたセリンだったが、突然《とつぜん》起き出して、本棚《ほんだな》から厚《あつ》い本を取り出した。

「もしも、なんだけど……」

何かすごい話でも始まるのかと、母親はルーペグラス越《ご》しにセリンを見る。

「お母さんは生まれ変わったら、どんなふうに生きたい？」

「急に何？」

母親は突拍子《とつぴょうし》もない質問《しつもん》に驚《おどろ》いた様子だったが、針《はり》を持つ手を止めることはなかった。

「ううん、何でもない」

セリンはぶっきらぼうに答えた。そして母親に見えないように、静かに本を開いた。ページをパラパラとめくると、今日も同じところで止まる。

何度見ても信じられないが、もしかするとこれはセリンに残された最後の希望なのかもしれない。

本の間に挟《はさ》まれた金色のチケットは、相変わらず新品のようにキラキラしていた。

梅雨《つゆ》入《い》り前夜

夏休みを控《ひか》え、ラジオからうれしい雨のニュースが聞こえてくる。

しかし、セリンは母親に正直に話すことができなかった。一週間前からどうやって説明しようと悩《なや》みながらも、結局、当日に置き手紙だけ残して家を出てしまった。

「何日か友達の家に泊《と》まってくる」

友達の話なんてしたことはないから、すぐにウソとバレるだろう。でも、どうでもいいやと思った。もしかしたら、誰《だれ》もがうらやむ人生を手に入れて、ここには二度と戻《もど》らないかもしれないのだから。

セリンは、いくら洗《あら》ってもボロにしか見えないスニーカーを履《は》いて、街に向かった。目的地は繁華街《はんかがい》にある駅だ。

街に出るのも久《ひさ》しぶりなら、列車に乗るのはさらに久《ひさ》しぶりで、セリンが記憶《きおく》をたどると、小学校に入るころに母親の手に引かれて乗ったのが最後のような気がする。

「間もなくレインボータウン行きの列車がまいります。一歩下がってお待ちください」

いつもなら列車に乗ることもなく通《とお》り過《す》ぎるだけの駅だが、週末を控《ひか》えていたからか、あるいは帰りのラッシュの時間帯だからか、人があふれかえっていた。セリンは混雑《こんざつ》したホームで右往左往《うおうさおう》してしまい、あやうく目の前で列車を逃《のが》すところだった。幸い、ドアが閉《し》まる直前に乗りこむことができた。

とりあえず座《すわ》ると、ようやく家を出た実感が湧《わ》いてくる。

「乗ったはいいけど……」

セリンはふと隣《となり》に視線《しせん》を向けた。自分より一つか二つ年上だろうか。男性《だんせい》がイヤホンをつけ、ノートパソコンで映画《えいが》だかドラマだかを見ている。半分くらい開いたバッグには、専門書《せんもんしょ》らしき本がたくさん入っていた。

積極的に見ようとしたわけではないが、本の側面には、その男性《だんせい》が通っているであろう大学の名前が記されていた。その名門大学の名前はセリンにもなじみがある。高校の卒業式では、正門の垂《た》れ幕《まく》の一番上に名前が書かれるような、勉強のよくできる子たちがこぞって目標にする大学だ。

「いいなあ」

セリンも行きたいと思っていたが、学年が上がるにつれてあきらめるようになった大学でもある。

年は自分とたいして違《ちが》わないのに、まったく別の世界に住んでいるように感じられるその大学生のことが気になって、セリンはついそちらのほうをちらちらと見て、結局、目が合ってしまった。セリンは恥《は》ずかしさで顔を赤らめ、窓《まど》のほうを向いた。

外が少しずつ暗くなっていた。日が暮《く》れたのではなく、黒い雲がどんどんと空を覆《おお》い始めていたからだ。風も強く、線路脇《せんろわき》の大きな木は、まるで踊《おど》っているかのように葉っぱを揺《ゆ》らしている。

セリンはポケットの中から手紙とチケットを取り出し、あらためてじっくりと見てみた。正確《せいかく》な日付も書かれておらず、梅雨《つゆ》の始まる日に廃屋《はいおく》へ来いとだけ書かれた不親切な手紙。

「ここに行ったら、ホントにあたしの人生を好きなように取《と》り換《か》えられるのかな」

「もしホントなら、どんな人生を選ぶべき？」

すぐには答えられない質問《しつもん》が次から次に浮《う》かんできて、頭の中がごちゃごちゃしてくる。セリンは目を閉《と》じ、列車の規則的《きそくてき》な揺《ゆ》れに身を任《まか》せたが、すぐに頭が重くなってきた。

一瞬《いっしゅん》だけうとうとして目を覚ますと、外はさらに暗くなっていて、風も勢《いきお》いを増《ま》していた。

しばらくすると、車内放送が聞こえてきた。

「次は終点、レインボータウンです。ご乗車の皆様《みなさま》、お忘《わす》れ物《もの》のないようご確認《かくにん》のうえ、お降《お》りくださいませ」

セリンは降《お》りる前にオレンジ色の傘《かさ》を取り出した。

列車が止まってドアが開くと、座《すわ》っていた乗客が一斉《いっせい》に立ち上がってドアに向かう。静けさを通《とお》り越《こ》して寂《さび》しいくらいだった車内は、我先《われさき》に降《お》りようとする人たちで騒《さわ》がしくなった。

セリンはほかの人が全員下車するまで待ってから、ゆっくりと降《お》りた。

ホームに出ると、ここまで来たことを歓迎《かんげい》でもしてくれるかのように、涼《すず》しげな風がセリンの顔をなでる。風は湿《しめ》っていて、天気予報《てんきよほう》のとおり今日のうちに雨が降《ふ》り出《だ》しそうだ。セリンは風で乱《みだ》れた髪《かみ》を適当《てきとう》に整え、あたりを見回した。

想像《そうぞう》していたよりも小さな街のようだ。駅の周辺にはさほど高くないとはいえビルがいくつかあって、田んぼや畑に囲《かこ》まれたような田舎《いなか》ではないにせよ、都市と呼《よ》ぶほどでもない。

セリンはゆっくりと深呼吸《しんこきゅう》をしてから、自分で描《か》き写《うつ》した簡単《かんたん》な地図を手に駅を出た。

駅の前では、タクシーの運転手たちが集まってタバコを吸《す》っている。セリンを見ると、タクシーに乗るのかと視線《しせん》で尋《たず》ねてきたので、セリンはあわてて目を逸《そ》らした。列車の料金だけで、持っているお金はほとんど使い果たしていたからだ。

幸いセリンには、急な坂を毎日のように上り下りして鍛《きた》えた、誰《だれ》にも負けない丈夫《じょうぶ》な足がついている。タクシーに乗ると誤解《ごかい》されないよう、急ぎ足でその場を離《はな》れた。

きちんと整備《せいび》されたアスファルトの道路が徐々《じょじょ》に舗装《ほそう》されていない道に変わっていくと、セリンは地図が信じられなくなってきた。しょせん、足で描《か》くよりはマシという程度《ていど》の手描《てが》きの略図《りゃくず》だ。セリンはすでに道とも言えないような道に入りこんでいた。

それでもしばらく歩き続けると、全部合わせても数十軒《けん》もなさそうな、小さな集落が見えてきた。古い街灯があたりを照らしているが、行《い》き交《か》う人の姿《すがた》は見当たらない。

セリンはその明かりを頼《たよ》りに地図に書いておいた住所を確認《かくにん》した。書き写した住所に間違《まちが》いがなければ、目的の廃屋《はいおく》はこの一角にあるはずだ。足が痛《いた》くなってきたため、ひざをさすりながら「どこでもいいから座《すわ》りたい」とも思ったが、さらに暗くなる前に廃屋《はいおく》を探《さが》すのが先決だ。

「ここも違《ちが》う……」

一軒《けん》一軒《けん》回って、いちいち住所を確認《かくにん》し、ついに残りあと一軒《けん》、となった時だった。

どこかで、かすかに人の気配がする。ざわつくような声が聞こえるが、何だかイヤな雰囲気《ふんいき》だ。セリンは先を急いだ。

廃屋《はいおく》と思《おぼ》しき建物の入り口に近づくと、お年寄《としよ》りが地面に手をついて倒《たお》れていて、その老人を、二十代半ばから三十代前半くらいの三人の男が取《と》り囲《かこ》んでいた。三人の雰囲気《ふんいき》や動きは、いかにもチンピラっぽい。

「だから話し合おうって言ってんのに、なんで拒否《きょひ》するんだ。もう十分に生きただろうに、欲《よく》張《ば》りなジジイだ」

黄色く染《そ》めた髪《かみ》に金のネックレス、さらにタンクトップまで黄色でそろえた男が言う。

「あの有名なトッケビのチケットをちょっと見せてくれと言ってるだけなのに、ガンコだな。見たら返すって」

「ふざけるな！」

老人は青筋《あおすじ》を立てて声を張《は》り上《あ》げた。

「お前たちの考えてることなぞお見通しだ。若《わか》いうちはがむしゃらに働いて、真面目に生きる道を考えろ。ここを通る人の邪魔《じゃま》をするとは、バカ者めが！」

「バカ？　じいさん、言ってくれるな」

人相がとりわけ悪く、一瞬《いっしゅん》、トッケビと見間違《みまちが》えそうな別の男が近づいてきて、口を挟《はさ》む。

「さっきから言ってんだろ。『お願い』だって。見せたからって減《へ》るもんじゃねえんだから、ケチケチすんなよ」

「その言葉を信じろと？　バカバカしい」

老人は男たちを鼻であしらい、転んだ時に手についた土を払《はら》った。体の小さい人ながら、どこからそんな勇気が出てくるのだろうか。相手の脅《おど》しに負けぬ、肝《きも》の座《すわ》った声で言い返す。

「お前たちにわたすトッケビのチケットなどない！　いや、あったとしてもわたさん」

老人は目からレーザー光線を出しそうな迫力《はくりょく》で、チンピラをにらみつけた。チンピラは「やれやれ」といった感じで短く笑った。

「このジジイ、自分の骨《ほね》がどれだけ丈夫《じょうぶ》か、試《ため》したいみたいだな」

背中《せなか》に鷲《わし》が描《えが》かれた革《かわ》のジャケットを着た、リーダーらしき男が一歩前に出てきて、首の後ろに横にして掛《か》けていたバットを派手《はで》に振《ふ》り下《お》ろした。

「いいか、こっちは丁重《ていちょう》に頼《たの》んだぞ。これはお前が自分で招《まね》いたことだから、恨《うら》まないでくれよ」

横に立っていた黄色い頭の男が、首を左右に動かし、ポキポキと音を鳴らす。人相の悪い男も負けじとばかりに、いかにもな握《にぎ》り拳《こぶし》を見せつけた。

すると老人の態度《たいど》が突然《とつぜん》、変わってしまった。さっきまで堂々《どうどう》と声を張《は》り上《あ》げていたのに、両手で頭をかばい、悲鳴を上げたのだ。

「おっ」

その様子を見た男たちはゲラゲラと笑い出した。

「何だよ、さっきまでの威勢《いせい》のよさはどこへ消えちまったんだ。俺《おれ》たちが何もしないうちにビびってどうする」

リーダーは、卑劣《ひれつ》な笑《え》みを浮《う》かべつつ、怖《こわ》がる老人にさらに一歩近づいた。いや、近づこうとした瞬間《しゅんかん》、着ていた黒い革《かわ》ジャケットが上に引《ひ》っ張《ぱ》られ、体が浮《う》いた。

「何だ？」

男は何事かと思いキョロキョロしたが、何も見えない。

「誰《だれ》だ？　放せ」

リーダーとしてのメンツも忘《わす》れ、みっともなく足をバタバタさせたが、どうにもならなかった。そして結局は、自分の背《せ》ほどの高さまで持ち上げられ、放り投げられたかのように、向かい側にあった森の中へ飛んでいってしまった。

老人はまだ地面に顔をうずめたままだった。二人の手下は一歩も動けず、リーダーが飛んでいったほうを見つめていた。そして、二人が目を合わせた瞬間《しゅんかん》、今度はもう一人の体が少しだけ浮《う》き上《あ》がり、車で跳《は》ねられたかのように、やはり森の中に飛んでいってしまった。

ここでようやく、何かマズいことが起きていると理解《りかい》した黄色い頭の男は、リーダーを助けに行こうとしたのか、あるいはただ逃《に》げようとした方向がそちらだっただけか、とにかく全速力で森の中に逃《に》げこもうとした。それは、人生で最も速く走った思い出になりそうなスピードだった。

しかし逃《に》げた男も、何かに当たって倒《たお》れる音がした。その音に反応《はんのう》したのか、老人がゆっくりと頭を上げたが、何かにとても驚《おど》いて、今度は後ろに倒《たお》れこんでしまった。

「こ、こっちに来るな！」

老人の目の前には、その目で見てもなお信じがたい何者かがいて、老人を見下ろしている。セリンにも、それが何か、説明されなくても分かった。そもそも、それ以外の言葉は思いつかなかった。

人間に似《に》ているが、決して人間ではない、その姿《すがた》。

老人は、何度も目をこすっている。

間違《まちが》いない、トッケビだ。

ザアアァ……

空から雨が降《ふ》り出《だ》した。

門番のトリヤ

急に雨が強くなり体中が濡《ぬ》れても、セリンは傘《かさ》を差すことすら思いつけなかった。

人間と姿《すがた》かたちは似《に》ているけれど、腕《うで》は長く、それに比《くら》べると足は短く、まるでゴリラのような何かが廃屋《はいおく》から出てきて、老人を取《と》り囲《かこ》んでいたチンピラどもを一瞬《いっしゅん》にして森に放り投げたのだ。最後は、落ちていたバットを投げて、逃《に》げた男に命中させた。

セリンは図書館で読んだ本の前半部分をうっすらと思い出していた。トッケビは、チケットを受け取った者だけに見え、そして中まで案内してくれるのだと。チンピラの表情《ひょうじょう》は、最後まで訳《わけ》が分からないという感じだったので、本に書いてあることは本当だったのだ。

トッケビはいつの間にか、老人ではなく、建物の陰《かげ》に隠《かく》れ顔《かお》を半分だけのぞかせているセリンに視線《しせん》を移《うつ》していた。

頭の上に小さな角《つの》が生えている以外は、人間とあまり変わらない。ただ、バスケットボールの選手でさえ肩《かた》には届《とど》かなさそうなぐらい背《せ》が高く、セリンは何だか怖《こわ》くなった。

トッケビはあれこれ言うこともなく、セリンと老人を交互《こうご》に見て、ついてくるようにと手振《てぶ》りで示《しめ》し、廃屋《はいおく》の中に消えていった。その間にも雨はどんどん強くなる。セリンは傘《かさ》を開いて、倒《たお》れたままの老人に近づいた。

「大丈夫《だいじょうぶ》ですか？」

雨が入りこむのに口を開けたままの老人を、また驚《おどろ》かせたようだ。

「君は？」

セリンは、簡単簡潔《かんたんかんけつ》に自己紹介《じこしょうかい》をした。

「キム・セリンです。あたしもチケットを受け取って、ここに来たんです。手を貸《か》しましょうか」

そう言って老人の腕《うで》に手を回すと、老人も拒絶《きょぜつ》することなく、セリンに助けられながら足に力を入れた。老人は三人の男に絡《から》まれて倒《たお》れたことよりも、トッケビに大きなショックを受けたようだ。セリンにはその気持ちがよく分かった。遠くから見ていても足が震《ふる》えるくらいだったのだから、目の前で見たら、それはびっくりするだろう。

「ありがとう。それにしても本当にトッケビがいたとは、信じられん」

立ち上がると、老人は持っていた黒い長傘《ながかさ》を開いた。物を見る目のないセリンにも、高価《こうか》な物であることが分かるくらい立派《りっぱ》な傘《かさ》だ。そして、汚《よご》れた服をはたき、落としてしまった中折《なかお》れ帽《ぼう》をかぶると、さっきとは様変わりしてすっきりした姿《すがた》になった。目元やひたいのシワからすると、とっくに定年退職《ていねんたいしょく》したくらいの年だろうか。それでも若《わか》い人に負けないほど血色もよく、歩き方も力強かった。

「とにかく行こう」

老人が先を歩き、セリンが後を追うようにして廃屋《はいおく》の入り口にある階段《かいだん》を上がった。

大きく開いたドアの中からは、かすかに光が漏《も》れ出《で》ている。

老人は過去《かこ》に来たことでもあるのかのようにすんなりと中に入っていったが、セリンは少し戸惑《とまど》った。それでもすぐ意を決して歩き出した。


もし廃屋《はいおく》のそばに人がいたなら、二人の後《うし》ろ姿《すがた》はウソのように消えてしまったと思っただろう。


二人は確《たし》かに壊《こわ》れかけた建物に入ったのに、進んだ先にはまったく違《ちが》う光景が待っていた。そこは室内ではなく花畑が広がる屋外で、それも夜ではなく、日がさんさんと降《ふ》り注《そそ》ぐ昼間だった。

セリンと老人は同じことを考えたのか、呆然《ぼうぜん》とした様子で顔を見合わせた。しかし、すぐに歩き出した。十歩ほど離《はな》れた所で、さっきのトッケビが二人を待っていたからだ。

トッケビの手には、いつの間に取り出したのか、黄色い三角の旗が握《にぎ》られていた。旅行社のガイドが客を案内するのに使うような旗だ。セリンと老人は、花畑を通る小道に沿《そ》ってトッケビに近づいた。

暗がりの中、それも陰鬱《いんうつ》な場所で初めて見た時はものすごく怖《こわ》そうな感じだったが、明るい所で見ると、トッケビは体が大きいだけで顔はむしろ純朴《じゅんぼく》そうである。セリンと老人がすぐにはついてこなくても、不満そうなそぶりも見せず待っていてくれた。

近くで見ると、さらに親近感が湧《わ》く。上半身は何も着ておらず、青いオーバーオールの肩紐《かたひも》を片方《かたほう》だけ引《ひ》っ掛《か》けた姿《すがた》は幼稚園児《ようちえんじ》のようだ。胸《むね》にはチョウの形をした小さな名札がついていて、くねくねの文字で「トリヤ」と書かれている。

「トリヤ？」

セリンがひとり言のように発した声に、トッケビはうなずいた。トッケビの名前らしい。すると今度は、トッケビがセリンを指差した。

「あたし？　あたしはセリン」

「セ……リン……」

トッケビがつたない発音で名前を繰《く》り返《かえ》すと、セリンは明るく笑って答えた。

「そうよ。ところで、ここが梅雨時《つゆどき》商店街なの？」

「商店……街……」

トリヤは遠く離《はな》れた白い建物を指先で示《しめ》した。花畑の向こうに、城のような塔《とう》のような高い建物が見える。その細長い建物を中心に、絵本に描《えが》かれるような家が周りに散らばっていた。

「うわあ」

セリンの口から自然と感嘆《かんたん》の声が出る。

「あそこに行けば、ホントに人生を変えられるの？」

しかしトリヤは伸《の》びた鋭《するど》いつめで頭をかくばかりだった。人間の言葉を聞き取ったりしゃべったりするのには慣《な》れていないらしい。あれこれうるさく尋《たず》ねるセリンと違《ちが》い、老人はまだトリヤのことが怖《こわ》いのか、二歩ほど離《はな》れた所から様子をうかがっていた。

「大丈夫《だいじょうぶ》です。あたしたちを傷《きず》つけたりはしないと思います」

セリンは老人を安心させようとしたが、老人はセリンの後ろに立ち、警戒《けいかい》を解《と》いていないようだ。トリヤはそれを気にする様子もなく、振《ふ》り返《かえ》って建物のほうに向かっていった。

とにかく背《せ》が高いので、トリヤが一歩歩くと、セリンたちは二、三歩歩く必要があった。しかしトリヤは歩くのがもともと遅《おそ》いのか、あるいは人間に合わせてゆっくり歩いているのか、ついていくのは、そんなに大変でもなかった。

ただし、変だったのはトリヤの行動である。

順調に道案内をしていたトリヤが突然《とつぜん》、何かに驚《おどろ》いてピタッと立ち止まると、真っすぐ伸《の》びた道を避《さ》けて回り道を始めたのだ。セリンは面食らってしまい、トリヤの後《うし》ろ姿《すがた》をぼんやりと見ていた。

好奇心《こうきしん》を動かされたセリンは、すぐにはついていかず、トリヤが立ち止まった所に行ってみた。大きなヘビでもいたのではと探《さが》してみるも、きちんと踏《ふ》みならされた道には石ころがいくつか転がっているだけで、特に変わった物は見当たらない。自分には分からない理由があるんだろうと思い、何となく視線《しせん》を下に向けた時だ。

セリンの足元で、一匹《ぴき》の毛虫がのそのそと這《は》い回《まわ》っていた。

「まさか、これのせい？」

気になることをそのままにはしておけない性質《たち》のセリンは、トリヤ本人に確《たし》かめてみたかったが、聞くのは失礼な気がしてやめておいた。そして、いつの間にかだいぶ先を歩いているトリヤを追いかけた。

しかし、またトリヤが立ち止まる。

今度は道端《みちばた》に座《すわ》りこんで、何かを穴《あな》が開きそうになるほど見つめ出した。トリヤが見ていたのは、きれいに咲《さ》いた紫色《むらさきいろ》の花だ。あまりにもじっくりと見ているため、声もかけづらい。

セリンがトリヤの顔を見ると、トリヤはその花が気に入って、持って帰りたい、でも花を折ることはできない、と考えこんでいるようだ。

セリンが見かねて花を摘《つ》んでやると、トリヤは子供《こども》のような表情《ひょうじょう》を浮《う》かべて喜《よろこ》んだ。セリンは、このままでは建物にたどり着く前に梅雨《つゆ》が明けてしまうんじゃないかと心配になったが、幸いなことに、その後は怖《こわ》い虫も気に入る花も現《あらわ》れなかったのか、トリヤは立ち止まることもなく目的の場所に到着《とうちゃく》した。

建物は白いカレトック（訳者注：細長く棒状［ぼうじょう］に作ったもち）を立てたような姿《すがた》をしている。そばの建物と比《くら》べてもひときわ高く厳《おごそ》かで、屋上まで上がれば、周辺にあるほかの家はマッチ箱のように見えるだろう。入り口らしき所には、トリヤが頭を下げなくても十分に通れそうな、大きなドアがあった。

三人がドアの前に着くと、特に合図を送ったわけでもないのにドアが自然と開き始めた。まるで幽霊《ゆうれい》の住む館に来たかのようだ。ドアが完全に開く前から、中からはうるさいほどの音楽が聞こえてきた。

暗い建物の中は、まさにお祭《まつ》り騒《さわ》ぎだ。セリンはふと、トリヤが間違《まちが》えて舞踏会《ぶとうかい》の会場に案内してくれたのではと疑《うたが》ってしまった。老人も、こういう雰囲気《ふんいき》には慣《な》れないのか、無駄《むだ》に咳払《せきばら》いをしていた。

天井《てんじょう》ではミラーボールが回り続け、あたりからは人影《ひとかげ》が浮《う》かび上《あ》がる。背《せ》の高さほどもあるステージでは、華《はな》やかな衣装《いしょう》に身を包んだトッケビたちのパフォーマンスが繰《く》り広《ひろ》げられている。端正《たんせい》なウエイターの格好《かっこう》をしたトッケビが近づいてきて、トレーに載《の》った正体不明の飲み物をセリンたちに勧《すす》めた。セリンは断《ことわ》ろうとしたが、老人がグラスを二つもらい、そのうちの一つをセリンにくれたので、仕方なく受け取った。

「ん？」

当然、中身はお酒だろうと思ったが、いい香りのするフルーツジュースだった。何の果物かまでは分からなかったけれど、とても甘《あま》くて、すっきりした味だ。さっきのウエイターがそばにいたら、恥《はじ》を忍《しの》んでお代わりを頼《たの》んでいたかもしれない。セリンの横では、老人が目を閉《と》じて飲み物を味わい、やはり「おいしい」を連発していた。

いつの間にかパーティーは終わりに近づいていた。セリンたちが最後の客だったのか、二人が入るとドアが閉《し》まり、鍵《かぎ》が掛《か》けられた。

ガチャン！

開く時とは逆《ぎゃく》に、重い音が響《ひび》きわたる。

汗《あせ》で衣装《いしょう》がじっとりするほど渾身《こんしん》の力をこめて歌い踊《おど》るトッケビたちは、拍手喝采《はくしゅかっさい》を浴びながらステージを下りていく。同時に、騒《さわ》がしい音楽もやみ、部屋の中は一瞬《いっしゅん》にして図書館のように静かになった。

その時、幕《まく》が下りて誰《だれ》もいなくなったステージに、一人のトッケビが上がった。

シワひとつない紫色《むらさきいろ》のスーツに、対照的な黄色いネクタイを締《し》めている。人間の世界であっても オシャレそうなこのトッケビは、片側《かたがわ》に流した髪《かみ》をたっぷりのポマードで固め、口ひげをきれいに伸《の》ばしていた。決して忘《わす》れられそうにない、強烈《きょうれつ》すぎる第一印象《だいいちいんしょう》だ。

自分のことを「デュロフ」と名乗るこのトッケビは、マイクを握《にぎ》り興奮《こうふん》した声で叫《さけ》んだ。

「ようこそ梅雨時《つゆどき》商店街へ！　皆様《みなさま》を歓迎《かんげい》いたします」

「梅雨時《つゆどき》商店街」

このトッケビの登場に、場内はざわついた。そして、暗く落とされていたライトが明るくなると、ようやく周りが見えてくる。コンサート会場を彷彿《ほうふつ》させる広い空間には、少なくとも百人余《あま》りの人が集まっていた。その中には、ものすごく怖《こわ》がっている人がいる一方で、ゆったりと腕組《うでぐ》みをして余裕《よゆう》ありげな人もいる。

セリンは部屋の中を見回したり、知らない人たちを横目で見たり、両目を動かすのに忙《いそが》しかった。しかし何よりも目を引いたのは、マイクを握《にぎ》ってステージ上にいるトッケビだ。

「ここまでいらっしゃるのに、さぞ苦労されたことと思います」

デュロフは本当に心から歓迎《かんげい》しているのか、足元に集まっている人たちと目を合わせながら、短くあいさつをした。

「皆様《みなさま》、お聞きになりたいことがたくさんあるかと思いますが、まずはこの場所からご紹介《しょうかい》いたします」

デュロフはネクタイを緩《ゆる》め、軽く咳払《せきばら》いをしてから話を続けた。

「我々《われわれ》、梅雨時《つゆどき》商店街は、悠久《ゆうきゅう》の歴史《れきし》を誇る名実ともに最高の店です。毎年、人間の皆様《みなさま》を招《しょう》待《たい》し、こちらを利用していただけるよう特別なイベントを実施《じっし》しています。すべては人間を愛し、慈《いつく》しむ我《われ》らが族長の大いなる配慮《はいりょ》によるものです。族長のお心に従《したが》い、皆様《みなさま》がここでお過《す》ごしになる間は、決してご不便のないよう、最高のおもてなしを約束いたします」

デュロフは右手を左胸《ひだりむね》に当て、深くお辞儀《じぎ》をした。

「つまらない前置きはこのぐらいにして……」

そう言って指をパチンと鳴らすと、ステージの横で待機していた美しいトッケビが、布《ぬの》にくるまれた何かを持って出てきた。

「では本題に入りましょう」

デュロフのすぐ横に立つトッケビの美女は、すっと伸《の》びた脚線美《きゃくせんび》とくびれたウエストを見せつけている。

「皆様《みなさま》が最も期待なさっているのは、きっとこちらですよね？」

デュロフは、すべてお見通しといったふうに問いかけた。しかし人間たちは、トッケビの美女に視線《しせん》を奪《うば》われてしまい、デュロフの説明が聞こえていないようだった。

「今の不幸をなくしたいとお考えですか？　夢《ゆめ》に見たような人生を送ってはいかがでしょうか。

皆《みな》がうらやむような、新たな人生を始められるとしたら？」

デュロフはドラマティックな雰囲気《ふんいき》を盛《も》り上《あ》げようと、意図的に間を置いた。

「ご紹介《しょうかい》しましょう、我《われ》ら梅雨時商店街《つゆどき》が誇《ほこ》る、トッケビの玉《クスル》です！」

そしてマジシャンのような派手《はで》なアクションで布《ぬの》をめくりあげた。練習に半日はかかりそうな動きだ。布《ぬの》は空中でパッと広がり、ひらひらと後方に落ちていく。

人々はざわめき、目を大きく開いてクスルを見つめた。一番後ろにいたセリンは、少しでもちゃんと見ようとつま先立ちをし、老人も思いきり首を伸《の》ばした。

小さなテーブルの上では、いろいろなサイズ、いろいろなカラーのクスルがライトを浴びて宝石《ほうせき》のようにキラキラと光っている。小さいのはピンポン球、大きいのはボウリングの球ぐらいだろうか。

デュロフはその中から一つを手に取る。

「いかがですか。とても美しいでしょう？　このクスルには、皆様《みなさま》が強く強く願った、すばらしい人生が詰《つ》まっているのです」

「そのクスルはいくらですか？」

誰《だれ》かが勇気を出して手を挙げ、質問《しつもん》する。

「我々《われわれ》に人間のお金は不要です。クスルは店ごとに一つずつ置かれています。不幸を売って得《え》た金貨でその店を利用すれば、お持ち帰りいただけます。クスル自体は無料です」

あちこちから歓声《かんせい》と拍手《はくしゅ》が湧《わ》き起《お》こると、デュロフはその反応《はんのう》を期待していたのか、長く伸《の》びた口ひげの先が頭まで届《とど》きそうなくらい口角を上げた。

「店には、これまで我々《われわれ》が集めた多数のクスルが保管《ほかん》されています。どうぞゆっくり見て回り、梅雨《つゆ》が明けるまでにご希望のクスルをお選びください」

「もし、それまでに選べなかったらどうなるんですか？」

さっき質問《しつもん》をした男性《だんせい》が、また尋《たず》ねる。四角い黒ぶちのメガネをかけ、手帳とボールペンを持った、学生時代はさぞ先生に好かれたであろう優等生《ゆうとうせい》っぽい風貌《ふうぼう》の男性《だんせい》だ。デュロフは先生のような口調で答えた。

「いい質問《しつもん》です。もちろん、クスルを選ばなければ何も起こりません。ただし、一つだけ心に留《と》めておいていただきたいことがあります」

デュロフは、テーブルの上にあった湯気の出ているカップを手に取ると、熱さを感じないのか、一気に飲んでしまった。

「もし梅雨《つゆ》が明けるまでにここを出ないと……」

デュロフは飲《の》み干《ほ》したカップを傾《かたむ》けて内側を見せながら、

「ここに残った方々は永遠《えいえん》に消えることになります」

その瞬間《しゅんかん》、人々は冷や水でも浴びせられたかのように静かになった。デュロフは一瞬《いっしゅん》で雰囲《ふんい》気《き》が変わった様子を見て、大げさに笑ってみせた。笑い声は広い空間に響《ひび》きわたった。

「ですが、心配しすぎる必要はありません。時間はまだたっぷり残っています。梅雨《つゆ》は始まったばかりで、今回は一週間と九時間四十四分三十二秒続く予定です。正確《せいかく》な時間は、トッケビの標準時計《ひょうじゅんどけい》でご確認《かくにん》ください」

デュロフは出入り口のほうを指差した。後方の壁《かべ》に大きな時計が掛《か》けられていたが、それは針《はり》のある時計ではなく、砂時計《すなどけい》のような形のものだった。いっぱいに入った水が一滴《てき》ずつ落ちている。

「クスルの使い方については、この後にお連れする『不幸の質屋《しちや》』で説明する予定です。また、店を利用するにあたり参考になりそうなものを用意しておきました」

デュロフがそばにいたトッケビの美女に目配せすると、美女はそっとうなずき、小さな冊子《さっし》のような物を配り始めた。

すると、人々が我先《われさき》に受け取ろうと押《お》しのけ合《あ》い、ちょっとした騒《さわ》ぎになってしまった。美女のほうに興味《きょうみ》を持つ人もいて場が乱《みだ》れたため、全部を配り終えるのに少し時間がかかったようだ。セリンと老人は順番を待って、最後の冊子《さっし》を受け取った。

冊子《さっし》は、よくある薄手《うすで》のパンフレットだった。てのひらサイズに折りたたまれていて、軽くて持ち運びしやすい。コーティングされた紙の外側には「梅雨時商店街《つゆどき》　ご利用の案内」と大きめの文字で書かれていた。
セリンは好奇心《こうきしん》を抑《おさ》えきれず、すぐに開いてみた。

「梅雨時《つゆどき》商店街」を利用する時に知っておくべきこと

その1　不幸の質屋《しちや》で受け取った金貨は「梅雨時《つゆどき》商店街」でのみ使用可能《しようかのう》

その2　金貨は梅雨《つゆ》の期間のみ使用可能《しようかのう》

その3　クスルを人間界に持ち出した後は交換《こうかん》・返品は不可《ふか》

その4　クスルにこめられた幸福は望みのタイミングで呪文《じゅもん》を唱えることで始まる

その5　クスルを廃棄《はいき》・放棄《ほうき》すると元の主《あるじ》のところへ戻《もど》る

それぞれの面には、参考になりそうなこと、店を縮小《しゅくしょう》して描《えが》かれた地図、おすすめのコースなどが記されている。その中に、ボルドとボルモというきょうだいがやっているレストランがおいしい店として紹介《しょうかい》されていたが、どうやら双子《ふたご》らしい、同じ顔をしたトッケビが明るく笑っている写真もあった。

さらにはカジノ利用時の割引《わりびき》クーポンまで挟《はさ》まれていた。セリンは、自分がそこに行くことはなさそうだと思ったものの、念のため取っておくことにした。

「今日はもう遅《おそ》いので、皆様《みなさま》、地下にある質屋《しちや》に不幸を預《あず》けたら、我々《われわれ》の用意した部屋でゆっくりお休みください。ご案内は、またトリヤがいたします」

デュロフが出口の反対側にあるドアを指《さ》し示《しめ》すと、体の大きいトリヤが相変わらず不似合《ふにあ》いな黄色い旗を持って待っていた。どうやら、ここでの道案内を一手に引き受けているようだ。

「では、またお目にかかります。何かご質問《しつもん》や、お探《さが》しのクスルがございましたら、私《わたくし》がおりますコンシェルジュ・デスクまで、いつでもお越《こ》しください」

デュロフは最後まで礼儀正《れいぎただ》しく、頭を下げて丁寧《ていねい》にあいさつをした。

皆《みな》が次々とトリヤに近づいていく。しかしまだ手続きが残っているのか、トリヤはすぐには移動《いどう》しなかった。トリヤはみんなが持つチケットを一枚《まい》一枚《まい》確認《かくにん》し、スタンプを押《お》してから、チケットの持ち主に腕時計《うでどけい》をわたしている。

壁《かべ》に掛《か》かっているのと同じデザインの、サイズだけ小さくした時計で、手首にはめられるよう革《かわ》のベルトがついている。不思議なことに、どの方向に傾《かたむ》けても、同じところに水滴《すいてき》が落ちていった。

しかし、セリンにとってさらに不思議だったのは、ほかの人たちのチケットは銀色で、自分の物とは違《ちが》うことだった。セリンは、自分のチケットに問題があるのではとドキドキしたが、トリヤのほうは気にすることなく、スタンプをきれいに押《お》してくれた。

わずかながらに表情《ひょうじょう》を変えたのは、まだステージから下りずに様子を見守っていたデュロフだ。しかし、セリンを含《ふく》め誰《だれ》もそのことには気づかなかった。

セリンは安堵《あんど》のため息をつき、自分より先にチケットのチェックを済《す》ませた老人に近づいた。セリンが最後の一人で、チェックが終わると、トリヤはみんなを連れて階段《かいだん》を下り始めた。正門の出入り口とは違《ちが》って通路の幅《はば》があまり広くないため、トリヤは体をすくめるようにして歩き、その後ろに長い列が続いた。

全員が会場からいなくなるのに、それほど時間はかからなかった。ざわめきは消え、足音も少しずつ遠ざかる。

建物の中は最初から何もなかったかのように、再《ふたた》び静まり返った。

ヴェルナの不幸の質《しち》屋《や》

地下の天井《てんじょう》には、うっすらと光る白熱灯が低く吊《つ》るされていた。しかし、それすらも切れかけなのか、時々、チカチカと点滅《てんめつ》する。トリヤは狭《せま》い廊下《ろうか》を抜《ぬ》けるために何度も頭を低くしたが、それでも何度も頭をぶつけたため、洞窟《どうくつ》のような天井《てんじょう》からは土の塊《かたまり》が落ちてきたりもした。天井《てんじょう》が崩《くず》れ落《お》ちるんじゃないかと驚《おどろ》いて隣《となり》の人に抱《だ》きついてしまい、後から謝《あやま》る人もいた。さっそくケンカを始める人も出てくる。

「ちょっと……。押《お》さないで」

「早く進んでよ」

足元に気をつけないと派手《はで》に転んでしまいそうな、急な階段《かいだん》が続く。下に進むほど、湿気《しっけ》もさることながら、カビ臭《くさ》さが鼻をつき、長くはいられそうもない。

「一体、どこまで下りるんだ？」

不満の声が出始めた。しかしトリヤは、聞こえないのか、聞こえないふりをしているのか、とにかく黙《だま》って歩くだけだった。

そのうちに、一番前を歩いていた男性《だんせい》が足を踏《ふ》み外《はず》して転んでしまった。しかし転がり落ちる音がしなかったため、よくよく見てみると、階段《かいだん》はそこで終わり、その先は平らな地面だった。みんな、男性《だんせい》がケガをしなかったことよりも、階段《かいだん》が終わったことに安心したようだ。

階段《かいだん》からさほど離《はな》れていない所に建物が一つあった。昔の田舎《いなか》にあったような、駄菓子《だがし》でも売っていそうな、小さくてみすぼらしい建物だ。しかし近づいてみると印象《いんしょう》が変わる。

「これって、何の建物？」

何か大事な物を隠《かく》しているのか、壁《かべ》の片側《かたがわ》は鉄格子《てつごうし》で覆《おお》われ、内側には厚《あつ》いガラスの壁《かべ》まではめられている。透明《とうめい》なガラスの中央には、会話ができるよう小さい穴《あな》がいくつも開けられているほか、人の頭が通りそうなほどの大きさの穴《あな》も一つあった。

みんな、建物に近づこうとしたものの、ドキリとして立ち止まる。

ガラスの向こうには、見るからに意地悪そうなトッケビが長いキセルをくわえ、体を斜《なな》めにして座《すわ》っていた。どれだけキセルをふかしたのか、あまり広くもなさそうな部屋は、火事かと勘違《かんちが》いしそうなほど煙《けむり》に満ちていた。

トッケビがあまりに険《けわ》しい顔つきをしているため、性別《せいべつ》もよく分からない。ただ化粧《けしょう》が厚《あつ》くパーマをかけた髪《かみ》を頭の上のほうでまとめているあたり、たぶん女性《じょせい》のトッケビなのだろう。

金の装飾品《そうしょくひん》を身に着けているところも、そう考えさせる根拠《こんきょ》だ。耳にはバスのつり革《かわ》になりそうなほど大きな輪っかを、指という指にはすべてリングを着けている。最も目を引くのは首周りだ。鎖《くさり》のように太い金のネックレスを何重にも巻《ま》いていて、ひとたび頭を下げたら、人の助けがないと二度と頭を上げられないのではというくらい、重そうである。

セリンはさっきもらった案内のパンフレットを急いでめくってみた。幸いすぐに、わずらわしそうな顔でキセルをくゆらせるトッケビの顔が出てきた。

不幸の質屋《しちや》の主人「ヴェルナ」、それがそのトッケビの名前だった。

トッケビは一列に長く並《なら》んだ人間を見て、コードのついたマイクを口元に当てた。

「ようこそ……」

マイクから声が伝わらず、あごをついていた手でマイクをたたくと、
キーン……

耳をふさぎたくなるほどイヤな機械音がひとしきり響《ひび》いた。ヴェルナがうんざりした様子でため息をつき、座《すわ》っていたイスの横に、投《な》げ捨《す》てるかのようにマイクを置くと、人々の視線《しせん》は、一斉《いっせい》にヴェルナに向かった。

ヴェルナは大きく息を吸《す》ってから、行列の一番後ろまで聞こえるようにと、大きな声で話し始めた。

「あいさつは省略《しょうりゃく》。必要なことだけ説明するからよく聞いて。私《わたし》、同じことを二度言うのは嫌《きら》いなの。話を聞かずに間抜《まぬ》けなことでもしたら、そいつのズボンをはいで、お尻《しり》を蹴《け》って追い出すからね」

ヴェルナのよく通る声が壁《かべ》に当たってこだまする中、クックッという笑い声が聞こえてきた。今の話がトッケビ式のユーモアだと考えたようだった。一人の男性《だんせい》が肩《かた》を震《ふる》わせて笑ったものの、冷ややかな雰囲気《ふんいき》に気づき、あわてて手で口を押《お》さえた。しばらくの間、気まずい沈黙《ちんもく》が続き、みんなは、今ここでその男性《だんせい》が尻《しり》を蹴《け》られるんじゃないかと、不安そうな顔でヴェルナの様子をうかがっていた。

幸いヴェルナは、一度にらみをきかせただけで、すぐに本題に入った。

「今から、かわいいトリヤが一人に一つずつクスルを配るから、そのクスルを両手で持って、自分の人生に必要ないと思うものや消えてほしいものを思《おも》い浮《う》かべながら『ドゥル エプ ジュルラ』と呪文《じゅもん》を唱えなさい。言ってみて。『ドゥル エプ ジュルラ』」

みんな合唱部の部員にでもなったかのように、その言葉をリピートした。その呪文《じゅもん》をよく聞き取れなかった人もいたが、ヴェルナには聞き返すことができず、近くにいた人に確認《かくにん》していた。

「その調子よ。思いをすべて詰《つ》めこむまで、呪文《じゅもん》を繰《く》り返《かえ》して唱えるの。ほかの人の邪魔《じゃま》にならないよう、静かにね」

ヴェルナは何か言《い》い忘《わす》れたことがあったのか、つけ足すかのように言った。

「トッケビのクスルは何と言っても光沢《こうたく》が命よ。少しでも高く評価《ひょうか》してほしかったら、なるべく表面に汚《よご》れがつかないよう、気をつけて」

横に立っていたトリヤが、オーバーオールのポケットから小さなクスルを取り出し、配り始めた。ポケットはそれほど大きくないのに、不思議なことに次々とクスルが出てくる。

クスルは、さっき見た物とは違《ちが》って、まったく色のついていない透明《とうめい》なガラスの球だ。

トリヤが持っている時は豆粒《まめつぶ》ほどの大きさに見えたクスルだが、セリンにわたされた瞬間《しゅんかん》、両手で抱《かか》えるようなサイズになった。数十個《こ》、もしかすると百個《こ》を超えるクスルが、暗い照明の下で、かすかに光を放っていた。

あちこちから、さっきの呪文《じゅもん》を唱える声が聞こえ始めた。セリンも目を閉《と》じて、自らの不幸を思《おも》い浮《う》かべたが、それはセリンにとっては難《むずか》しくもないことだった。

父親が亡《な》くなってから、ずっと貧《まず》しい生活。

母親は忙《いそが》しくて娘《むすめ》の自分に関心がなく、たった一人の妹は家を出て消息が途絶《とだ》えたまま年が明けた。

周りには友達と呼《よ》べる子も、自分のことを信じて応援《おうえん》してくれる人もいない。

セリンは身《み》の丈《たけ》以上の幸せを願っているわけではなかった。

ただ、ほかの人たちのような平凡《へいぼん》な人生がうらやましかった。

入学式や卒業式に来てくれる両親。

悩《なや》みを聞いてくれる友達のような妹。

でも、いつだって一人だった。いつだって寂《さび》しかった。

つらかった今までのことが、走馬灯《そうまとう》のように次々と頭をかすめていく。


セリンはふと、自分があまりに長く目を閉《と》じていたのではないかと思い、そっと薄目《うすめ》を開けてみた。

まだ呪文《じゅもん》を唱えている人もぽつぽつといたが、ほとんどの人は前のほうに集まっていたり、近くの人と雑談《ざつだん》をしたりしていた。

気の早い人は、すでにヴェルナのところにクスルを持っていき、結果を待っていた。ガラスの向こう側はさらに煙《けむり》が濃《こ》くなり、主人の顔が何とか見えるぐらいになっている。セリンは再《ふたた》び目を閉《と》じ、残りの不幸もすべて詰《つ》めこんだが、そうしているうちに結局、列の最後に並《なら》ぶことになった。

「ふむ……」

ヴェルナは手術台《しゅじゅつだい》の前に立つ医師《いし》のように、ずっと真剣《しんけん》なまなざしでクスルを扱《あつか》っていた。

受け取ったクスルを秤《はかり》にかけたり、宝石《ほうせき》の鑑定《かんてい》で使われるようなルーペでのぞきこんだりして、くまなく観察している。そこまでしてようやく、大きな袋《ふくろ》からひとつかみの金貨を取って、人々にわたしていた。はた目には適当《てきとう》につかんで適当《てきとう》にわたしているように見えるが、実際《じっさい》は違《ちが》っていて、取り出した金貨から一、二枚《まい》抜《ぬ》いたり、逆《ぎゃく》に何枚《なんまい》か足したりしていた。はっきりしたことは分からないが、ヴェルナなりの基準《きじゅん》があって価値《かち》を決めているようだ。見た目とは違《ちが》って、几帳面《きちょうめん》なのだろう。

「そう言えば……」

セリンはヴェルナの様子を見ているうちに、「クスルは光沢《こうたく》が命」と最後に言っていたことを思い出した。

セリンがあたりを見回すと、自分と同じことを考えたのか、クスルをあれこれチェックしている人がいた。自分たちの順番が来る前に、急いでクスルを服で拭《ふ》いたり、さらには息を吹《ふ》きかけて磨《みが》いたりしている。

セリンもハンカチを取り出し、クスルを何度も磨《みが》いた。

ハンカチはダサい花柄《はながら》で、セリンは気に入っていなかったが、母親が何かの時のために常《つね》に持ち歩けとしつこいので、今日も習慣《しゅうかん》のように持ってきたものだった。

長かった列はいつの間にか短くなっていた。しかしセリンは自分の番が来たことに気づかずクスルを磨《みが》き続けていた。ヴェルナはあきれた表情《ひょうじょう》で、セリンのハンカチごとクスルを取り上げた。

「あ、あの……」

セリンはびっくりしてヴェルナのほうを見たが、雰囲気《ふんいき》に怖気《おじけ》づき、何も言えなかった。

ヴェルナは、少しでもしっかりと見えるようクスルを蛍光灯《けいこうとう》に照らしてみたり、電卓《でんたく》で何度も計算し直してみたりしてから、セリンの両手に山積みになるほどの金貨を置いた。そして、セリンのハンカチでクスルを包み、端《はし》っこをきちんと結んでから、ほかのクスルが置かれた所に載《の》せたのだった。

ヴェルナが目で「終わった」と伝えてきたので、セリンは追《お》い払《はら》われるかのようにそこを離《はな》れるしかなかった。

ヴェルナはキセルの煙《けむり》をふーっと吐《は》き出《だ》しつつ、セリンのポケットからはみ出ているチケットを注意深く見ていた。

人々がすべて出ていってしまったのを確認《かくにん》すると、ヴェルナは無線機を取り出し、

「今、ゴールドチケットを持つ人間を見つけました」

と報告《ほうこく》した。何か指示《しじ》を受けたヴェルナは、引き出しの中から小さなジュエリーボックスを出した。そのボックスを開けると、出てきたのは黒い煙《けむり》と影《かげ》だった。

その影《かげ》は、ヴェルナの周りをぐるぐる回ってから、机《つくえ》の上に立った。

「今、出ていったゴールドチケットの持ち主を追いかけて。これがその持ち主のにおいよ」

ヴェルナが影《かげ》にハンカチのにおいをかがせると、影《かげ》は奇怪《きかい》な形となってくんくんとにおいをかぎ、そしてまた形のない影《かげ》となってどこかへ向かった。

そして暗闇《くらやみ》に吸《す》いこまれ、見えなくなった。

ヴェルナは、十分に手入れされた爪《つめ》を、長いやすりでさらに整えながらつぶやく。

「あなたの思いどおりにさせるわけにはいかない」


クスルをわたすのが最後の順番になったセリンは、不幸の質屋《しちや》を出てから道に迷《まよ》ってしまった。一番後ろを歩いていたのだが、スニーカーの紐《ひも》がほどけてしまい、それを結び直していたせいだ。ちょっと目を離《はな》した隙《すき》に、前を歩いていた人が見えなくなり、速足で歩けば追いつけるだろうと思ってスタスタ歩いたところ、まったく違《ちが》う方向に来てしまったようだ。ただでさえ暗い道が、さらに暗く感じられる。方向感覚もなくなり、どちらに向かえばいいのかすら、もはや分からなくなっていた。

「すみません、誰《だれ》かいませんか？」

セリンは精《せい》いっぱい叫《さけ》んだが、返ってくるのはこだまだけだった。

今来た道を戻《もど》ったほうがいいだろうかと考えている時に、すみのほうで松明《たいまつ》が灯《とも》されているのが目に入った。空中に浮《う》いているかのように、目の高さで明かりが揺《ゆ》れる様子は、どこかぞっとさせる。しかしセリンは、少しでも明るい所に行きたいという気持ちが勝《まさ》って、深く考えずに明かりのほうへと歩き出した。

「ここはどこなんだろ」

明かりの近くまで来てみると、松明《たいまつ》は、鉄製《てっせい》の輪っかに立てられ、壁《かべ》に固定されていた。その横には、何のためのドアかもよく分からない、錆《さ》びた鉄の扉《とびら》がある。見張《みは》りは立っていなかったが、鍵穴《かぎあな》があるということは、勝手に出入りできる所ではないのだろう。セリンは気になって、ちょっとだけ押《お》してみたが、やはり扉《とびら》は少しも動かなかった。そこでようやくそばにある立て札の存在《そんざい》に気づいた。赤い文字で「×」と表示《ひょうじ》されていて、どう考えても、立ち入《い》り禁止《きんし》を示《しめ》すための立て札に違《ちが》いない。

「はあ……」

セリンが軽いため息をつき、振《ふ》り返《かえ》ろうとしたその時だ。

「ここにいらしたんですね」

どこかで聞いたことのあるような声が、頭の上から聞こえてきた。見回すと、さっきの口ひげを生やしたトッケビが、うっとうしいぐらい背後《はいご》にぴったりとつき、セリンを見下ろしていた。

セリンはびっくりして、後ずさるようにトッケビから離《はな》れた。鉄の扉《とびら》に阻《はば》まれなかったら、もっと遠くまで下がっていただろう。

セリンが心を落ち着かせるより先に、デュロフが話し始めた。

「そこは地下監獄《かんごく》がある所です」

「監獄《かんごく》？」

セリンは思わず聞き返してしまった。確《たし》かに変わった建物だとは思っていたが、監獄《かんごく》まであるとは想像《そうぞう》もできなかったからだ。

「一度入ってしまうと、簡単《かんたん》には出られない、本当にイヤな所です」

デュロフは考えたくもないといった感じで身震《みぶる》いをした。セリンはつばを飲み、本来ならデュロフが自分にするはずの質問《しつもん》をした。

「ところで、なぜここに？」

「ありゃ、うっかりしてしまったな。レディーへの説明が遅《おく》れました」

デュロフはヘアスタイルを崩《くず》さないよう慎重《しんちょう》に自分のおでこをたたいた。

「我々《われわれ》の所には、時々、レディーのように特別なチケットを持った方がいらっしゃるんです。そういう方には、特別なサービスを用意しております」

「あたしのことですか？」

セリンはポケットに入れたチケットがちゃんとあるか、手で探《さぐ》りつつ尋《たず》ねた。デュロフはこんな所にまでコーヒーカップを持ってきていて、それをすすりながら答える。

「はい。もし差《さ》し支《つか》えなければ、チケットを見せていただけないでしょうか」

セリンが、ちょうど手に当たったチケットをゆっくりと取り出してデュロフにわたすと、デュロフは、ネックレスのような長いチェーンのついたメガネをかけ、鼻に触《ふ》れそうなくらいチケットを近くに引《ひ》き寄《よ》せてじっくりと見つめた。

「やはり、間違《まちが》いなくゴールドチケットです」

デュロフは短く口笛を吹《ふ》いた。しかし何のことか分からないセリンは、デュロフの様子をうかがうだけだった。

「お時間が許《ゆる》すなら、私《わたくし》と一緒《いっしょ》にコンシェルジュ・デスクまでいらしていただけませんか。お話しすべきことがたくさんあります。きっとレディーにとってもいい話です」

セリンはここから抜《ぬ》け出《だ》せるだけでもよかったので、その提案《ていあん》に喜《よろこ》んで乗ることにした。

「では、こちらへ」

デュロフの案内に従《したが》い、セリンがついていく。

すぐに二人の姿《すがた》は闇《やみ》の中に消えていった。

デュロフのコンシェルジュ・デスク

デュロフの後を歩いてたどり着いたのは、この建物の入り口からさほど離《はな》れていない、静かな空間だった。真っ暗な地下とは違《ちが》って明るく照らされており、目が慣《な》れるまで少し時間がかかった。デュロフはよく磨《みが》かれたドアノブを回した。

「どうぞお入りください」

真っ先にセリンの目に飛びこんできたのは、顔が映《うつ》りこみそうなほどピカピカした大理石の床《ゆか》だった。そこには、座《すわ》るのがもったいないくらい高そうなソファが、人の通れる間隔《かんかく》だけを残して部屋いっぱいに置かれている。ただ、みんなはもう部屋で休んでいるのだろう。人の姿《すがた》は見えなかった。

青い作業服を着た若《わか》い男のトッケビが一人だけ、すみのほうでソファの角度を合わせていた。若《わか》いトッケビは息をするのも忘《わす》れそうなほど集中していたが、デュロフの咳払《せきばら》いに気づき、あわてて立ち上がり敬礼《けいれい》をした。そのせいで、ソファがまた動いてしまった。

「デュ……デュロフ様！」

デュロフは手だけ挙げ、あいさつを受けた。

毎日掃除《そうじ》しているのか、今日が大掃除《おおそうじ》の日だったのか、床《ゆか》にはほこりひとつ落ちていない。壁紙《かべがみ》から置物まで、すべて白でまとめられていて、何だか病院にでも来たような気分にさせる。

セリンは、もしや自分の汚《よご》れた靴《くつ》が床《ゆか》に足跡《あしあと》をつけてしまうのではと心配になって、静かに歩いたつもりだったが、案の定というか、若《わか》いトッケビがこの世の終わりとばかりに急いで駆《か》け寄《よ》ってきた。

そしてセリンの背後《はいご》にぴったりついて回り、セリンが歩いた跡《あと》をモップで拭《ふ》き出《だ》した。セリンは申《もう》し訳《わけ》なくなって謝《あやま》ろうとしたが、その時にデュロフが口を開いた。

「ここが私《わたくし》のコンシェルジュ・デスクです」

セリンは振《ふ》り返《かえ》るのをやめて、デュロフが指《さ》し示《しめ》した所に目を向けた。やはり白く塗《ぬ》られた、こぎれいな机《つくえ》の上には、デュロフの名前が刻《きざ》まれた螺鈿細工《らでんざいく》のネームプレートが置かれている。蛍光灯《けいこうとう》が明るいせいか、ネームプレートはまばゆいばかりに輝《かがや》き、その横にはさまざまな石像《せきぞう》がサイズ順に並《なら》べられていた。

コンシェルジュ・デスクと名はついているものの、どこかの会社の社長室といっても通じそうなほど豪華《ごうか》なスペースだ。

「どうぞおかけください」

デュロフはセリンに、キャスターのついた客用チェアを勧《すす》め、本人はデスクの内側に回ってかがみながら尋《たず》ねた。

「コーヒーはいかがですか」

「いえ、大丈夫《だいじょうぶ》です」

デュロフは、もう一度勧《すす》めることはせず、二本取り出したインスタントコーヒーのスティックのうち一本だけをカップに入れた。加湿器《かしつき》だと思っていたのはやかんからの湯気で、そこから熱いお湯を注ぐと、コーヒーの香りが広がった。

「特別に、こちらにご案内したのは……」

デュロフは机《つくえ》の上にたまった書類を片側《かたがわ》に寄《よ》せながら言う。ちらっと見えた限《かぎ》りでは、人間がここに送ってきた手紙を広げて積んであるようだ。

「レディーがどれほど大きな幸運をつかんだのか、詳《くわ》しく説明申し上げるためです。失礼ですが、お名前は？」

「あ、セリンです。キム・セリン」

セリンは、自分の「身の上話」が書類のどのあたりに埋《う》もれているかを目で追っていたため、返事が少し遅《おく》れた。その間にコーヒーをひと口飲んだデュロフが説明を続ける。

「ようこそ、セリンさん。すでに申し上げたとおり、貴方《あなた》のチケットは普通《ふつう》のチケットとは少し違《ちが》います。我々《われわれ》はそれをゴールドチケットと呼《よ》んでいます」

セリンはあらためて自分のチケットを見た。話を聞いた後だと、今まで見ていた時よりどことなく立派《りっぱ》な感じがする。

「ゴールドチケットの持ち主は、複数《ふくすう》のクスルを手に入れることができ、クスルにこめられた幸運の中身を見てから気に入ったものを選ぶことができます。ある種の疑似体験《ぎじたいけん》をしていただけるということです。あちこちの店を、大変な思いをして回る必要もありません。我々《われわれ》の用意する霊獣《れいじゅう》にお望みのクスルのことを伝えるだけで、どこへでも簡単《かんたん》に移動《いどう》していただけます」

デュロフは、中世ヨーロッパの王様が使っていそうな背《せ》もたれのあるイスから立ち上がり、ネームプレートの横に並《なら》んでいる石像《せきぞう》の一つに触《ふ》れた。セリンは、海外旅行をしたことはないけれど、旅行の記念に買うのによさそうな、小さくてかわいい動物の像《ぞう》だと思った。

「さて、どれがいいかな……」

デュロフは両手をこすり合わせながら、像《ぞう》を順番に見ていった。まるでクレーンゲームにコインを入れた子供《こども》のように、とても楽しそうである。

さまよう視線《しせん》は、一番端《はし》に置かれたネコのところで止まった。

「これがいい」

デュロフが像《ぞう》を持ち上げ、よく聞き取れない呪文《じゅもん》のような言葉を唱えると、信じがたいことが起きた。

コンシェルジュ・デスクの石像《せきぞう》が揺《ゆ》れ出《だ》し、ひびが入ったかと思ったら、さっきまで確《たし》かに石だった像《ぞう》が生きたネコに変わったのだ。ネコは体を震《ふる》わせて石のかけらを払《はら》い落《お》とすと、デュロフのところに駆《か》け寄《よ》って、顔がベトベトになるまでなめ続けた。

デュロフは何とかネコを落ち着かせ、顔から引《ひ》き離《はな》してテーブルの上に置いた。

「こいつは『イッシャ』といいます。久《ひさ》しぶりに眠《ねむ》りから覚めて気分がいいようです」

イッシャという名のネコは、デュロフがそう話すわずかな時間に、並《なら》んでいた石像《せきぞう》を前足でつついて、一つずつテーブルから落としていった。

しかし、幸いなことに、デュロフが素早《すばや》い動きで、その石像《せきぞう》が床《ゆか》に落ちる前にすべて拾い上げた。デュロフは、ネコになめられて崩《くず》れてしまったヘアスタイルを整えながら、どうにか話を続ける。

「イッシャは、ゴールドチケットをお持ちの方だけに提供《ていきょう》される霊獣《れいじゅう》です。ただのネコに見えるかもしれませんが、特別な力を持っています」

イスの背《せ》もたれをかじろうとするイッシャの首をつかみ上げながら言った。

「このような時は、ポケットにしまうこともでき……」

デュロフがイッシャをジャケットの下のポケットに入れると、イッシャの体は吸《す》いこまれ、顔だけをちょこんとのぞかせている。次にポケットから取り出すと、今度は上に放り投げた。

その瞬間《しゅんかん》、デュロフの説明を間抜《まぬ》けな表情《ひょうじょう》で聞いていたセリンはびっくりして、ネコが落ちる方向に手を伸《の》ばした。しかしセリンの手は届《とど》かず、イッシャは自分が落ちていることすら気づいていない様子で、つぶらな瞳《ひとみ》をキラキラさせながら真《ま》っ逆《さか》さまに床《ゆか》に向かっていく。

「危《あぶ》ない！」

セリンは思わず顔を背《そむ》け、目をぎゅっと閉《と》じた。わずかな時間の後、体の柔《やわ》らかいネコらしさを発揮《はっき》して無事着地したか、せめて大きなケガをしていないことを祈《いの》りつつ、セリンはそっと片目《かため》を開けた。すると今度は、死体でも見てしまったかのように、目を大きく見開いた。

子ネコがいるはずの所では、冷蔵庫《れいぞうこ》ほどもある太ったネコが後ろ足で首をかいていたのだ。かわいらしかった顔も変わり、どろんとした目で、さも面倒《めんどう》くさそうに二人のことを見下ろしていた。サイズだけではなく中身も変わってしまったように見える。

「落ちる高さによって、好きなように大きさを変えられるんです。ケガをすることはありませんので、ご安心を」

デュロフは、テレビショッピングに出てくる司会者のように、誇《ほこ》らしげにメリットを並《なら》べ立《た》てた。

「長距離《ちょうきょり》を移動《いどう》する時は乗ることもできます」

手を二回、軽くたたくと、大きなネコはもぞもぞと立ち上がり、二人のほうにゆっくりと近づいてきた。デュロフはまるでリビングのソファに腰掛《こしか》けるかのように、足を組んでイッシャの背中《せなか》に座《すわ》った。そしてまた立ち上がり、イッシャのしっぽを引《ひ》っ張《ぱ》ると、イッシャは元の大きさに戻《もど》った。

セリンはあごが外れたわけでもないのに、ぽかんと口を開けたまま、その様子を見ていた。子ネコになったイッシャは、コンシェルジュ・デスクの後方に回り、どこから見つけ出したのか、釣《つ》り竿《ざお》のようなおもちゃをくわえてきて、デュロフの手に載《の》せた。

デュロフは片手《かたて》で羽のついた棒《ぼう》を振《ふ》り回《まわ》してやりながら説明を続ける。

「イッシャは鼻がいいのです。時々、食欲旺盛《しょくよくおうせい》になることを除《のぞ》けば、道案内にとても役に立ちます。さらには人間の言葉もよく理解《りかい》します。ご希望のクスルやトッケビの名前を伝えれば、そこに連れていってくれるでしょう」

デュロフはイッシャを脇《わき》から抱《だ》き上《あ》げ、セリンに顔を見せてくれた。目の合ったイッシャは瞳《ひとみ》をキラキラさせている。汚《けが》れのない愛らしい顔を見ているうちに、セリンは自然と笑《え》みを浮《う》かべた。

「最も大事なことをお伝えしましょう」

そう言ってデュロフは、自分の持つクスルをイッシャにくわえさせた。

すると、イッシャの目はうっすらと青みがかり、光を放ち始めた。その光はセリンを包み、幻影《げんえい》か何かがセリンの目にちらつき始める。

ぼんやりとした輪郭《りんかく》が少しずつはっきり見えてきたと思ったところで、光は突然《とつぜん》、消えてしまった。クスルは、イッシャの口からデュロフの手に戻《もど》っていた。

「今のは、説明のために少しお見せしただけですので、驚《おどろ》く必要はありません。イッシャや我々《われわれ》トッケビは、クスルの中をのぞくことができるのです。ゴールドチケットをお持ちの方には、ご希望があれば、いつでもクスルの中の一部をお見せいたします」

デュロフはお尻《しり》のポケットから手斧《ておの》サイズのくしを取り出し、髪《かみ》をとかした。

「お見せできるのはとても短い時間だけですが、それでもクスルを選ぶ際《さい》の参考には、十分になるかと思います」

デュロフのてのひらの上で、薄《うす》い緑色のクスルが螺鈿細工《らでんざいく》のネームプレートと同じように光を放っている。セリンは、クスルはもちろん気になるものの、目の前で自分をじっと見つめているネコのほうに気を取られていた。

「いかがですか。我々《われわれ》が提供《ていきょう》する特別なサービスは？」

デュロフが自信たっぷりに尋《たず》ねる。

「いいですね。ところで、本当にこのネコをくれるんですか？」

「もちろんです。こちらにいらっしゃる間は、貴方《あなた》がイッシャの主人です」

デュロフが抱《かか》えていたイッシャを差し出し、セリンが恐《おそ》る恐《おそ》る受け取ると、突然《とつぜん》ポンという音と煙《けむり》が出て、イッシャは大人のネコの大きさになった。そしてセリンの足元をぐるぐる回りながら体をこすりつけてきた。

「イッシャは貴方《あなた》を気に入ったようですね。よかったです。たまに気に入らないお客さんに出会うと、かかとに嚙《か》みついたりして、困《こま》らされます。でも、安心しました」

セリンは、しっぽをピンと伸《の》ばしたイッシャの背中《せなか》をなでてやった。

「あたしは動物を飼《か》ったことがないんですが、イッシャの好きな物とか、何か気をつけることとか、ありますか？」

「気をつけること……」

デュロフは細長いあごに触《ふ》れながら答える。

「何でも食べますし、食事さえきちんと与《あた》えていれば、問題を起こしたりはしないと思います。ただ……」

デュロフは考えこんで言葉尻《ことばじり》を濁《にご》したが、セリンは急《せ》かすことなく、次の言葉を待った。

「イッシャには人間に関する苦い思い出があります。私《わたくし》が外の世界で偶然《ぐうぜん》イッシャを見つけた時、この子は捨《す》てられて飢《う》え死《じ》にしそうになっていました。それでかわいそうに思い、ここに連れてきて霊獣《れいじゅう》にしたのです」

デュロフはひとり言のようにぼそっとつけ加えた。

「ですが、転生できるかどうかは……」

「転生?」

セリンはかすかに聞こえた単語を何とか聞き取って尋《たず》ねた。

「いえ、たいしたことでは……。ここで霊獣《れいじゅう》になった動物は、人間の世界で生まれ変わるチャンスを得《え》ます。ある意味、ここにいる動物は皆《みな》、転生を待っているといえるでしょう」

デュロフは大きな机《つくえ》の上に置かれた石像《せきぞう》を指差した。

「イッシャは、ここに最も長くいます。ですが、転生できていません。生まれ変わるためには、人間の愛を受けないといけないのですが、過去《かこ》に捨《す》てられた記憶《きおく》のためか、うまく受け入れられないのです」

セリンは、この話を聞いているだろうイッシャのことが気になってあたりを見回したが、イッシャは少し離《はな》れた所で、前足で顔を洗《あら》ったり体をなめたりするのに熱中していた。

「余計《よけい》なことを言ってしまいました。このことは気に留《と》めていただかずとも結構《けっこう》です。とにかく大事なのは、貴方《あなた》がお望みのクスルを見つけ、梅雨《つゆ》が明ける前に人間の世界に戻《もど》ることです」

デュロフはジャケットの内ポケットからアンティーク調の金色の鍵《かぎ》を取り出し、セリンに差し出した。

「では、これで最後です。ゴールドチケットの持ち主へのサービスとして、こちらにいらっしゃる間は、我々《われわれ》が個別《こべつ》に用意した最高級のスイートルームでお過《す》ごしいただけます。トリヤが横になれるほど大きくてふかふかのベッドのほかにも、ホテルで提供《ていきょう》されるようなサービスはすべてそろっています。また、部屋にある電話からは、いつでも私《わたくし》と連絡《れんらく》が取れるようになっていますので、よろしければご利用ください」

デュロフは、まだ湯気の上がるコーヒーをひと口飲み、親指と人差し指で口ひげに触《ふ》れた。するど、伸《の》びていた口ひげが、またきれいにカールして上を向いた。

「ありがとうございます」

セリンが鍵《かぎ》を受け取り、ぺこりとお辞儀《じぎ》をすると、イッシャが近づいてきた。

「では楽しい時間をお過《す》ごしください」

デュロフは入り口までセリンを見送ってくれた。

イッシャについていくセリンの姿《すがた》はすぐに見えなくなったが、デュロフはその後もしばらくの間、セリンが消えたところを見守っていた。

エマのヘアサロン

次の日の朝、セリンは何かが自分に触《ふ》れるのを感じて目を覚ました。ふかふかのベッドでもっと寝《ね》ていたかったのに、横を見ると、昨日連れてきたネコのイッシャがセリンのおなかを左右の前足で踏《ふ》み踏《ふ》みしていた。セリンは赤いカーペットの敷《し》かれた床《ゆか》にイッシャを降《お》ろし、握《にぎ》り拳《こぶし》が入りそうなくらい大きく口を開けてあくびをした。

ベッドの足元には、有名なブランドのロゴが入ったスリッパがある。人間の好みを考えてわざわざ用意したのだろう。しかしセリンはそれが何となく負担《ふたん》に感じられ、はだしでバスルームに行った。

「このバスルーム、あたしのうちより広い」

小さい時にしか使ったことのないシャワーのコックを回し、頭を濡《ぬ》らしたところで、ようやく意識《いしき》がはっきりしてくる。昨日の夜は、「朝になったら望みのクスルを手に入れられるんだ」と思ったら、まったく寝《ね》つけなかったのだ。

昨日の夜、セリンはどんなクスルを選べば幸せになれるのか、寝返《ねがえ》りをうちながら、いろいろ考えを巡《めぐ》らせていた。そうしているうちにふと思《おも》い浮《う》かんだのが、ここへ来る時に列車の中で見た大学生のことだった。より正確《せいかく》に言えば、大学生の持つ本に記されていた大学の名前だ。

セリンは、ただでさえ寝《ね》つけないのに、最後に残ったわずかな眠気《ねむけ》すら吹《ふ》っ飛《と》ばすほど目をぱっちり見開いた。オレンジ色の常夜灯《じょうやとう》がほのかに部屋の中を照らし、ベッドに敷《し》かれた花びらは、まだ香りを漂《ただよ》わせている。セリンは横にあったシルバー製《せい》の水入れからコップに水を注ぎ、それを飲みながら考えをまとめた。

「よし。大学に行って人生をやり直そう」

なぜすぐに思いつかなかったのかが不思議なくらいだ。今までテコンドーのことだけを考えていて、進学はとっくにあきらめていたせいかもしれない。クラスメイトが集まって、どこどこの大学に行きたいと話している時も、セリンはその輪に加われず、聞こえないふりをするか、その場を離《はな》れるか、そうするほかなかった。

それまで考えないようにしていたキャンパスライフを想像《そうぞう》してみた。ドラマや映画《えいが》で見たイメージしか湧《わ》かないけれど、それだけで十分だ。

「早く明日にならないかな……」

最初に頭に浮《う》かんだのは、自由な雰囲気《ふんいき》の構内《こうない》を歩く自分の姿《すがた》だった。与《あた》えられた時間割《じかんわり》ではなく、自分の学びたい科目を選んで講義《こうぎ》を受け、サークル活動では気の合う友達を作りたい。時々はアルバイトをして、そのお金で好きな物を買ったり、交換留学生《こうかんりゅうがくせい》として海外に出たりするのも悪くなさそうだ。

セリンはもう大学生になった気がして、胸《むね》を膨《ふく》らませた。今、考えつくものでこれ以上の望みはないように思える。そこでようやく心が落ち着き、眠《ねむ》りについたのだった。

セリンはさっとシャワーを済《す》ませ、タオルで髪《かみ》を乾《かわ》かしながらイッシャを探《さが》すと、ベッドのそばで伸《の》びをしていたイッシャがセリンに気づいて、しっぽを振《ふ》りながら近づいてきた。まだ乾《かわ》ききってない頭のまま、セリンはしゃがんでイッシャと目の高さを合わせた。

「あなたに望みを言えばいいのよね？」

セリンが確認《かくにん》するように尋《たず》ねると、イッシャはしっぽをさらに強く振《ふ》った。

昨日の夜にも思ったが、イッシャが特殊《とくしゅ》なのはその能力《のうりょく》以外にもあった。見た目は確《たし》かにネコなのだが、時おり、犬のような動きを見せるのだ。今も、舌《した》まで出してハアハアと息をしながらセリンのことをじっと見つめている。セリンは、もしイッシャがニャアニャアではなくワンワンと鳴いたとしても驚《おどろ》くまい、と心に決めた。

「待ってて。すぐに支度《したく》して伝えるから」

セリンは羽織《はお》っていたバスガウンをどうすべきかちょっとだけ悩《なや》んだが、元の場所に戻《もど》すことにした。ドレッサーにはあらゆる種類の化粧品《けしょうひん》が並《なら》んでいたが、セリンはローションと乳液《にゅうえき》っぽいものを適当《てきとう》に手に取り、顔に塗《ぬ》った。その間、イッシャは床《ゆか》に座《すわ》っておとなしくセリンのことを待っていた。

イッシャの前には、自分でくわえて持ってきたのか、空っぽの皿が置かれている。昨日の夜、念のためにと食べ物をたくさん入れておいた皿だ。

「食欲旺盛《しょくよくおうせい》っていうの、ホントだったのね」

デュロフがぽろりと口にしたことを思い出した。少なくとも二日分は入れたと思っていたが、跡形《あとかた》なく食べきっていて、皿はきれいに洗《あら》ったかのようだ。セリンは黒いテーブルの上にあったルームサービスのメニューを手に取った。

普段《ふだん》なら絶対《ぜったい》に利用しようなどとは思わないはずだが、セリンは昨日、質屋《しちや》で金貨を数十枚《まい》、受け取っている。梅雨《つゆ》の間だけ、それもここでしか使えない金貨なのだから、節約する理由はない。

「うーん、どれがいいかなあ」

セリンは一番おいしそうに見える朝食を選んだ。オブジェのような電話で注文を伝えると、ほどなくしてドアをノックする音がした。ドアを開けて顔を出したところ、腰《こし》の高さほどのサービング用のカートが置かれていた。

カートの上には、ふたの載《の》ったトレーがあり、つい鼻をヒクヒクさせてしまうような、いいにおいが漂《ただよ》ってくる。トレーの横には、セリンの部屋番号が書かれた紙と請求書《せいきゅうしょ》が置かれていた。セリンはカートを部屋の中まで運んだ。

カーテンをさっと開けると、ガラスの窓越《まどご》しに、あたりの景色が目に入ってきた。まるで、どこかの都市の繁華街《はんかがい》をそのまま切り取ってきたかのようで、広い原っぱを背景《はいけい》にさまざまな色や形の建物がびっしりと並《なら》んでいる。正方形や三角形、円錐形《えんすいけい》の建物などが見え、さらには星型《ほしがた》や菱形《ひしがた》の建物もあった。ここには同じような建物をつくってはならないというルールでもあるのか、本当に大きさも形もバラバラだ。

セリンはパンとミルクで適当《てきとう》におなかを満たし、残りはデザートも含《ふく》め、すべてイッシャに与《あた》えた。

デュロフの言葉どおり、イッシャは何でもよく食べた。小さな体で一生懸命《いっしょうけんめい》食べる姿《すがた》は、知らない人が見たら何日も飢《う》えていたように思うかもしれない。イッシャは皿までなめつくしてからようやく満足げにニャーンと鳴いた。

「イッシャ、あたしの願いは……」

セリンは口元についたミルクをナプキンでぬぐいながら話を切り出した。

「あたし、いい大学に入りたい。それって、かなう？」

セリンは控《ひか》えめに聞いてみたが、イッシャのほうは「問題ない」とでも答えるかのごとく、大きな声で鳴いた。単に食事を終えて気分がよかっただけかもしれないが。

イッシャは、ついてこいというように一度だけ振《ふ》り返《かえ》り、ホテルの外に飛び出していった。


外は、ここには一度も雨が降《ふ》ったことがないのではと思わせるほど晴れわたっていて、まぶしいくらいに日差しが降《ふ》り注《そそ》いでいる。文句《もんく》の言いようのない最高の天気だ。手首に巻《ま》いた時計がなければ、今が梅雨《つゆ》の季節だということも忘《わす》れてしまいそうだった。

時計を見ると、水はまだたくさん残っている。セリンは、デュロフが飲《の》み干《ほ》したカップを見せながら、人々を脅《おど》かすように口にした言葉を思い出していた。

「梅雨《つゆ》が明けるまでにここを出なければ、永遠《えいえん》に消えることになります」

セリンは、絶対《ぜったい》に時計をなくすまいと自分に言い聞かせ、イッシャを見失わないようスタスタとついていった。

「この建物、すごくかわいい」

イッシャは、赤いレンガで造《つく》られた三階建ての建物の前で止まった。決して大きな建物ではないが、壁《かべ》がツタのつるで覆《おお》われていて、芸術作品《げいじゅつさくひん》のような趣《おもむき》がある。ツタのつるはレンガの色と対照的で、まるで動いているかのように生き生きとして見えた。セリンは建物全体を見回してから入り口に近づいた。

ドアを開けると、客が来たことを知らせるベルがチリリンと鳴った。

「いらっしゃいませ！」

セリンの到着《とうちゃく》を待《ま》ち構《かま》えていたかのように、セリンが足をしっかり踏《ふ》み入《い》れもしないうちに、どこからか明るい声が聞こえてきた。見上げると、誰《だれ》かが階段《かいだん》を転がり落ちそうな勢《いきお》いで下りてきている。せっかちなのか、あるいはお客さんが来てとても喜《よろこ》んでいるからか。なぜかセリンには、その両方だろうと思われた。

声の主は、二十代前半にしか見えない若《わか》い女性《じょせい》のトッケビだった。トッケビは明るい笑顔《えがお》でセリンを歓迎《かんげい》してくれた。ヘアカラーがべったりついたエプロンを身に着けていたが、絵を描《か》きかけの画家のように、あちこちまだら状《じょう》にシミがついている。青く染《そ》めた髪《かみ》も印象的《いんしょうてき》だ。

「失礼します。クスルが欲《ほ》しくて来たんですが……」

「ああ、もう梅雨《つゆ》の季節なのね」

トッケビは本当にうれしそうな顔でセリンの手首をつかみ、二階に上がる階段《かいだん》へ案内した。

階段《かいだん》を上がる短い時間に、セリンに名前を聞いたり年を聞いたりしつつ、自分はここのヘアサロンのスタイリストであり、名前はエマだと自己紹介《じこしょうかい》をした。

一階はクッションつきの丸いスツールがいくつか、輪を描《えが》くように置いてあるだけだったが、二階にはかなりの客がいた。どの客も頭にはビニールのヘアキャップをかぶり、手には雑誌《ざっし》を持っている。

エマはセリンを空いた席に案内した。

「こちらへどうぞ」

エマは何かいいことでもあったのか、フンフンと鼻歌を歌い始めた。

「人間の髪《かみ》に触《ふ》れるのは、本当に久《ひさ》しぶりなんです」

エマはセリンが昔からの常連客《じょうれんきゃく》であるかのように、親しげに話しかける。

「あの、クスルはいつ……」

「あら、ここのルールをもうお忘《わす》れですか？」

エマは、セリンの首周りに大きな薄《うす》い布《ぬの》を掛《か》け、そしてセリンに答える隙《すき》を与《あた》えることなく、言葉を続けた。

「クスルは、店を利用してくれたらおわたしします。そんなにあわてないで」

そう話すエマのほうが、ヘアクリップやハサミを探《さが》すのにあわてていた。赤いヘアクリップはそれでもすぐに見つかったが、ハサミが見つからずに困《こま》っているようだ。周りに置かれた物をひっくり返し、ごちゃごちゃにしてから、セリンに、

「イヤだ、ごめんなさい。ちょっとお待ちいただけます？」

と、謝《あやま》った。

「ええ、大丈夫《だいじょうぶ》です」

セリンは首に巻《ま》かれた布《ぬの》を少しうっとうしく感じていたが、そういうそぶりは見せなかった。エマは横に座《すわ》っていたトッケビの足元を探《さが》し、そして立ってくれと頼《たの》んだ。それでもハサミが見つからないと、さらに隣《となり》に移動《いどう》して同じことを繰《く》り返《かえ》すのだった。セリンは、店中の物をひっくり返すことになるのではと、他人事《ひとごと》ながら心配になった。

「コホン」

セリンに向かって、誰《だれ》かが咳払《せきばら》いをした。セリンが反対側の隣《となり》を見るとそこには、今まで一度も髪《かみ》を切ったことがなく生まれて初めてヘアサロンに来たかのような、モジャモジャ頭のトッケビがいて、セリンのことを不思議そうにながめていた。さらにその横には、なぜここにいるのか分からないが、つるつる頭のトッケビが座《すわ》っていた。そのトッケビもほかの客と同じようにヘアキャップをかぶっていたが、その理由もやはり分からなかった。

モジャモジャ頭のトッケビが、だしぬけに、頼《たの》んでもいない自己紹介《じこしょうかい》を始めた。

「俺《おれ》はバレル。人間たちのここぞという瞬間《しゅんかん》に、冷静な心を盗《ぬす》んで思いっきり緊張《きんちょう》させるトッケビだ」

つるつる頭のトッケビも黙《だま》っていられず話に割《わ》りこむ。

「俺《おれ》は人間の、決断《けつだん》する心を盗《ぬす》んでる。一番楽しいのは、レストランでメニューを見てる人間から盗《ぬす》む時だね。ささいなことも決められずまごまごする様子を見るのが、退屈《たいくつ》な世界を生きるうえでの唯一《ゆいいつ》の楽しみと言えるかな。よろしく。俺《おれ》はヴァンス」

セリンはどう返事をしたらいいか分からず、戸惑《とまど》っていた。とにかく名乗るだけでも、と口を開こうとした瞬間《しゅんかん》、つるつる頭のトッケビの目の色が変わり、声もゾッとするくらい鋭《するど》くなった。

「では、自己紹介《じこしょうかい》はこのぐらいにして、腹《はら》を満たすとするか」

突然《とつぜん》、トッケビたちの目が赤く光り、牙《きば》がむき出しになる。ホラー映画《えいが》に出てくる、典型的《てんけいてき》な吸血鬼《きゅうけつき》の姿《すがた》だ。

「生きたまま取って食ってやる！」

つるつる頭のトッケビが首に巻《ま》いていた布《ぬの》をマントのように翻《ひるがえ》しながら一瞬《いっしゅん》でセリンに近づいた。セリンは驚《おどろ》きのあまり息をのみ、背《せ》もたれに思いきり寄《よ》り掛《か》かった。

その時、ドタドタと何かが転がる音が聞こえてきた。エマがドライヤーのコードに足を引《ひ》っ掛《か》けて転んだ音だ。しかし、よくあることらしく、セリンを除《のぞ》いては、誰《だれ》もエマのほうを見たりしなかった。エマも特に気にしていない様子で、しれっと立ち上がり、ひざを少しはたいただけで、こつこつと歩き出した。

その手には、さっきよりもちょっと汚《きたな》くなったエプロンがあった。

「ごめんなさい。お待たせしました」

エマは、セリンの首に食いつこうとしているヴァンスを無視《むし》して話し始めた。

「気にしないでください。一年ぶりに人間に会えてふざけてるだけですから。ここには人間を取って食おうなんていうトッケビはいません。見た目がちょっと違《ちが》うだけで、食べる物も人間とほとんど同じです」

ヴァンスは気の抜《ぬ》けた顔でぼやいた。

「エマ、俺《おれ》の楽しみを奪《うば》わないでくれよ。また一年、待たなくちゃならん」

ヴァンスが残念そうに自分のイスに戻《もど》ると、モジャモジャ頭のバレルがヴァンスをなぐさめるように肩《かた》をポンポンとたたきながら、「まだ梅雨《つゆ》は続くから、別の人間が来るかもしれないぞ」とそっと耳打ちをしていた。不満げなヴァンスの顔がぱっと明るくなった。

エマは持ってきたエプロンを首に掛《か》け、腰《こし》の後ろで紐《ひも》を結んだ。エプロンには、邪魔《じゃま》そうなポケットがついていて、まるでカンガルーのおなかみたいに大きく膨《ふく》れている。

何のためのポケットなのかはすぐに分かった。エマはポケットに手を突《つ》っこみ、ひとしきりゴソゴソしてから手に当たった物を自信たっぷりに取り出した。

それはほかでもない、鋭《するど》い歯のついた電気のこぎりだった。

セリンは危《あや》うく悲鳴を上げそうになった。さっき、トッケビたちから「取って食う」と言われた時よりも驚《おどろ》いた顔になってしまった。

「これじゃなくて……」

エマは気恥《きは》ずかしそうに笑い、またポケットを探《さぐ》り出《だ》す。

次に出てきたのは指の節二つ分くらいの小さなハサミだった。あまりに小さくて、鼻毛の手入れ以外には使い道がなさそうである。エマはそれもポケットに戻《もど》し、今度は右腕《みぎうで》がまるごと入るくらい深く突《つ》っこんだ。ようやく、普通《ふつう》サイズの髪切《かみき》りバサミが姿《すがた》を現《あらわ》した。セリンは、ごく普通《ふつう》のハサミをなぜここまでしっかり隠《かく》しているのかが気になったが、エマが飛《と》び跳《は》ねんばかりに喜《よろこ》んでいたので、とても聞けそうな雰囲気《ふんいき》ではない。

エマはセリンの髪《かみ》を霧吹《きりふ》きで十分に湿《しめ》らせてからとかし始めた。絡《から》み合《あ》った髪《かみ》がきれいに整う。

「普段《ふだん》は、あんまりお手入れしてないみたいですね」

セリンは当《あ》たり障《さわ》りのない答えを返す。

「その、面倒《めんどう》くさくて……」

エマはかすかに笑《え》みを浮《う》かべ、指で髪《かみ》を挟《はさ》みながらカットし始めた。シャキシャキという音とともにセリンの毛先が床《ゆか》に落ちていく。もともと長くはない髪《かみ》が耳の下くらいまで短くなった。エマは毛先をつまんでバランスを見てから、棚《たな》の上の収納《しゅうのう》ケースをごそごそと探《さぐ》り始めた。

その時、深刻《しんこく》そうな表情《ひょうじょう》で新聞を読んでいたモジャモジャ頭のバレルが、エマを見上げて言った。

「エマ、あの話はもう聞いた？」

「あの話って？」

収納《しゅうのう》ケースに深く頭を突《つ》っこんでいたエマが、うんうんうなりながら何とか返事をする。

「最近、あちこちの店で盗難事件《とうなんじけん》が起きてるんだってさ。犯人《はんにん》がまだ捕《つか》まってなくて騒《さわ》ぎになってる」

バレルはモジャモジャ頭に負けないくらいモジャモジャのあごひげをなでながら続ける。

「ここは大丈夫《だいじょうぶ》かい？」

「ええ、幸い、今のところは何も起きてません」

エマはほこりが積もりに積もった箱を取り出すのに成功したものの、同時に床《ゆか》に落ちていた髪《かみ》の塊《かたまり》に足を滑《すべ》らせて転んでしまった。バタンと音がしたが、顔についた髪《かみ》の毛《け》を払《はら》いながら、今回も何事もなかったかのように立ち上がった。

「きっとお二人が毎日ここにいらっしゃるから、犯人《はんにん》も怖《こわ》くて何もできないんでしょう」

「やっぱりそうだよな？」

モジャモジャ頭のトッケビは、お世辞を真に受け、肩《かた》をすくめてみせた。そして細い腕《うで》に力を入れ、貧弱《ひんじゃく》な筋肉《きんにく》をエマに触《さわ》ってみろと差し出した。しかしエマはさらに忙《いそが》しそうなふりをして、目もくれなかった。エマはセリンに、さっき取り出した箱を見せながら言う。

「これは昔、人間の褒《ほ》め言葉《ことば》を集めてトリートメント剤《ざい》にしたものです」

飾《かざ》りのない箱の中には、さらに簡素《かんそ》な容器《ようき》が入っていて、そこには白い液体《えきたい》が詰《つ》められていた。白い絵の具を溶《と》いた物のようにも、水に生クリームを混《ま》ぜた物のようにも見える。

エマはラベルに書かれた使用期限《しようきげん》を確認《かくにん》してからふたを開け、においをかいだ。セリンも続けて鼻から息を吸《す》ったが、特に香りはなかった。

「本心から言ったわけではない言葉を集めてしまうこともあって、その時は効果《こうか》が出ないんです。だから必ずサンプルテストをします」

エマは自分の手の甲《こう》に塗《ぬ》り広《ひろ》げ、産毛《うぶげ》を観察した。

「幸い、これは効《き》き目《め》がありますね」

エマは満足そうに笑い、容器《ようき》を傾《かたむ》けてトリートメントをてのひらにたっぷり取り、自分の手に塗《ぬ》っているのではと思うほどてのひらでしっかりこすり合わせてから、セリンの髪《かみ》のすみずみまでつけてくれた。

「朝と夜、これを髪《かみ》につけてみてください。髪《かみ》を傷《いた》んだまま放置しておくのはおすすめしません。あなたみたいにボサボサになりやすい髪《かみ》に合うと思います」

エマが何度か髪《かみ》をなでるように触《ふ》れただけで、いつもパサパサのセリンの髪《かみ》がびっくりするくらいツヤツヤになった。その時、セリンは忘《わす》れていたある出来事を思い出した。


セリンがテコンドー教室に通い始めたころの話だ。その日、後《うし》ろ回《まわ》し蹴《げ》りの練習を一生懸命《いっしょうけんめい》やっている時に、誰《だれ》かが近づいてくることに気づいた。

振《ふ》り返《かえ》ると、いつも笑顔《えがお》で接《せっ》してくれる師範《しはん》だった。セリンは、自分の姿勢《しせい》が悪いのではと緊張《きんちょう》したが、反対に師範《しはん》は「素質《そしつ》がある」と言ってくれたのだ。

師範《しはん》は「このぐらいなら、そこそこの男子とやり合えるだろう」と、さらにセリンを持ち上げた。セリンは初めて聞く褒《ほ》め言葉《ことば》に、どう反応《はんのう》していいか分からず顔を赤らめた。恥《は》ずかしさを隠《かく》そうとうつむいたが、師範《しはん》は親指まで立ててくれ、セリンの顔はますます赤くなったのだった。

セリンは頭を振《ふ》って思い出にふけるのをやめ、現実《げんじつ》に戻《もど》った。今思えば、テコンドー教室の生徒数を維持《いじ》するために師範《しはん》が適当《てきとう》に言ったことを、あまりにも馬鹿正直に信じたのではないかという気もする。今、何よりも大事なのはクスルを手に入れることで、あれこれ考えるのはなるべく後回しにしようと思った。

その間もエマは、セリンの顔や首についた髪《かみ》の毛《け》をレンガのようなスポンジで丁寧《ていねい》に落としてくれていた。最後に、首を絞《し》めつけるように巻《ま》かれていた布《ぬの》が外された。

セリンは首がすっきりした解放感《かいほうかん》と、初めて気に入ったヘアスタイルを手に入れた喜《よろこ》びを同時に味わいつつ、立ち上がる。

「会計をお願いします」

セリンは金貨でみっともなく膨《ふく》れたポケットに手を入れる。

「カット代だけいただきますね。金貨二枚《まい》です」

エマは、トリートメント剤《ざい》を箱に戻《もど》し、リボンまで結んでわたしてくれた。そして、もちろんクスルも。

グリーンに光るクスルは、外に持ち出して売ればそれだけで大金を得《え》られそうなくらい美しい。セリンはトリートメント剤《ざい》の入った箱とクスルをそれぞれの手に持ち、エマに見送られながら一階へ下りた。

一階では待ちくたびれたイッシャがクッションつきのイスの上で眠《ねむ》っていたが、エマとセリンの足音で目を覚ましたようだ。イッシャは、口が裂《さ》けそうなほどの大あくびをしてから、二人のことをうれしそうに迎《むか》えた。

「ここで少し休んでいってもいいですか」

セリンは誰《だれ》も座《すわ》っていないイスを指差して尋《たず》ねた。

「もちろんです。閉店《へいてん》まで時間はたっぷりありますから、どうぞごゆっくり。そうだ、そのトリートメント剤《ざい》はとても滑《すべ》るから、使う時は気をつけてくださいね」

エマは二階に上がるまでにもう一度転んだ。その後、セリンはクスルをじっと見つめた。クスルの中は、夜空の天の川を閉《と》じこめたかのようで、小さな光の粒子《りゅうし》がゆっくりと渦《うず》を巻《ま》いている。

「ここに、ホントにあたしの望む幸せが入ってるんだろうか?」

セリンはデュロフに教わったとおり、クスルをイッシャにくわえさせた。あごが痛《いた》くならないだろうかと心配になったが、イッシャは体のサイズを変えられるのだった。

セリンは期待と緊張《きんちょう》の面持《おもも》ちで呪文《じゅもん》を唱えた。

「ドゥル エプ ジュルラ」

イッシャの瞳《ひとみ》の色がクスルと同じグリーンに変わるや、光が四方に広がり始める。

そして、まるで夢《ゆめ》でも見ているかのように、セリンの目の前に幻影《げんえい》が現《あらわ》れた。

◆

セリンの目の前には、想像《そうぞう》だけの世界だった、美しいキャンパスが広がっている。青々とした芝生《しばふ》に、歴史《れきし》を感じさせるゴシック様式の建物が、真っすぐ伸《の》びた木と合わさって壮大《そうだい》な景観を作り上げていた。噴水《ふんすい》の真ん中にある、立ち上がった馬の彫像《ちょうぞう》は今にも動き出しそうだ。ひざの高さほどの植えこみには花が咲《さ》いている。

「それって本当ですか？」

ざわざわと音のするほうを見ると、セリンからあまり離《はな》れていない所で、男女混合《だんじょこんごう》のグループが輪になって座《すわ》り、おしゃべりをしていた。一体、何がそんなに楽しいのか、お互《たが》いの肩《かた》をたたいたり、口元には笑《え》みを浮《う》かべたりしている。一人ぼんやり立っているセリンの存在《そんざい》に気づく者はいなかった。

「本当だって。朝、来たら、あいつが芝生《しばふ》の上で、一人で寝転《ねころ》がってた」

短い髪《かみ》をワックスでかっちり固めた男性《だんせい》が、新入生歓迎会《かんげいかい》の後に打ち上げをしたこと、新しく来た教授《きょうじゅ》が教室を見つけられず休講《きゅうこう》になったことを、おもしろおかしく話していた。学生たちの声はセリンにも聞こえるほど大きかった。

セリンがもう少し話を聞くために近づこうとした時に、一人の学生がアルバイトだからと、お尻《しり》の土を払《はら》いながら立ち上がった。

「もう時間だから行く」

するとほかの学生も、グループワークがあるとかデートに行くとかで、それぞれバッグを持ち上げた。セリンは残念そうに学生たちの後《うし》ろ姿《すがた》を見ていた。

チリンチリン
一人二人といなくなる芝生《しばふ》の向こうを、自転車に乗って苦しそうに通《とお》り過《す》ぎていく学生が視《し》界《かい》に飛びこんできた。季節は春のようだが、まだウールのパーカーを着ている、太い黒ぶちのメガネをかけた男子学生だ。

セリンは、自分が無意識《むいしき》のうちにその学生についていっていることを感じた。下を向くと、足はどこへ消えたのか見えなくて、滑《すべ》るように動いている。まるで幽霊《ゆうれい》にでもなった気分だった。

男子学生は低めの丘《おか》を上がり、寮《りょう》らしき建物に向かった。そして自転車を雑《ざつ》に止め、なかなか来ないエレベーターのボタンを押《お》し続けていた。しきりに時計を見ているが、何か大事な約束があるのか、あるいは大事なものを忘《わす》れてしまい取りに戻《もど》ったのだろうか。

「ふう……」

エレベーターに乗ると、深呼吸《しんこきゅう》をして不安な気持ちをなだめようとしていたが、なかなかうまくいかず、緊張《きんちょう》した表情《ひょうじょう》は少しも緩《ゆる》まない。

そしてエレベーターが開くとぱっと飛び出し、そのまま自分の部屋に入った。靴《くつ》を脱《ぬ》ぎ散《ち》らかし、机《つくえ》の上のノートパソコンを開く。

セリンはパソコンが起動するまでの間、部屋の中を見回した。ベッドと机《つくえ》、家具はそれで全部だったが、自己紹介《じこしょうかい》や面接《めんせつ》に関する本が何冊《なんさつ》か、専攻《せんこう》の書籍《しょせき》の間に置かれていた。

「頼《たの》む……」

ほどなくしてパソコンが起動すると、男性《だんせい》はマウスをせわしく動かした。

しかしすぐに手の動きは止まり、表情《ひょうじょう》は石のように固まってしまった。時間まで止まったかのように、部屋の中が静まり返る。

男性《だんせい》は息を荒《あら》く吐《は》いた。

ぼんやりと見ていたモニターには、「最終面接《さいしゅうめんせつ》の結果、不採用《ふさいよう》となりましたことをお知らせします」と書かれたメールが表示《ひょうじ》されていた。

タイトルの下には「貴殿《きでん》のような人材を採用《さいよう》できず残念に存《ぞん》じますが、また縁《えん》がございましたら、ご一緒《いっしょ》できることを願っています」という内容《ないよう》の言葉が続いていたが、男性《だんせい》の視線《しせん》はモニターの上段《じょうだん》に固定されたままだった。

ブッブッブッ……

そばにあったスマホがうるさく振動《しんどう》し始めた。半分、気の抜《ぬ》けた表情《ひょうじょう》で男性《だんせい》が画面を確認《かくにん》すると、グループチャットでは自分以外の人がお祝いのメッセージのやりとりをしている。

男性《だんせい》はそれ以上、チャットを見る気になれず、スマホを机《つくえ》の上に置いて、ベッドに顔をうずめて横になった。

そして布団《ふとん》を深くかぶり、その中から出てきそうになかった。スマホはさらにうるさく鳴り続けていた。

◆

セリンは急に意識《いしき》を取《と》り戻《もど》した。どのぐらい時間が経《た》ったのか分からなかったが、時計を見ると、少し水は落ちたものの、それほど長い時間が過《す》ぎたわけではなさそうだ。

セリンは自分の顔に触《ふ》れ、はっとして足を見た。幸い、両足ともそろっていた。

イッシャがひざに乗ってきて心配そうにセリンを見つめる。

「大丈夫《だいじょうぶ》よ、イッシャ」

セリンはイッシャの頭を優《やさ》しくなでてやった。イッシャが、くわえていたクスルをセリンのてのひらの上にそっと落とすと、セリンの頭の中には、さっきの情景《じょうけい》がありありと浮《う》かんできた。

確《たし》かにセリンの望んだ大学のキャンパスだった。しかし、あの男性《だんせい》のようにはなりたくない。

ここでようやくセリンは、ゴールドチケットの持ち主は大きな幸運をつかんだとデュロフが言った意味が分かった気がした。もしこんなふうにクスルの中を見られずに持ち帰っていたら、絶対《ぜったい》に後悔《こうかい》しただろう。

セリンは安堵《あんど》のため息をついた。

考えてみれば、いい大学を出たとしても就職《しゅうしょく》という問題が残る。

「もう少し先のことを考えたら、就職先《しゅうしょくさき》のほうが大事ね。名門大学を出たって、就活《しゅうかつ》に失敗することはあるし」

セリンはひとりうなずき、またイッシャに声をかけた。

「イッシャ、ほかのクスルが欲《ほ》しいんだけど、今言ってもいい?」

セリンになでてもらっていたイッシャは半分くらい目を閉《と》じて寝転《ねころ》がっていたが、その言葉に反応《はんのう》して立ち上がり、耳をピンと立てた。それは「今話してもいい」という返事のように見えた。セリンはイッシャが聞き取りやすいようにと、口を大きく動かし、なるべくはっきりと言った。

「大学を卒業したら有名な会社に入りたい。みんながうらやむような会社に」

セリンの発音が聞き取りやすかったのか、イッシャはすぐに理解《りかい》して床《ゆか》に飛び下りた。セリンは、イッシャがガラスのドアにぶつからないよう急いで開けてやった。

ドアに掛《か》かっていたベルが揺《ゆ》れると、エマがまた転びそうになりながら下りてくる。

「あ、お帰りですか」

エマは「気をつけて」と言いながら、両手を力いっぱい振《ふ》ってくれた。

「ありがとうございました」

セリンも頭を下げ、丁寧《ていねい》にあいさつを返した。そしてすでに飛び出してかなり先を行くイッシャを追うために急いで店を出た。

ドアが閉《し》まる直前、ヘアサロンの中からは、もう一度、ドテッという音が聞こえてきた。

マタの書店

ひとしきり走ったイッシャが、突然《とつぜん》、道のど真ん中で立ち止まった。後ろをついていっていたセリンは、イッシャを踏《ふ》みつけそうになりあわてて足を止めたために、つんのめって危《あや》うく転ぶところだった。

チャリンチャリン

ポケットに入れていた金貨が散らばってしまった。

「急に止まったら危《あぶ》ないじゃない」

セリンは金貨を一枚《まい》もなくさないようにと、急いであたりを見回した。何枚《なんまい》かはイッシャのお尻《しり》の下に入りこんでいる。

「イッシャ、ちょっとお尻《しり》を上げて」

ところがイッシャは、地面に接着剤《せっちゃくざい》で貼《は》りつけられたかのようにちっとも動かなかった。催《さい》眠術《みんじゅつ》でもかけられたのかと思うぐらい、気が抜《ぬ》けた様子だ。セリンはイッシャがじっと見ているところに目を向けた。

そこには、大きな荷車を改造《かいぞう》して作った屋台があった。タイヤの空気は抜《ぬ》け、外側はひどく錆《さ》びていて、最初はどんな色だったのかも、もはや分からない状態《じょうたい》だ。使っているうちに壊《こわ》れて、誰《だれ》かが捨《す》てていった物かもしれない。ただ、その荷車の中には、あまり清潔《せいけつ》そうには見えない、道端《みちばた》でよく売られている食べ物がたくさん置かれていた。

イッシャが見ていたのは、腕《うで》ほどの大きさもあるエビのてんぷらだった。

「何だ？」

人気《ひとけ》を察したのか、頬《ほお》ひげをあごまで伸《の》ばしたトッケビが、ホットドッグの間から姿《すがた》を現《あらわ》した。セリンはとても驚《おどろ》き、何も言えずに口をぽかんと開けるだけだった。

トッケビは指で自分の頭の上を指差したが、その指先の爪《つめ》には垢《あか》が詰《つ》まっている。

「屋根に何かあるの？」

荷車にかけられたシートには穴《あな》がたくさん開いていて、まったく日差しをさえぎってくれていない。雨でも降《ふ》れば、そのまま食べ物を濡《ぬ》らしてしまうだろう。セリンの視線《しせん》は、ぼろ布《ぬの》のようなシートに釘《くぎ》づけになった。

「違《ちが》う！」

トッケビが怒鳴《どな》りながら指差したのは、そのシートの下で、そこには段《だん》ボールを適当《てきとう》に破《やぶ》って作ったメニュー表がハンガーに掛《か》けられていた。トッケビはセリンを恐《おそ》ろしい形相でにらんだ。すぐに注文しないと、料理の材料にでもされそうな雰囲気《ふんいき》だ。

セリンは目が合っただけで怖《こわ》くなり、急いでポケットから金貨を出した。そしてエビのてんぷらと、なるべくハエのたかっていなさそうなフランクフルトソーセージを指差して、

「こ……これ、ください……」

トッケビは金貨を奪《うば》うようにして受け取ると、ビニール手袋《てぶくろ》もつけずに素手《すで》でてんぷらとソーセージをパッとつかんでセリンに差し出した。

セリンはなるべくトッケビの手に触《ふ》れないよう、それを注意深く受け取った。ソーセージにはハエの羽っぽいものがいくつかついていたが、できる限《かぎ》り顔をしかめないよう努め、そして不自然ながら何とか作り笑いもした。

トッケビが、ほかに注文はないかと言いたげにセリンを見つめたが、セリンは急いであいさつをしてそこを離《はな》れた。

「イッシャってば、ホントによく食べるのね。朝、あんなに食べたのにもうおなかが空《す》くなんて」

てんぷらをくわえたイッシャがセリンについてくるということは、ここは本来の目的地ではないようだ。セリンはソーセージを食べるふりをしていたが、トッケビがホットドッグの隙間《すきま》

に引っこんだとたんに、それもイッシャに与《あた》えた。イッシャが食べていたてんぷらは、すでにしっぽが残っているだけだった。イッシャは大型犬《おおがたけん》くらいのサイズになって、ソーセージを嚙《か》むことなくひと飲みした。

セリンは手についたイッシャのつばを拭《ふ》き取《と》りながら、イッシャが次の店に案内してくれるのを待った。幸い、あまり待つことなく、イッシャは大きくなったついでにスピードも上げて矢のように走り出した。

たどり着いたのは、さっきの屋台と同じぐらい古い建物だった。こんな所に住む人がいるのだろうかと思わせるほどで、割《わ》れた窓《まど》はそのまま放置され、壁《かべ》はあちこちにヒビが入っている。おまけに少し傾《かたむ》いていて、中に入るのがためらわれる。しかしイッシャが服を引《ひ》っ張《ぱ》るので、セリンは仕方なく入り口に近づいた。

キイィー

手入れのされていないドアが、音をきしませながら内側に開いた。

中の廊下《ろうか》を見ても、外と大きくは変わらない。壁《かべ》は塗装《とそう》がすべてはげ落ち、あと少しで骨組《ほねぐ》みが現《あらわ》れそうである。床《ゆか》のタイルはどれも欠けていて無傷《むきず》の物を見つけるのが難《むずか》しい。

「梅雨時《つゆどき》商店街」を探《さが》しに来た時に見た廃屋《はいおく》と比《くら》べても、あれよりマシとは思えないレベルだ。

ただ、奥《おく》のほうから明るい光が漏《も》れている。セリンはその明かりに向かって、暗い廊下《ろうか》を歩き始めた。

「誰《だれ》かいませんか」

大きく開いたドアから中をのぞきこむと、驚《おどろ》いたことに、そこは本で満ち満ちた空間だった。いちいち数を数えていられないほどたくさんの本が、ずらっと並《なら》ぶ本棚《ほんだな》にしまわれていて、それと同じくらいたくさんの本が床《ゆか》の上にも散らばっている。図書館のような、倉庫のような、不思議な場所だ。

天井《てんじょう》にはクモの巣が何重にも掛《か》かり、本棚《ほんだな》や床《ゆか》にはほこりが積もっていて、タイトルもロクに読み取れない。

「なんでこんなに汚《きたな》いの？」

それでも何とか掃除《そうじ》されている所があった。片《かた》すみにあるテーブルだけは、電気スタンドが点《つ》けられ明るく照らされている。テーブルの上には、テーブルの高さよりも高く本が積まれていて、その中に頭をうずめているトッケビがいた。トッケビはイヤーマフのようなヘッドホンをつけ、歌のようなそうでないような何かをつぶやいていた。

セリンは床《ゆか》に散らばった本を踏《ふ》まないよう気をつけながら、つま先立ちでテーブルに近づいた。イッシャもまた子ネコになって、セリンの後をついてきた。

「すみません」

セリンがテーブルのすぐそばまで行っても、トッケビはセリンに気づかなかった。むしろ、さっきよりも楽しそうに大きな声で歌っている。しかし音程《おんてい》がまったく合っておらず、ただ叫《さけ》んでいるというほうが近かった。何のジャンルの歌なのか推測《すいそく》しようにも無理だとあきらめた時に、ようやくトッケビが頭を上げた。

しかし、それはただ肩《かた》を伸《の》ばそうとしただけだったようで、セリンと目が合った瞬間《しゅんかん》、トッケビは驚《おどろ》きのあまりイスの後ろに倒《たお》れこんでしまった。そしてテーブルに隠《かく》れ、頭を半分だけ出して言った。

「だれ」

セリンは自分がどこか威圧的《いあつてき》な態度《たいど》を取っていないか気をつけつつ、慎重《しんちょう》に答える。

「クスルを買いに来たんですが」

トッケビは頭を少しだけ上に伸《の》ばした。見ると、小学生くらいの、とても幼《おさな》い顔つきをしたトッケビだ。頭の上に、目立たないながら小さな角《つの》があり、まだひげも生えていない顔にはそばかすがたくさんある。

トッケビはセリンの様子を何度もチェックしてから、ようやく立ち上がった。

「ご飯をおごってあげたいって？」

　セリンは訳《わけ》が分からず聞き返した。

「はい？」

　子供《こども》のトッケビは目をくるくる動かしながら腕組《うでぐ》みをした
「僕《ぼく》は豆が嫌《きら》いなんです。だから豆の入った物以外で……。そうだ、ナスやきのこもパス。かんだ時ぐにぐにするでしょ。ニンジンは固いからダメ……。まさか豚肉《ぶたにく》や牛肉を食べるような野蛮人《やばんじん》じゃないですよね？」

　セリンは、このトッケビが食べられる物は何なのか気になったが、話がさらにあらぬ方向に進みそうな気がして、口を挟《はさ》んだ。

「あの、ご飯をおごりに来たんじゃありません」

　トッケビは、心配はいらないという表情《ひょうじょう》を浮《う》かべ、セリンを安心させた。

「大丈夫《だいじょうぶ》。デザートは自分がおごります。トッケビは、一方的にたかるなんてことはしませんから」

　トッケビはすぐにでも出かけようとしたのか、ハンガーに掛《か》けてあった茶色いチェックのコートを取り、片腕《かたうで》を通し始めた。コートは床《ゆか》を引きずりそうなくらい丈《たけ》が長く、ボタンを留《と》めると、案の定、床《ゆか》に触《ふ》れてしまった。セリンは、テーブルの回りだけほこりがない理由を今さらながらに知った。

セリンは、戸惑《とまど》いともどかしさを感じつつ、どうしたらいいか分からず困《こま》っていたが、テーブルの上に小さなメモ用紙があることに気づいた。しかもその横には、羽根ペンと黒いインク瓶《びん》まである。

セリンは許可《きょか》を求めることなく、すばやくペンにインクをつけて書きなぐった。

私《わたし》はここにあるクスルをもらいに来ました

子供《こども》のトッケビは、ポンポンのついた帽子《ぼうし》を深くかぶり、ちょうど部屋を出ようとしたところで立ち止まった。幸い、セリンが急いで書いたメモを理解《りかい》してくれたようで、元の場所に立《た》ち戻《もど》る。そしてキャビネットを開け、紫色《むらさきいろ》にきらめくクスルを取り出した。

「最初からそう言ってくれればいいのに」

トッケビは帽子《ぼうし》をハンガーに掛《か》け、コートを脱《ぬ》いだ。

「これが僕《ぼく》の持ってるクスルです。でもその前にお願いを一つ、聞いてください」

セリンはトッケビを誤解《ごかい》させたことについてはあえて言《い》い訳《わけ》をせず、その代わりにお願いが何かを聞くことにした。念のため、今回もメモを使った。

お願いって何ですか？

トッケビは本題に入ろうと姿勢《しせい》を正して座《すわ》り、首に掛《か》けていたヘッドホンを外した。すると、テーブルに置かれたヘッドホンからは、セリンの耳にも聞こえるくらいうるさい音楽が流れ出した。

「こんな大音量で聞いてたの？」

セリンは、トッケビの耳が悪い理由を一瞬《いっしゅん》で理解《りかい》した。トッケビは何度か咳払《せきばら》いをしてのどを整えてから話し始める。

「僕《ぼく》の名前はマタ、ただのマタです」

そういうトッケビの表情《ひょうじょう》は、どことなく暗い。

「トッケビっていうのは、人間の心を盗《ぬす》んで生きてます。だから誰《だれ》かに自己紹介《じこしょうかい》をする時に、どんなものを盗《ぬす》んでるか誇《ほこ》らしげにつけ加えたりするんです。だけど僕《ぼく》は、まだちゃんとしたものを盗《ぬす》むことができてません。分かってます、こんな僕《ぼく》って、どうしようもないでしょ？」

マタの声は少し震《ふる》えていて、目には涙《なみだ》が浮《う》かんでいる。

「ずっと悩《なや》んでて、お父さんに相談したら、トッケビは百歳《さい》を過《す》ぎたら自分のことは自分で決めなければならないって言われました。僕《ぼく》はまだ百二歳《さい》なんですが」

マタはティッシュを引《ひ》っ張《ぱ》り出《だ》し、思いっきり鼻をかむ。

「僕《ぼく》はどんなものを盗《ぬす》んだらいいと思います？　ここで何年も本を読んでますが、よく分かりません。ほかのトッケビが盗《ぬす》んだことのない、人間にとってなくなったら助かる、そういうのを盗《ぬす》みたいんです」

トッケビは期待に満ちた目でセリンを見つめた。セリンは何とかアドバイスしてあげたくて、ペン先にインクをつけたものの、何も書くことができなかった。マタは深いため息をついた。

「時々、苦しい環境《かんきょう》にあっても自分の夢《ゆめ》を成《な》し遂《と》げる人がいるでしょ？　実はあれ、お父さんがその人たちから、あきらめの心を盗《ぬす》んできてるんです。お父さんはそれで、『今年のトッケビ賞《しょう》』を七回ももらってます。それに引きかえ僕《ぼく》ときたら、まだこんなありさまです」

マタはイスの上に足を乗せ、ひざを抱《かか》えて丸まってしまった。ただでさえ小さな体がいっそう小さく見える。

「本当のことを言うと、僕《ぼく》も試《ため》したことはあるんです。前に人間から、思いやりというものを盗《ぬす》んでみたんですが、そうしたらその人たちは横断歩道《おうだんほどう》でタバコを吸《す》うとか、地下鉄で大声で騒《さわ》ぐとかで、思ってたのと違《ちが》う結果になりました。僕《ぼく》もお父さんみたいに、『今年のトッケビ賞《しょう》』をもらえるぐらい、いいものを盗《ぬす》みたいんです」

マタは小さな拳《こぶし》をぎゅっと握《にぎ》った。

「あなたは人間だから、僕《ぼく》よりもいろんなことを知ってるでしょ？　僕《ぼく》を助けてください」

哀願《あいがん》してくるマタを、セリンはよく分からないからと突《つ》っぱねることはできなかった。それにクスルをもらうためにも、ほかに選択肢《せんたくし》はないように思えた。

「一緒《いっしょ》に本を探《さが》してみましょうか？」

セリンは考えるための時間稼《じかんかせ》ぎをしようと、そう伝えた。マタは、もう答えをもらえたかのようにさっと立ち上がり、ピョンピョン跳《は》ねて喜《よろこ》んだ。そしてセリンが本棚《ほんだな》の隙間《すきま》に入っていこうとした時だった。マタはセリンを呼《よ》び止《と》め、

「ところで、そのネコは？」

セリンの後ろをちょこちょこついて歩くイッシャを指差して尋《たず》ねた。

「あなたの友達ですか？」

マタはテーブルに上がり、好奇心《こうきしん》に満ちた目で子ネコを見ていた。イッシャはセリンの足に体をすりつけている。

「ほら、ずっとそばにいようとしてる。本で読んだけど、苦しい時も楽しい時も、いつも一緒《いっしょ》にいてくれるのが友達だそうです。それなら、このネコはあなたの友達なのでは？」

セリンはどう説明したものかと、手でくちびるを触《さわ》った。そしてメモ用紙に自分の考えを書いた。

イッシャは私《わたし》がクスルを探《さが》せるよう手伝ってくれてるの。

出会ってからまだ間もないけど、少しずつ親しくなってるって感じ？

セリンはなぜかマタに親近感を覚え、硬《かた》い口調にしなかった。マタも自然に受け止めてくれたようだ。

「そうですか。僕《ぼく》にも少し前まで友達がいたんですが、今はいません」

マタはほとんど泣きそうな顔になっていた。

「どうして？　ケンカしたの？」

セリンは、つい言葉を発してしまい、失敗したと思った。しかし、なぜかマタはきちんと聞き取って返事をした。

「ケンカなんてしてません。ある日突然《とつぜん》、怒《おこ》っていなくなっちゃったんです。ハクとは、トッケビ学校の時から友達だったのに」

マタの表情《ひょうじょう》が急に暗くなっていく。

「僕《ぼく》にがっかりしたみたい。僕《ぼく》はゴミを代わりに捨《す》ててあげただけなんだけど……」

マタはティッシュをまとめて引《ひ》っ張《ぱ》り出《だ》して赤くなった目に沿《そ》えると、わんわん泣き始めた。

突然《とつぜん》の状況《じょうきょう》にセリンは、マタをなぐさめたほうがいいのか、この場から離《はな》れてあげたほうがいいのか分からなかった。あまりにも悲しげに泣くので、声もかけづらい。

「どうしよう……」

こうしてただ見ているくらいなら、心を落ち着かせられるよう放っておいて、マタの求める本を探《さが》して持ってきてあげるほうがいいかもしれない。そんなふうに考えを巡《めぐ》らせている間にも、マタの泣き声はどんどん大きくなっていく。

セリンはそっと本棚《ほんだな》に向かった。しかしすぐに、自分が大きく思《おも》い違《ちが》いをしていたことに気づく。本を取り出してみたものの、中身はセリンにはまったく読めない文字で埋《う》めつくされていたのだ。

セリンはあきらめてマタのところに戻《もど》ろうかと考えたが、もしかすると、という思いもあり、もう少しだけ探《さが》してみることにした。手《て》あたり次第《しだい》、ほこりのついた本を引《ひ》っ張《ぱ》り出《だ》しているうちに、すぐに手が黒くなった。

「本がホントにたくさんある」

はしごがなければ届《とど》かない高さの本棚《ほんだな》には、整理されていない本が不ぞろいに並《なら》んでいる。

誰《だれ》かが抜《ぬ》き出《だ》しかけて放置したのか、棚《たな》から落ちそうな状態《じょうたい》の本がセリンの頭の上にあった。

その本は、ほかの本と比《くら》べてもとりわけ大きくて分厚《ぶあつ》くて、手に持つのさえ大変そうだ。本《ほん》棚《だな》の一番上の棚《たな》に危《あぶ》なっかしく置かれていたその本は、結局セリンが生み出したわずかな振動《しんどう》により落ちてしまった。

バサッ！

本の角が正確《せいかく》にセリンの頭を目がけて落ちてきた時に、セリンはバランスを崩《くず》し床《ゆか》に倒《たお》れてしまった。

「あっ！」

それでも幸いなことに、セリンはひじをちょっとぶつけただけで大きなケガはせずに済《す》んだ。本がセリンの頭にぶつかる寸前《すんぜん》に、イッシャがセリンを突《つ》き飛《と》ばしてくれたおかげだ。イノシシくらいの大きさになったイッシャが近づいてきて、セリンの顔をなめてくれた。

さっきまで自分がいた所に机《つくえ》の大きさほどの本が落ちているのを見て、セリンはほっと胸《むね》をなでおろし、イッシャの首をぎゅっと抱《だ》きしめた。

「ありがとう、イッシャ」

「どうしました？」

マタがスリッパを片方《かたほう》だけ履《は》いて、あわてて寄《よ》ってくる。

「ごめん、あたしのミスで本を落としちゃったみたい」

「今、何て言いました⁉」

マタは赤く上気した顔でセリンに近づいた。

「僕《ぼく》の求めてた本が見つかったと？」

「いや、そうじゃなくて……」

セリンは誤解《ごかい》を解《と》こうとしたが、すでに時遅《おそ》し。マタは本の表紙と、そして落ちた時に自然と開いたページを見た。

「これは……『海洋生物の神秘《しんぴ》』という本ですね」

セリンの目には、ゆがんだ図形をいくつか組み合わせたように見える文字を、マタはすらすらと読んでいく。

「海に暮《く》らすオオシャコガイという生物は、自分を傷《きず》つけた小さな異物《いぶつ》を長期間にわたって包みこみ、真珠《しんじゅ》という美しい宝石《ほうせき》を作り出す……。大きさは一メートル、重さは二百キログラムまで成長し……」

その時、誰《だれ》かに口をふさがれでもしたのか、マタは急に黙《だま》ってしまった。

「これです！」

そして急に声を上げ、あたりをピョンピョンと跳《と》び回《まわ》った。そのせいでまた本が何冊《なんさつ》か落ちてしまった。マタは履《は》いていたスリッパまで脱《ぬ》げたことにも気づかず、楽しそうにバンザイと叫《さけ》び、セリンは舞《ま》ったほこりを手で払《はら》いつつゲホゲホと咳《せ》きこんだ。マタの喜《よろこ》びは、本棚《ほんだな》のそばに積まれていた本の山を踏《ふ》んで転び、頭から逆《さか》さまに突《つ》っこんでしまうまで続いた。

マタは、頭が鳥の巣のようになり、鼻血を出しながらも、何がそんなにうれしいのか、とにかくニヤニヤと笑っている。

「僕《ぼく》は、望まぬ苦しみを抱《かか》えている人から、恨《うら》めしく思う気持ちを盗《ぬす》みます。そして、つらい時間を通して、逆《ぎゃく》に自分だけの美しい宝石《ほうせき》を生み出せるように手伝ってあげたいです」

マタはセリンの手を握《にぎ》って何度も感謝《かんしゃ》の言葉を伝えた。でもセリンは、マタがそこまでありがたる理由がよく分からず、ぎこちなく笑うだけだった。

「それじゃ、クスルを差し上げます」

マタは自分の体よりも大きい本を頭に載《の》せて、立ち上がった。こうして見るとマタは、ずんぐりしていて、腕《うで》と足がことさらに太い。

「ここの本には気をつけないといけないんです。以前、本棚《ほんだな》から落ちた本に当たったことがあるんですが、僕《ぼく》、二日間も気絶《きぜつ》しちゃいました」

マタは、遅《おそ》すぎる注意喚起《ちゅういかんき》をしながらテーブルのほうに向かった。しかし、すぐに立ち止まり、首をかしげた。

「ん、変だな？」

セリンは何だろうと思い、マタの背後《はいご》から様子をうかがっていた。マタはごちゃごちゃと本が散らばった床《ゆか》を見ながら何かを探《さが》していた。片手《かたて》で頭の上の本を支《ささ》え、もう片方《かたほう》の手であごをかく。マタがいかにも深刻《しんこく》そうな表情《ひょうじょう》を浮《う》かべているのが気になって、セリンはついメモ用紙を差し出してしまった。

どうしたの？

マタはメモをちらりと横目で見ると、硬《かた》い表情《ひょうじょう》のまま口を開いた。

「ここは適当《てきとう》に本が置いてあるように見えると思いますが、僕《ぼく》は本の場所を全部、覚えてるんです」

マタは、セリンにもう少し近くで見るようにと、指で自分の足元を示《しめ》した。そこには、ほこりがあまり積もっていない、長方形の痕《あと》があった。だいたい本一冊《さつ》分の大きさだ。

「僕《ぼく》の記憶《きおく》が確《たし》かなら、ここには絶対《ぜったい》に『虹色《にじいろ》のクスルの歌』という本があったはずです」

セリンがまたメモに何かを書こうとすると、マタはセリンの心を読み取ったのか、丁寧《ていねい》に説明を続けた。

「虹色《にじいろ》のクスルというのは、今では伝説のクスルです。そのクスルを手に入れた者は、どんな望みでもかなえることができると言われてます。梅雨時《つゆどき》商店街のどこかにあるらしいんですが、それを見た者はほとんどいません。本物を見たことがあるのは、たぶん族長とか、すごくお年《とし》寄《よ》りのトッケビだけだと思います。本にはその虹色《にじいろ》のクスルをたたえる歌の歌詞《かし》と楽譜《がくふ》が書かれてました。でも、でたらめに作られたものに違《ちが》いありません。僕《ぼく》が一度歌ってみたけど、みんな耳をふさいで逃《に》げちゃいましたから」

セリンは、それは楽譜《がくふ》のせいではないのではと思ったが、思うだけに留《とど》めておいた。セリンがそんな余計《よけい》なことを考えている間にも、マタは虹色《にじいろ》のクスルがどれほどすごいものなのか説明を続けた。

「人間だけが使えるトッケビのクスルと違《ちが》って、虹色《にじいろ》のクスルは誰《だれ》でも使えます。おまけにすごく美しいんです。歌詞《かし》を読むだけで、それがどんなにすばらしいものなのかが分かります。どんな歌かというと……」

セリンはマタが歌い始める前に、急いでメモを書いた。

「泥棒《どろぼう》が入ったんじゃないかって?」

マタは表情《ひょうじょう》をゆがめる。

「最近、盗難《とうなん》の通報《つうほう》が増《ふ》えてるって話は僕《ぼく》も聞いてます。でもトッケビはほとんど本を読まないんです。実際《じっさい》、ここで本を買うトッケビは今まで一人も見たことがありません。本当に泥棒《どろぼう》がいるんだとしても、よりにもよって本を盗《ぬす》んだりしますか？　本よりも高くていい物はほかにたくさんあるでしょう？」

セリンも同じことを思った。自分が泥棒《どろぼう》なら、宝石店《ほうせきてん》とか銀行を狙《ねら》うだろう。いくらこの店の警備《けいび》が緩《ゆる》いからって、ほこりの積もった本を欲《ほ》しいとは思わない。セリンは、覆面《ふくめん》をかぶって物を盗《ぬす》み出《だ》す自分の姿《すがた》を想像《そうぞう》しているうちに、マタの足と本との間に、何か光る物を見つけた。

「何だろう？」

金貨かと思ったが、セリンが拾い上げてよく見ると、それは細かい模様《もよう》の入った装身具《そうしんぐ》だった。どうやって使うのかは分からないが、とにかく図書館には似《に》つかわしくない物だ。セリンはメモとともに、マタに見せた。

「これが、僕《ぼく》のそばにあったんですか？」

マタは、少し明るい所に移動《いどう》して、それをじっくりながめた。

「すごく高そうですね。こういう分野には詳《くわ》しくないんですが、女性《じょせい》がオシャレする時に使う物っぽいです。ペンダントとかブローチとか、そんな感じの」

マタの視線《しせん》が、本があったはずの長方形の跡《あと》に向かう。

「これがあなたの物でないなら、ここに出入りした誰《だれ》かの物ですね。もしかすると、この本を持ち出した誰《だれ》かが落としていったのかもしれません」

碁石《ごいし》ほどのサイズの装身具《そうしんぐ》は、それ自身が光を発しているかのように、とてもキラキラしている。セリンはふと、地下の質屋《しちや》で会った女主人を思い出した。ヴェルナなら体を飾《かざ》っているジュエリーが一つや二つ落ちたとしても気づかないだろう。

「これは僕《ぼく》が保管《ほかん》しておきます。誰《だれ》かが探《さが》しに来るかもしれないし、盗難《とうなん》の通報《つうほう》をする時に、もしかすると証拠品《しょうこひん》になるかもしれないし」

マタは息をふーっと吹《ふ》きかけてほこりを落とし、内ポケットの奥底《おくそこ》にしまいこんだ。

「では今度こそ、クスルを差し上げます」

マタはセリンの手をつかみ、駆《か》け寄《よ》るようにしてテーブルに向かった。そして息を整える間もなく、すでに取り出してあったクスルをセリンにわたす。

「このまま差し上げたいところですが、ルールなので、本を買っていただかないといけません」

そう言って、頭の上に載《の》せていた大きな本を差し出した。セリンは、マタの気持ちを踏《ふ》みにじるつもりはまったくなかったが、その本は持ち歩けそうになく、受け取るのをためらってしまった。

「もしかして本が大きすぎますか？」

セリンが困《こま》った顔でうなずくと、マタは自分の頭をパンとたたいた。

「人間の立場で考えてませんでした」

自らを罰《ばっ》するかのように、頭をもう何度かたたいてから、テーブルについている引き出しから何かを取り出した。

「本の持ち運びなら心配要《い》りません。トッケビバッグに入れておけば大丈夫《だいじょうぶ》です」

マタが手にしていたのは、ビニール袋《ぶくろ》よりも小さい、てのひらサイズの革製《かわせい》のバッグだった。

マタはもう片方《かたほう》の手に本を持ち、使い方を見せてくれた。

「こうして、バッグを開けて、どんな物でも近づければ……」

本の角さえ入りそうもないバッグなのに、マタが本を近づけたとたんに掃除機《そうじき》に吸《す》いこまれていくように中に消えていった。

「金貨は三枚《まい》で結構《けっこう》です。バッグまで合わせると本当は七枚《まい》なんだけど、いろいろ助けてもらったので安くしておきます。クスルを気に入ってもらえたらうれしいです」

マタはトッケビバッグをもう一つ取り出し、本とクスルを別々に入れてくれた。おかげで取り出す時に間違《まちが》えずに済《す》みそうだ。セリンは、自分は何もしていないのに、こんなにいい物をもらってもいいものだろうかと思った。

マタはさっきのコートをまた着て、帽子《ぼうし》もかぶってから、セリンを建物の外まで見送ってくれた。マタは梅雨時《つゆどき》商店街の外まで送りますと言ってくれたが、セリンはゴールドチケットを見せてマタを制止《せいし》した。

セリンが身振《みぶ》り手振《てぶ》りで、望みどおりのクスルを見つけるまでここに留《とど》まるつもりだと伝えると、マタは少し残念がったが、もしかしたら虹色《にじいろ》のクスルも見つかるかもしれないと応援《おうえん》してくれた。

マタが何度もこちらを振《ふ》り返《かえ》りながら本屋の中に入るのを確認《かくにん》してから、セリンはクスルの中を見るための場所を探《さが》し始めた。


今にも崩《くず》れ落《お》ちそうな危《あや》うい建物のそばから、セリンとイッシャが遠ざかっていく。

この時点では、ここで起きている盗難事件《とうなんじけん》がまさか自分と関係があるとは、セリンは知る由《よし》もなかった。

そして本屋にいる間ずっと、一匹《ぴき》の大きなクモが天井《てんじょう》の陰《かげ》からこっそり自分を見ていたことにも、まったく気づいていなかった。

ニコルの香水《こうすい》工房《こうぼう》

一台の赤いセダンがゆっくりと角を曲がり、駐車場《ちゅうしゃじょう》に入る。早朝にもかかわらず、あたりは車が多い。

コツコツ

車から降《お》りた三十代初めと思われる女性《じょせい》は、どこから見てもバリバリのキャリアウーマンだ。きちんとアイロンのかかったブラウスを着て、社員証《しゃいんしょう》を首に下げ、誰《だれ》よりも堂々《どうどう》とした足取りで歩いている。

女性《じょせい》はワニ革《がわ》のようなバッグを肩《かた》に掛《か》け、近くのビルに向かった。駐車場《ちゅうしゃじょう》とつながるそのビルは、都市のど真ん中にあっても最も高く、全面ミラーガラスで覆《おお》われており、日差しを受けてダイヤモンドのようにきらめいている。大きな風見鶏《かざみどり》のような回転扉《かいてんとびら》を抜《ぬ》けると、開《ひら》けたロ

ビーに出る。

ピッ
地下鉄の改札のような所で、慣《な》れた手つきで社員証《しゃいんしょう》を近づけると、短い機械音が鳴るのと同時にガラスのドアが開いた。セリンはその女性《じょせい》の後をついていった。

エレベーターに乗って着いたのは「戦略開発室《せんりゃくかいはつしつ》」というプレートの掛《か》かった、大きなオフィスだ。

「おはよう」

「課長、昨日はきちんと帰られましたか？」

その女性《じょせい》が問うと、明らかに疲《つか》れた顔をした男性《だんせい》が、コーヒーを片手《かたて》に苦笑いする。

「毎日、帰りが遅《おそ》いせいで、今じゃ子供《こども》も僕《ぼく》の顔を忘《わす》れちまった」

二人はジョーク混《ま》じりの会話を少しだけ交《か》わすと、それぞれ自分の席で仕事の準備《じゅんび》に取《と》り掛《か》かった。その間にも、似《に》たような格好《かっこう》をした男女が一人、二人と出勤《しゅっきん》し、オフィスの席が埋《う》まっていく。そして人の声と足音でせわしくなっていった。

「これじゃダメか……」

女性《じょせい》は早朝から出勤《しゅっきん》して会議の準備《じゅんび》をしたのに、満足できなかったのか、作成済《ず》みの文書をすべて消して最初から作り直すために午前中ずっと忙《いそが》しくしていた。そしてその女性《じょせい》の上司だろうか、硬《かた》い表情《ひょうじょう》を浮《う》かべた男性《だんせい》に途中《とちゅう》で何度か呼《よ》ばれ、叱責《しっせき》混《ま》じりの小言を聞かされていた。出勤前《しゅっきんまえ》にブローした髪《かみ》はもう半分くらい乱《みだ》れている。

セリンは、ほかの人は何をしているんだろうと、あたりを見回してみた。しかし皆《みな》、何がそんなに忙《いそが》しいのか、あちこちで電話をしたり、真剣《しんけん》なまなざしで書類やモニターを見つめたりしていた。暇《ひま》なのはセリンだけのようである。

「まあいいや。お昼にしよう」

昼休みになると、女性《じょせい》は親しいらしい後輩《こうはい》と一緒《いっしょ》に近くの店に向かった。かなり高そうな店だが、よくここに来ているのか、メニューも見ずに注文する。

食事をしながら、二人は上司の悪口を言ったり、少し前に合コンした相手の男性《だんせい》についてのどうでもいいことを話したりしている。しかし最も盛《も》り上《あ》がったのは、前の年に退職《たいしょく》した同僚《どうりょう》の話だった。

「ね、ミンギョンさんの話、聞いた？」

「何かあったんですか？」

「退職《たいしょく》する時に、飲食店をやるって言ってたでしょ。それが当たったみたいで、今じゃ芸能人《げいのうじん》もよく来るんだって」

そう言って、残り少なくなった寿司《すし》を箸《はし》で口に運んだ。

「私《わたし》も会社なんて辞《や》めて、お店でも出そうかな」

「先輩《せんぱい》は料理できないじゃないですか」

「そんなの関係ない。どうせ自分で作るわけじゃないし。一番大事なのは立地だと思う。そこに見た目のいいアルバイトを何人か雇《やと》えば、あとはオーナーとしてラクに暮《く》らせる」

その光景を想像《そうぞう》するだけで気分がよくなったのか、うっとりした表情《ひょうじょう》を浮《う》かべている。しかしすぐに苦虫を噛《か》みつぶしたような顔に変わった。

「私《わたし》ももっとお金を貯《た》めておけばよかった。株《かぶ》なんかに手を出したせいで……。でも、あなたは、ちょっとは儲《もう》けたのよね？」

後輩《こうはい》はご飯粒《はんつぶ》がのどに引っかかったのか、ゲホゲホと咳《せ》きこんだ。

「ローンと奨学金《しょうがくきん》を返して終わりです」

今ここで通帳の残高でも見せそうな勢《いきお》いで真面目に答える。

「あーうらやましい。私《わたし》たちの年俸《ねんぽう》を合わせた額《がく》が、その店の一か月の売り上げなんだって。私《わたし》はいつになったら会社を辞《や》められるんだろ」

コンパクトミラーを見てメイクを直しながら続けた。

「肌《はだ》もボロボロよ。会社にいると毎日、残業か飲み会か、だもの。このままだと、稼《かせ》いだ分だけ医療費《いりょうひ》に消えそう」

最後に二人は仲良く、環境《かんきょう》に優《やさ》しいつまようじを口にくわえた。

「私《わたし》は今日も残業になりそう」

「私《わたし》もです」

二人は深いため息をつく。そして、それぞれ支払《しはら》いを済《す》ませて店を出ていった。

◆

空は相変わらず「青い」を通《とお》り越《こ》して透明《とうめい》なくらい澄《す》んでいる。日差しは強かったが、特に暑いということはない。時おり吹《ふ》いてくる風が木々や草を揺《ゆ》らす様子は見るからに涼《すず》しげで、てのひらほどもある大きな葉が風でこすれ合う音も心地《ここち》よかった。目を閉《と》じるとそのまま眠《ねむ》ってしまえそうなくらい、ただただ平和な光景だ。

「ニャアアァン」

木の下のベンチには影《かげ》が差し、さっきまでクスルをくわえていたネコがひと仕事を終え、昼《ひる》寝《ね》をしようとしていた。その横では、リラックスした姿勢《しせい》で座《すわ》ったセリンが紫色《むらさきいろ》のクスルを見ている。

しかしクスルを持つセリンの表情《ひょうじょう》はあまり明るくない。

「…………」

風がセリンの短い髪《かみ》を乱《みだ》したが、セリンはまったく動かなかった。しばらくしてから、何か決心したような顔でイッシャを見ると、イッシャもセリンを見ていたため目が合った。

「イッシャ、あたしには別のクスルが必要みたい」

紫色《むらさきいろ》のクスルは影《かげ》の下にあるからか、輝《かがや》きが弱まって見える。

「あたし、あんなふうに忙《いそが》しく働く自信がない。きっと長くは続かず会社を辞《や》めると思う」

セリンは頭についた葉っぱを取りながら、憂鬱《ゆううつ》そうに言った。イッシャはその葉っぱを口にくわえたが、セリンが突然《とつぜん》大きな声を出したため、驚《おどろ》いてすぐに吐《は》き出《だ》してしまった。

「そうだ！　あたしも自分のお店を持てばいい」

セリンは想像《そうぞう》した。日の差す窓際《まどぎわ》に立ち、優雅《ゆうが》にコーヒーを淹《い》れる自分の姿《すがた》を。すると、暗かった表情《ひょうじょう》がわずかながらに明るくなった。

「イッシャ、今言ったことがあたしの望みよ」

イッシャは前足を体の下に隠《かく》し、食パンのような姿勢《しせい》をしていたが、さっと立ち上がり、草むらに鼻を当ててにおいをかいだり、しっぽをアンテナのように真っすぐ伸《の》ばしてあたりをうかがったりした。そして方向を定めたのか、セリンに向かって一度鳴いてから、道に沿《そ》って思いきり走り出した。セリンも急いでクスルをバッグに入れ、後を追った。

「イッシャ、どこまで行くの？」

途中《とちゅう》でイッシャにチョコレートのたっぷりかかったドーナッツを三つも買ってやり、ようやくたどり着いたのは、首をかしげてしまうほどおかしな建物だった。森を背《せ》にして立つその建物は、不思議なことに側面から煙突《えんとつ》が伸《の》び、窓《まど》が不規則《ふきそく》に並《なら》んでいる。しかも窓《まど》は、なんと軒《のき》先《さき》や壁面《へきめん》の角にまでついている。

屋根は斜《なな》めに切り取られた感じで、滑《すべ》り台《だい》を作ろうとして途中《とちゅう》でやっぱり家を建てようとなったら、こんな形になりそうだ。外壁《がいへき》は、誰《だれ》かがふざけてペイント銃《じゅう》を撃《う》ちまくったかのように、色がごちゃごちゃと塗《ぬ》られていた。

これを建てたのは変わった趣味《しゅみ》の持ち主だろうか。少なくとも美的センスがないことは間違《まちが》いない。

「ここがドアっぽいけど……」

建物の入り口を見つけるのはさほど難《むずか》しくはなかったが、ドアには上から下まで鍵《かぎ》がたくさんつけられていた。ざっと見積もっても二十個《こ》はありそうで、すべて開けるだけでもかなり手間がかかるだろう。

セリンはひとしきり建物をながめてから、厚《あつ》い鉄のドアに近づいた。

ボンッ！

ドアをノックしようとした瞬間《しゅんかん》、突然《とつぜん》、中から大きな爆発音《ばくはつおん》が聞こえてきた。セリンは叫《さけ》び声《ごえ》を上げ、転びそうになりながら後ずさりし、イッシャも驚《おどろ》いて全身の毛を逆立《さかだ》てた。

ドアや窓《まど》の隙間《すきま》から黒い煙《けむり》が漏《も》れ出《だ》している。セリンは訳《わけ》が分からず、ぼんやりと建物を見ていると、決して開きそうにないドアがガチャガチャと音を立て出した。鍵《かぎ》を開ける音だ。

「ゴホッゴホッ」

ドアが大きく開くと、煙《けむり》があふれ出てきた。同時に煤《すす》だらけのトッケビが咳《せき》をしながら顔を出した。セリンと同年代ぐらいだろうか。ボサボサ頭に、煤《すす》で真っ黒のゴーグルをはめている。

トッケビは、ドアの前で及《およ》び腰《ごし》になっているセリンを見つけ、うれしくなさそうな視線《しせん》を送る。

「あんた、誰《だれ》？」

さっきの爆発《ばくはつ》を引き起こしたのはセリンなのではないかと疑《うたが》っているような、警戒心《けいかいしん》に満ちた声だ。

セリンはできるだけ好意的に見えるよう、何とか笑《え》みを浮《う》かべながら言った。

「ここで売ってるクスルを買いに来たんですが」

「クスル？」

トッケビはガンの飛ばし合いで勝負する気なのか、セリンをキッとにらみつける。セリンは縮《ちぢ》こまりつつ、うなずいた。

「証拠《しょうこ》は？」

「えっ？」

セリンの目が飛び出しそうになるくらい大きく丸くなる。

「あんたがここへ、何かを盗《ぬす》みに来たんじゃなく、クスルを買いに来た証拠《しょうこ》はあるのかって聞いてるの」

トッケビはセリンの顔をすみからすみまで見て、さらには仲間がいるのではないかと周囲《しゅうい》を確認《かくにん》した。しかし、そこにいたのは口の周りをチョコレートでベトベトにしたネコだけだった。

「今すごく忙《いそが》しいの。盗《ぬす》まれた薬品を作り直すには徹夜《てつや》しても間に合わない。あんたみたいにあやしい子を中に入れるわけにはいかないんだ」

トッケビは、きっぱりとそう言ってドアを閉《し》めようとした。

「待って！」

セリンがあわてて叫《さけ》び、ゴールドチケットとトッケビバッグからクスルを一つ取り出してトッケビに見せた。

「これが証拠《しょうこ》になりませんか？　あたしはここに置いてあるクスルが欲《ほ》しいだけなんです」

トッケビはゴーグルをおでこのほうにずらし、クスルとチケットをまじまじと見つめた。表情《ひょうじょう》は真剣《しんけん》だったが、日焼けしたような黒い顔の中で、ゴーグルをつけていた目の周りだけが白くて、ベタな冗談《じょうだん》みたいだ。トッケビは片目《かため》を閉《と》じて、クスルを太陽にかざした。

「おいで」

幸い疑《うたが》いは晴れたようで、トッケビは放り投げるようにセリンにクスルを返し、中に入っていく。セリンはクスルを受け止めるのにちょっとモタモタしてしまったものの、ドアが閉《し》まる前に何とか足を踏《ふ》み入《い》れることができた。

建物の中には、さっき爆発《ばくはつ》が起きたことをはっきりと示《しめ》す痕跡《こんせき》があった。ガラス瓶《びん》を並《なら》べてあった壁際《かべぎわ》の棚《たな》はあちこち壊《こわ》れて散らばっており、焦《こ》げくさいにおいも薄《うす》れることなく漂《ただよ》っている。

また爆発《ばくはつ》が起きるのではないかと不安で、セリンは入り口から動けずにいた。それを見たトッケビが鋭《するど》い声で叫《さけ》ぶ。

「何してるの？　クスルが欲《ほ》しいんでしょ。さっさと選んで帰ってちょうだい！」

トッケビは半分くらい壊《こわ》れた陳列棚《ちんれつだな》を指差した。セリンのことを迷惑客扱《めいわくきゃくあつか》いし、早く出ていってほしいという気持ちが態度《たいど》に表れている。

セリンは不親切な対応《たいおう》を気にしないようにしつつ、ゆっくりとあたりを見回した。読めない文字で書かれたラベルが、どの瓶《びん》にも貼《は》ってある。マニキュア用くらいの小さな瓶《びん》からシャンプーボトルほどの大きな瓶《びん》までいろいろあったが、どれも高そうだ。比較的《ひかくてき》、壊《こわ》れずに済《す》んだ棚《たな》の下のほうには、キャンドルやプラスチックのボトルがごちゃごちゃと積まれていた。

セリンはかがんで一番近い所にあったキャンドルを手に取った。普通《ふつう》のキャンドルよりも大きくて太くて、一日中でも燃《も》やしておけそうだ。キャンドルはロウが垂《た》れないよう、上部の中心がえぐられていて、そこから芯《しん》が出ている。

「ただのバカではないみたいね」

間仕切りを挟《はさ》んで十歩ほど離《はな》れた所にいたトッケビが気《け》だるそうに言った。

「そのアロマキャンドルは、勇気を与《あた》える言葉を人間から盗《ぬす》んで作ったものよ」

セリンは振《ふ》り返《かえ》ったが、トッケビはひとり言をつぶやいただけなのか、セリンのほうを見ようとはしなかった。トッケビは、ビーカーやら三角フラスコやらを机《つくえ》の上にたくさん載《の》せて何か実験をしている。火のついたアルコールランプからはかすかにオイルのにおいがした。

セリンも返事はせず、さらに進んで細長いプラスチックの筒《つつ》を取り出すと、またもトッケビの皮肉めいた声が聞こえてきた。

「悪臭《あくしゅう》スプレーか……。自分によく合うものを見つけたみたいね。人間が他人をバカにする瞬《しゅん》間《かん》を待って、その言葉を集めたものよ。あんたみたいに邪魔《じゃま》くさいヤツらを追《お》い払《はら》うのによく効《き》く」

今回もセリンのほうを向くことなく、実験に集中したままブツブツと言った。セリンは、わざわざ人間の言葉を盗《ぬす》んでこなくても、自分の言葉を集めれば悪臭《あくしゅう》スプレーを作ってなお余《あま》るのではと思った。トッケビは見ないふりをしながらも、セリンが品物に触《ふ》れるたびに説明の言葉を並《なら》べた。

セリンは口を突《つ》き出《だ》しつつ、最初に選んだキャンドルを残し、あとは元の場所に戻《もど》した。へタに華《はな》やかな装飾《そうしょく》を施《ほどこ》されたガラスの瓶《びん》を選んだら、金貨が全部なくなるかもしれないと思ったのだ。それに悪臭《あくしゅう》スプレーなんて持っていたら、支払《しはら》いの前にこのトッケビに使ってしまいそうな気がした。

「うん、これにしよう」

セリンは、ラテックスの薄《うす》いグローブを手にはめて三角フラスコの目盛《めも》りを見ているトッケビに近づいた。すぐにでもクスルを手に入れて出ていきたかったが、トッケビが作業に集中していたため声をかけづらく、少し待つことにした。

トッケビは、机《つくえ》の端《はし》にあった黒い壺《つぼ》を、生まれたばかりの赤ちゃんを扱《あつか》うかのように注意深く自分のほうへ引《ひ》き寄《よ》せる。その壺《つぼ》の中に、スポイトで透明《とうめい》な液体《えきたい》を数滴《すうてき》落とすと、壺《つぼ》の中の液体《えきたい》がブクブクと沸《わ》き、煙《けむり》が上がり始めた。トッケビはもちろん、横にいたセリンもつばを飲み、緊張《きんちょう》した面持《おもも》ちで壺《つぼ》を見つめる。

シューッ

そのうちに沸騰《ふっとう》を知らせるやかんが出すような音がして、ここに入る前に聞こえた爆発音《ばくはつおん》が再《ふたた》び響《ひび》きわたった。壺《つぼ》からは火柱が立ち、その火は、壺《つぼ》を見つめていたトッケビの顔を包みこんだ。

何の実験なのかは分からないが、どう見ても成功したようには思えない。

火が鎮《しず》まると、練炭のように黒くなったトッケビの顔が現《あらわ》れた。トッケビがしゃっくりをするたびに、口からは雲のように煙《けむり》が飛び出す。夜道で出会ったら気づけなさそうなほど顔が黒くなっていたが、不思議なことに髪《かみ》はそのままだった。

「また失敗なんて信じられない！」

トッケビは腹立《はらだ》ちまぎれの言葉をいくつか吐《は》き出《だ》した後、壁《かべ》にある小さなドアに向かった。水の音が聞こえるので、どうやらそこはバスルームで、顔を洗《あら》っているようだ。

セリンはつい笑ってしまったが、トッケビに聞こえたらいけないと思い直し、すぐに口を閉《と》じ心の中で笑うことにした。壁《かべ》の向こうからは、時々、文句《もんく》を言う声がする。

トッケビが実験をしていた机《つくえ》には、理科の授業《じゅぎょう》で見るような道具が乱雑《らんざつ》に散らばっている。

その中で最も目を引いたのは、やはり火を吹《ふ》いた黒い壺《つぼ》だ。壺《つぼ》は魔法《まほう》の力でも宿っているのか、どことなく不思議な雰囲気《ふんいき》が漂《ただよ》っていた。

「これって一体、何？」

セリンは好奇心《こうきしん》に負けて壺《つぼ》の中をのぞきこんだ。しかし見えたのは、さっきのトッケビの顔ぐらい黒い闇《やみ》だけだ。セリンが頭を上げると今度は、この不思議な壺《つぼ》のことなど一瞬《いっしゅん》にして忘《わす》れてしまいそうなほど目を引く物があった。

それは、虹色《にじいろ》を帯びたクスルだった。

虹色《にじいろ》のクスルは、机《つくえ》の向こう側にある小さなボックスに、がらくたと一緒《いっしょ》に入れられている。

セリンは何かにとりつかれたかのようにボックスに近づき、使い終わった悪臭《あくしゅう》スプレーのボトルや壊《こわ》れた鍵《かぎ》、油まみれの布切《ぬのき》れなどをよけて、そのクスルを取り出した。

「これ……」

間違《まちが》いなく、虹色《にじいろ》だ。キラキラした色は見る角度によって変わる。

セリンがそのクスルを手にしてすぐ、トッケビがドアを開ける音がした。あわてたセリンは後ずさりして机《つくえ》の角にお尻《しり》をぶつけた。しかし、痛《いた》いと思うより先に、黒い壺《つぼ》の中にクスルを入れてしまった。

トッケビはタオルを首に掛《か》けて出てきたが、トイレを我慢《がまん》しているような姿勢《しせい》のセリンを見つけ、何かあやしいと思ったのか、細目で尋《たず》ねた。

「あんた、そこで何してるの？」

「え？　ただちょっと部屋を見てただけで……」

セリンは何事もなかったかのように返事をしたが、ひたいには冷《ひ》や汗《あせ》がにじんでいた。トッケビは異変《いへん》を感じたのかセリンから目を離《はな》さず、タオルで顔を拭《ふ》きながら近づいてくる。

セリンには、自分の心臓《しんぞう》の音がさっきの爆発音《ばくはつおん》ぐらい大きく感じられた。トッケビはセリンの脇《わき》を抜《ぬ》け、ごちゃごちゃした机《つくえ》の上に視線《しせん》を移《うつ》す。トッケビの視線《しせん》は、やはり黒い壺《つぼ》のところで止まった。セリンは黒い壺《つぼ》を体で隠《かく》したかったが、壺《つぼ》からクスルの光が漏《も》れ出《で》るのをさえぎることはできなかった。

壺《つぼ》の中をのぞいたトッケビは、セリンが虹色《にじいろ》のクスルを見つけた時と同じように、口を大きく開けた。

「ヤだ、どういうこと？　なんでこれがここに入ってるの？」

セリンはぎゅっと目を閉《と》じた。クスルをもらえずに追い出されるか、もしかしたら泥棒《どろぼう》として地下の監獄《かんごく》に入れられてしまうかもしれないと思った。

「うーん……」

トッケビが短いうめき声を上げたが、特に何も言わなかったので、セリンは恐《おそ》る恐《おそ》る、薄目《うすめ》を開けて様子をうかがった。

驚《おどろ》いたことに、トッケビが黒い壺《つぼ》から取り出したのは虹色《にじいろ》のクスルではなく、よくよく見ないと分からない、細い糸だった。

セリンがお尻《しり》にあざまで作って隠《かく》したクスルのことはまったく気に留《と》めていないようだ。むしろクスルは邪魔《じゃま》だったのか、取り出して机《つくえ》の端《はし》に転がるままにしていた。床《ゆか》に落ちても、それで割《わ》れてもどうでもいいといった感じで、そして案の定、クスルは床《ゆか》に落ちそうになる。

「ダメ！」

セリンは真面目にテコンドーに取り組んだおかげで鍛《きた》えられた運動神経《うんどうしんけい》を活《い》かして、クスルが落ちる前にキャッチした。セリンは床《ゆか》に横たわり、野球選手と比《くら》べても遜色《そんしょく》のない姿勢《しせい》でほっとため息をつく。それでもトッケビはやはりまったく意に介《かい》さず、糸をじっと見ていた。

「これ、トッケビの毛ね」

セリンがここに存在《そんざい》していないかのように、トッケビはひとり言をつぶやく。

「分かった。これのせいだったのね。あたしの実験が失敗するはずないと思ってたんだ」

トッケビはサングラスのように黒くなったゴーグルをつけ、そこにあったビーカーの中身をすべて壺《つぼ》に注いだ。最後にスポイトに吸《す》いこまれていた不思議な液体《えきたい》を落とすと、さっきのようにブクブクと泡《あわ》が立ち、煙《けむり》が上がり始めた。

また爆発《ばくはつ》するのではと思ったセリンは、机《つくえ》の横に伏《ふ》せ、耳をふさいだ。

しかし幸い爆発《ばくはつ》は起きず、その代わりに壺《つぼ》の中は星空のように輝《かがや》く液体《えきたい》で満ちていた。

セリンがそっと机《つくえ》の上に首を伸《の》ばしてみると、満足そうな笑《え》みを浮《う》かべたトッケビが、今日初めてセリンを見たかのような驚《おどろ》いた顔で尋《たず》ねてきた。

「あんたがここにクスルを入れたの？」

セリンは怒《おこ》られる覚悟《かくご》でうなずいた。

「ありがと」

セリンは自分の耳を疑《うたが》った。トッケビは最初に見た時よりずっと明るい顔で話を続ける。

「クスルを入れなかったら、ここにこれがまぎれてるのに気づけなかったと思う」

トッケビは手に持った糸のような毛を揺《ゆ》らした。暗い壺《つぼ》に光を放つクスルがあったため、今まで見えなかった物を見つけられたらしい。

「名前は？」

セリンは急いで答える。

「キム・セリン」

「よろしく。あたしはニコル。人間の言葉を盗《ぬす》んできて香水《こうすい》を作ってるの」

ニコルはトッケビの毛を持っていないほうの手を差し出し握手《あくしゅ》を求めた。

「問題が解決《かいけつ》したのはあんたのおかげよ。このままだったら明日はここを吹っ飛《ふと》ばしてたと思う」

セリンは心から同意した。虹色《にじいろ》のクスルが失われる前にたどり着けて本当に幸いだった。セリンもクスルを持っていないほうの手を差し出した。

「でもなんで、それを大事そうに抱《だ》きかかえてるの？」

親鳥が卵《たまご》をあたためるかのように、胸《むね》にクスルを抱《だ》くセリンに向かって、ニコルが聞く。

セリンはあわててクスルを机《つくえ》の上に置いた。

「ごめんなさい。盗《ぬす》むつもりなんてなかった。ただ、虹色《にじいろ》のクスルが目に入ったから、ちょっと見せてもらおうとしただけなの。ウソじゃない」

セリンは焦《あせ》って、ラフな言葉遣《ことばづか》いをしてしまったが、ニコルにはどうでもいいことだった。ニコルが首をかしげた理由は、ほかのところにあったのだ。ニコルはさっき握手《あくしゅ》をした手で耳をほじって聞く。

「虹色《にじいろ》のクスル？」

「これのこと」

セリンは机《つくえ》の上に置いたクスルを指差した。クスルはどことなく変わったように見えたが、今も虹色《にじいろ》を帯びている。クスルをじっと見ていたニコルはケラケラと笑い出した。

「あたしも虹色《にじいろ》のクスルは見たことないけど、さすがにこれは違《ちが》う。これはあたしの持つ、普《ふ》通《つう》のトッケビのクスルよ」

ニコルが首に掛《か》けていたタオルでクスルを磨《みが》くと、クスルはウソのように黄色に変わった。

「突《つ》っこんでおいた所で、油がついたみたいね」

ニコルの言うとおり、クスルはもう虹《にじ》のようには光らなかった。セリンは、それが信じられなくてクスルをくるくる回しながらじっくり見たが、確《たし》かにこれまで手に入れたのと同じ、普《ふ》通《つう》のクスルだった。

期待に胸《むね》を膨《ふく》らませていたセリンは失望の色を隠《かく》せなかった。

「虹色《にじいろ》のクスルは、あたしたちもなかなかお目にかかれないのよ。そんなものを、あたしが持ってるわけないでしょ。ずっと年を取ったトッケビならともかく……」

ニコルはビーカーを一か所にまとめ、黒い壺《つぼ》の中の液体《えきたい》を慎重《しんちょう》にガラス瓶《びん》に移《うつ》し始めた。

「そのクスルも、今朝もらったものだからほぼ新品よ。虹色《にじいろ》のクスルでなくとも、人間にとってはすごくいいものだって聞いたけど、違《ちが》うの？」

ニコルの言うとおりだ。虹色《にじいろ》のクスルでなくても、このクスルの中にはセリンが望むすてきなカフェが入っているはずなのだから。セリンはもう一度、クスルを持ち上げた。

「じゃ、このクスルをもらってもいい？」

「もちろん。でも今日はもう遅《おそ》いから泊《と》まっていって。天気も荒《あ》れてるし」

セリンは、今日は「もう遅《おそ》い」の言葉に驚《おどろ》き、「天気が荒《あ》れてる」という言葉にもう一度驚《おどろ》いた。自分がここに来た時はまだ明るくて、空には雲ひとつない、いい天気だったからだ。セリンはあわてて楕円形《だえんけい》にゆがんだ窓《まど》に近寄《ちかよ》った。

ニコルの言葉どおり、外は真っ暗だ。そして前が見えないくらいの猛吹雪《もうふぶき》だった。今、外に出るならば、少なくともマタのロングコートとニット帽《ぼう》が必要だろう。

窓《まど》に張《は》りついたセリンを見てニコルが言う。

「そんなに驚《おどろ》かないで。ここって天気がいつどう変わるか分からない所なの」

ニコルはあくびをしながら、洗濯機《せんたくき》に入れたら一瞬《いっしゅん》で水が濁《にご》りそうな白衣を脱《ぬ》いだ。

「寝室《しんしつ》はこっちよ。泊《と》まっていくならついてきて」

ニコルは片目《かため》の取れたウサギ柄《がら》のスリッパに履《は》き替《か》え、建物の奥《おく》にある階段《かいだん》に向かう。セリンはもう一度、窓《まど》の外を見てから、イッシャとともに階段《かいだん》を上がった。

ニコルの部屋はさほど広くはなかったが、セリンが一晩《ひとばん》泊《と》まる分には何の問題もなさそうだ。ニコルは、二段《にだん》ベッドの上に乗せてあった物を適当《てきとう》に床《ゆか》に降《お》ろし、セリンが寝《ね》られるよう整えた後、クローゼットから、ニンジンの模様《もよう》が刺繍《ししゅう》された薄《うす》い布団《ふとん》を出してくれた。

セリンがベッドに上がると、しばらく誰《だれ》も使っていなかったのだろうか、大きくギシギシときしむ音がする。セリンは、ニコルが今も捨《す》てられないウサギのぬいぐるみを枕元《まくらもと》に置き、横になりながら尋《たず》ねた。

「さっき、何の実験をしてたか聞いてもいい？」

ここに来た時から気になっていたものの、聞きそびれていた質問《しつもん》だった。

「ああ、キラキラシロップを作ってたの」

ニコルが、布団《ふとん》とまったく同じ、ニンジン柄《がら》のワンピースに着替《きが》えながら返事をする。

「キラキラシロップ？」

「さっき見たでしょ。黒い壺《つぼ》に入ってたのがキラキラシロップよ」

セリンは、白い砂浜《すなはま》の砂《すな》のようにキラキラしていた壺《つぼ》の中の液体《えきたい》を思い出した。自分が名前をつけるなら、やっぱり「キラキラシロップ」にしただろうなと思った。

「あたしの作るキラキラシロップは、香水《こうすい》だけじゃなくって、あんたが欲《ほ》しがってるトッケビのクスルを作る時にも使われてるの。色をつけるのに必要なのよ。だからいつもたっぷり用意してあるんだけど、ちょっと前に泥棒《どろぼう》が入って、全部盗《ぬす》まれちゃって」

ニコルは思い出すだけでも腹《はら》が立つようで、鼻息が荒《あら》くなった。

「だから、とにかくすぐ作らなくちゃいけなかったんだけど、何日か失敗続きだったのよ。あそこにトッケビの毛が入ってるなんて考えもしなかった。たぶん、泥棒野郎《どろぼうやろう》の髪《かみ》の毛《け》だと思う。違《ちが》うか、長くてウェーブがかかってるから野郎《やろう》じゃなくてきっと女ね」

ニコルは、捨《す》てられずにいた髪《かみ》の毛《け》をもう一度取り出した。長さは親指と人差し指を伸《の》ばした幅《はば》の二倍くらい、丸まった感じなのはパーマをかけているからか。

ニコルは何者かも分からない泥棒《どろぼう》に対して、あらゆる悪口と呪《のろ》いの言葉をぶつけた。そのうちの一つでも実現《じつげん》すれば、この髪《かみ》の持ち主は、生涯《しょうがい》、とんでもない姿《すがた》で生きることになるだろう。

セリンはそれよりも虹色《にじいろ》のクスルについていろいろ聞きたかったが、ニコルはいつの間にかグウグウといびきをかいて、深い眠《ねむ》りに落ちていた。

ポポの花《はな》園《ぞの》

セリンはほとんど眠《ねむ》れずにいた。
まず、ニコルのいびきが、何か実験をしていて爆《ばく》発《はつ》を起こしたのではないかと思うぐらい大きかったせいで。そして、さっき手に入れた黄色いクスルの中身が気になりすぎていたせいで。
結局セリンは夜明けまで待てずにイッシャをそっと起こした。イッシャもニコルのいびきで眠《ねむ》れなかったのか、目はショボショボしていたが、面倒《めんどう》くさがるそぶりはまったく見せなかった。
イッシャが伸《の》びをして、そして大きなあくびをしてからクスルをくわえると、あたりはすぐに黄色く染《そ》まった。

◆

横になっていたベッドとニコルの香水工房《こうすいこうぼう》が視界《しかい》から消えて現《あらわ》れたのは、建てられてからあまり時間が経《た》っていなさそうな、今ふうの建物だった。その建物を中心に、特色ある看板《かんばん》を出した店が並《なら》んでいると思ったら、一瞬《いっしゅん》で混雑《こんざつ》した路地に変わった。

ピッピーッ

配達中のオートバイが人々の間スレスレを通《とお》り抜《ぬ》けながらクラクションを鳴らした。店の前で写真を撮《と》っていたカップルは少しだけ下がってオートバイをよけ、その後もポーズを決めながら撮影《さつえい》するのに忙《いそが》しそうだ。混雑《こんざつ》した通りは、若《わか》い人が多く活気に満ちている。

セリンの目の前にはきれいに磨《みが》かれたガラス窓《まど》があったが、セリンはまるでそこには存在《そんざい》しない人間であるかのように、窓《まど》には映《うつ》らなかった。代わりに、室内のきちんと整えられたインテリアが目に入ってきた。

今回もセリンの意志《いし》とは関係なく、体が自然と中へ入っていく。そこはセリンの望んだ立派《りっぱ》なコーヒー専門店《せんもんてん》ではなかったが、十分にシャレたカフェだった。

穏《おだ》やかなポップミュージックが流れていて、雰囲気《ふんいき》がいい。メニューには見ているだけでも食欲《しょくよく》をそそる、フルーツたっぷりのかき氷やデザート類の写真が並《なら》んでいる。誰《だれ》かのサイン色紙も、よく見える所に飾《かざ》られている。

しかし混雑《こんざつ》するはずのティータイムなのに、不思議なことに客の姿《すがた》がまったく見当たらない。がらんとした店内では、店主らしき若《わか》い女性《じょせい》がカウンターの横に座《すわ》って、ぼんやりと窓《まど》の外を見ている。

リーンリーン
その時、電話がかかってきた。ためらいなく電話に出たので、相手はよく知っている人なのだろう。お決まりのあいさつから始まり、近況《きんきょう》の報告《ほうこく》に続いて愚痴《ぐち》を言い出した。

「最悪よ」

最初にオープンした時は、人もうらやむほど順調だったのに、いつの間にか雨後の筍《たけのこ》のようにカフェが次々と増《ふ》えていったため、今は閑古鳥《かんこどり》が鳴いているという。

「私《わたし》もあなたみたいに公務員試験《こうむいんしけん》を受けるべきだった……」

そして、売り上げや家賃《やちん》を心配せず毎月きちんとお給料をもらえる所が一番いいとか、今の仕事は絶対《ぜったい》に辞《や》めちゃダメだとか、そんな話をしている。

「そんなのはぜいたくな悩《なや》みよ。定時に帰れて、クビになる心配もなくて、年金まで保証《ほしょう》されてる仕事なんてめったにない。今みたいな時代はワークライフバランスが大事なの。あなたみたいな生き方が本当にうらやましい。最近はまた物価《ぶっか》が上がって……」

うらやましそうにしていた女性《じょせい》の表情《ひょうじょう》が変わった。店の入り口に立ててあるメニューをカップルが見ていたのだ。

「また今度ね」

女性《じょせい》は急いで電話を切ったが、カップルはメニューを見て、店の中をちらりとのぞいてから、結局、道路の向こう側にあるカフェに入っていった。立ち上がって客を迎《むか》える準備《じゅんび》をしていた女性《じょせい》は、また座《すわ》りこんでしまった。

「はあ……」

若《わか》い店長が落とした肩《かた》の向こうからは長いため息が漏《も》れてくる。

◆

突然《とつぜん》、周りがぼやけてきて、霧《きり》が晴れるかのように目の前の景色が変わった。

セリンはニンジン柄《がら》の布団《ふとん》を掛《か》けて、天井《てんじょう》にぶつかりそうな二段《にだん》ベッドの上に横たわっていた。胸《むね》の上にはネコがいて、黄色いクスルをくわえて自分を見ている。

イッシャはクスルを横に置き、セリンの顔をなめ始めた。セリンがイッシャの頭をなでてやると、イッシャは気持ちよさそうにニャーンと鳴いた。

セリンは顔を洗《あら》ってくれたイッシャを引《ひ》き離《はな》し、ベッドから下りた。

「もう朝だ」

いつの間にか窓《まど》からは朝日が差しこんでいる。イッシャもついてきて、セリンの足にまとわりつく。

「イッシャ、悪いけどほかのクスルを探《さが》さないとダメみたい」

セリンは高く上げたイッシャのお尻《しり》をぽんぽんと軽くたたいた。悩《なや》み抜《ぬ》いたわけではないけれど、長々と悩《なや》む必要もない。

「これはあたしの望むクスルじゃなかった。何の心配もなく、体も心もラクに暮《く》らしたい」

セリンはしゃべるのをやめ、人差し指をくちびるに当てた。

「うーん……。一番安定した仕事に就《つ》ければ幸せになれるんじゃ？」

イッシャは小さい声でニャンと鳴き、ピョンとジャンプして窓《まど》のそばに立った。そして行き先を確認《かくにん》するかのように、ガラス越《ご》しに遠くを見つめている。

「グッモーニン」

セリンたちの声で起きたのか、ニコルがベッドから顔を出した。どれだけ熟睡《じゅくすい》したのだろうか、目を開けるのも大変そうなくらい顔がむくんでいる。

「ちゃんと眠《ねむ》れた？」

ニコルが大きな目やにを取りながら尋《たず》ねた。

「うん」

セリンは赤く充血《じゅうけつ》した目でウソをついた。

ニコルは大きく伸《の》びをしてから、ニンジン柄《がら》の歯ブラシで、ひときわ大きい前歯を磨《みが》き始める。

「そっちには行かないほうがいいよ。『トラブル・ツリー』があるから」

イッシャも気乗りしないようで、窓《まど》のそばで憂鬱《ゆううつ》そうに鳴く。

「トラブル・ツリーって？」

セリンはあくびをこらえて聞く。

「いたずらをしたくてたまらない木があるの。ホント、腹立《はらだ》たしいヤツらよ」

いつか薪《まき》にしてやりたいと、ニコルは言った。トラブル・ツリーに鼻さえついていたなら、とっくに悪臭《あくしゅう》スプレーでこらしめてやったのにと怒《おこ》っているうちに、口をゆすいでいた水を飲んでしまった。

「どうしても行くというなら、力を貸《か》すけど」

ニコルは口元に白く残った歯磨《はみが》き粉《こ》をぬぐいながら言う。

「ちょっと待ってて」

ニコルがパジャマのまま急いで下のフロアに行くと、ガラスの瓶《びん》がぶつかり合う音が聞こえてきた。そしてニコルはいろんな香水《こうすい》をバスケットに詰《つ》めこんで持ってきた。

「最初にこれをシューッとやって」

一番上にあった香水《こうすい》を取り出し、ボトルのポンプをそっと押《お》すと、ピリピリしたにおいが狭《せま》い部屋全体に広がった。

「これは人間が初めて恋《こい》に落ちた時にささやく言葉を盗《ぬす》んで作ったものなんだけど、これを使えば、しばらくの間は疲《つか》れを感じないでいられる」

その言葉どおり、香水《こうすい》が服に触《ふ》れたとたんに体が軽く感じられ、雲の上を歩いているようだ。イッシャも気分がいいのか床《ゆか》でゴロゴロしている。ニコルの手が、バスケットのもっと深い所に入っていく。

「それから……これはお母さんたちの小言を集めたもの。ほかには『また会おう』というウソを集めてつくった香水《こうすい》もある」

ニコルはギッチリ詰《つ》まったバスケットをセリンに差し出した。

「全部合わせても、たったの金貨百枚《まい》よ」

セリンは前よりも軽くなったポケットを探《さぐ》ってみる。自分ではほとんど使っていないが、イッシャに食べ物を与《あた》えているうちに金貨はだいぶ減《へ》っていた。セリンはバスケットの一番下にあったアロマキャンドルを指して言った。

「これだけあれば大丈夫《だいじょうぶ》だと思う」

ニコルは鼻先をかいた。

「勇気をくれるアロマキャンドルね。うん、これも悪くない。これなら金貨一枚《まい》でいい」

ニコルは残念そうだったが、しつこく勧《すす》めてくることはなかった。

ニコルは「もう一晩泊《ひとばんと》まっていけば」と言ったが、セリンは香水工房《こうすいこうぼう》を出ることにした。今夜も眠《ねむ》れないと、梅雨《つゆ》が終わるまでずっと寝《ね》て過《す》ごすはめになりそうな気がしたからだ。それに、時計を見ると、ひと目で分かるほど残り時間が減《へ》っている。ニコルが鍵《かぎ》を一つずつ開けるのももどかしく、焦《あせ》るセリンは足踏《あしぶ》みをしてしまった。

イッシャに続いて外に出たセリンは、手に小さな袋《ふくろ》を一つ持っていた。アロマキャンドルのほかに、ニコルが途中《とちゅう》で食べてと、真っ黒に焼けたニンジンケーキをくれたのだ。

「これでも食べよう」

セリンは、平らな岩を見つけ、そこに座《すわ》った。焦《こ》げた部分を取《と》り除《のぞ》くと半分も残らなかったが、今の空腹《くうふく》を満たすには十分な量だ。

セリンはケーキをひざの上に乗せ、中に入ったクリームを指ですくって食べた。口の中でスーッと溶《と》けると同時に、疲《つか》れも溶《と》けてしまいそうだった。

「あれ？」

ひとかけらだけ味わっている間に、ひざの上からケーキがなくなっていた。セリンがしれっとしているイッシャを見つめると、イッシャは知らんぷりをしてセリンとは目を合わせようとしなかった。ただ、ケーキのくずがひげにベタベタとくっついている。

セリンはイッシャを叱《しか》ることなく、立ち上がった。おなかがグウと大きく鳴りはしたが、空《くう》腹《ふく》はまったく感じなかった。

なぜなら、目の前で森が動いているのに気を取られたからだ。

「何あれ……」

大地に根を張《は》って真っすぐ立っているべき木々が自由に歩き回っていた。さらには、仲間どうしでふざけ合っているのか、枝《えだ》を長く伸《の》ばしてお互《たが》いをたたいたりもしている。

信じがたい光景に、セリンは体が凍《こお》りついてしまったようだった。

見た目は木そのものなのに、とても木とは呼《よ》べないようなものが、ポキポキと音を立てながらうろついている。外からは、森を守っているようにも見えるし、森という檻《おり》に閉《と》じこめられているようにも見える。

セリンは勇気を出して森に一歩近づいた。するとイッシャもすぐに横に並《なら》んだ。

グルルル……

ここを抜《ぬ》けるにはそれなりの準備《じゅんび》が必要なのか、イッシャの体が少しずつ大きくなった。オオカミぐらいの大きさになると、セリンに背中《せなか》を向けて、乗れと合図を送ってくる。しかしセリンは、イッシャの背中《せなか》をひとしきりなでてやるだけで乗りはしなかった。

ネコの背《せ》に乗るのは動物虐待《どうぶつぎゃくたい》に思えて気が進まないし、走るだけなら自信がある。

セリンはスニーカーの靴紐《くつひも》をぎゅっと結び直し、大きく息を吸《す》った。

「オーケー。イッシャ、行こう！」

セリンが言い終わるや、イッシャは後ろ足に力をこめ、先に森の中に飛びこんでいった。

木々はすぐにイッシャたちに気がついたが、イッシャは、あちらへこちらへと素早《すばや》く動きながら木々をかわしていく。木の枝《えだ》が振《ふ》り下《お》ろされた先にあるのは、イッシャが残したばかりの足跡《あしあと》だった。

イッシャを見て勇気づけられたセリンも、続けて森の中に飛びこんだ。しかし、木々は遠くから見ていた時よりもずっと動きが機敏《きびん》だ。セリンはすぐに後悔《こうかい》したが、すでに後ろからも木々が追ってきていて、戻《もど》ることもできない。

「こんなはずじゃ……」

結局、森に入ってほどなくして、セリンは木の枝《えだ》に足首をつかまれ、持ち上げられてしまった。世界が上下反転したまま、地面から遠ざかっていくのが感じられる。あらぬ限《かぎ》りの悲鳴を上げたが、近くに助けてくれる人がいるはずもない。ずっとそばにいたイッシャも、どこへ行ったのか姿《すがた》が見えない。

モンスターのような木は、おもちゃで遊ぶかのように、セリンを空中で左右に振《ふ》ってから遠くへ放り投げた。セリンの耳には鋭《するど》い風の音が入ってくる。

「わっ！」

このまま何もできずに落ちる、とセリンは思った。本能《ほんのう》から頭を守ったが、この高さではあまり意味がなさそうだ。この後に起こることを考えて目の前が真っ暗になった。

しかし予想していた衝撃《しょうげき》は来ず、むしろゆったりしたソファに横たわったかのような穏《おだ》やかさを感じた。ハッとして下を見ると、イッシャが風船のように膨《ふく》らんで、自分を受け止めてくれていた。

「イッシャ！」

セリンは安堵《あんど》のため息をつき、滑《すべ》るようにして地面に下りた。木々は、セリンを片《かた》づけたと思ったのか、さらに追いかけてくることはなかった。

セリンの無事を確認《かくにん》すると、イッシャはまた子ネコに戻《もど》った。セリンはイッシャを抱《だ》きしめ、頬《ほお》ずりする。イッシャは息が苦しそうだったが、イヤではないようで逃《に》げようとはしなかった。

「ところで、これは何？」

セリンはイッシャを解放《かいほう》し、自分の前にすっと立つ大きな木を見上げた。

セリンが飛ばされてきた先には運悪く今まで見た木々よりも何倍も大きな木があって、空を隠《かく》し、深い影《かげ》を伸《の》ばしている。

しかし、幸いなことにその木は動かなかった。代わりに、太い幹《みき》に小さなドアが一つ、ついている。木にドアがあるのはおかしなことだが、このところ、あまりにもたくさんの出来事があったため、セリンにはたいしたことには感じられなかった。

イッシャがセリンより一歩早くドアに近づく。つまり、その向こうにクスルがあるということだ。

トントン
セリンはノックをした後、待ちきれずにドアをそっと押《お》してみた。すると、鍵《かぎ》は掛《か》かっておらず、ドアは音もなく内側に大きく開いた。

木の中は外とはまた別の世界が広がっていた。グラウンドのように広い空間に、さまざまな木や花が植えられている。どこから光が差しこむのか、あたりを明るく照らしていて、目を閉《と》じねばならないほどだった。

「こら！　待ちなさい！」

ドアからそんなに遠くない所で、老婆《ろうば》が小さいトラブル・ツリーに向かって杖《つえ》を振《ふ》り回《まわ》している。しかし、その動きがとてもゆっくりなため、杖《つえ》は空《くう》を切るだけだった。トラブル・ツリーはあまり動かずに老婆《ろうば》の杖《つえ》をよけると、セリンのほうに走ってきた。驚《おどろ》いたセリンがイッシャを抱《かか》えて逃《に》げると、小さいトラブル・ツリーは、セリンが開けたままにしたドアからそそくさと外に出ていってしまった。

ほんの少しの間、無音の時が流れた。

ヒュウー……

トラブル・ツリーが消えたドアから、ひと筋《すじ》の風が吹《ふ》きこんでくる。

セリンはとりあえず老婆《ろうば》に謝《あやま》った。

「こんにちは……。あの、ごめんなさい。もしかして大事な作業中でした?」

老婆《ろうば》はシワだらけの顔で明るく笑う。

「いいえ、大丈夫《だいじょうぶ》」

セリンは、もしかすると虹色《にじいろ》のクスルがあるのはここなのではと思った。今ここにいるトッケビより年を取ったトッケビはいないような気がしたからだ。頭巾《ずきん》からはみ出た白髪《しらが》は雪よりも白く光っている。老婆《ろうば》は頭が地面につきそうなくらい曲がった腰《こし》をずっとトントンとたたいていた。

「人間さんですかね。こちらへどうぞ」

老婆《ろうば》は近くにあるテーブルを示《しめ》した。

「お茶でもいかがですか」

セリンは遠慮《えんりょ》しようとしたが、老婆《ろうば》はすでに用意を始めていた。それでもその動きがあまりにもまだるっこしいので、セリンはほぼ自分でお茶の準備《じゅんび》をしてしまった。

湯気の上がるお茶を前にして、老婆《ろうば》が尋《たず》ねる。

「クスルを取りに来たんですね？」

「はい」

お茶が冷めるのを待っていたセリンはすぐにそう答えた。老婆《ろうば》は名前も分からない葉っぱの入ったお茶をズズッと音を立てて飲んだ。

「ここまで来るのはさぞ大変だったでしょう。私《わたし》はここの庭師《にわし》です。ポポと呼《よ》んでください」

「あたしはセリンです」

セリンは両手を体の前で組み、丁寧《ていねい》に返事をした。それを見たポポは、目がなくなりそうになるまで細め、明るく笑った。かわいい孫を相手にしているかのようだ。

「私《わたし》はここで、人間が人知れず流した汗《あせ》と涙《なみだ》を集めてきて、花や木を育てています」

ポポは広い空間を埋《う》め尽《つ》くす、さまざまな植物を杖《つえ》で指《さ》し示《しめ》した。きれいに咲《さ》いている花もあれば、まだつぼみを結んでいない草もある。枯《か》れたように見える木もある。

「みんな、自分だけの季節を待っているんです」

セリンはポポの言葉の意味が分からず聞き返す。

「自分だけの季節？」

ポポはお茶をひと口飲み、うなずいた。

「どんな花や木も、自分だけの季節があるんです。春に華《はな》やかに咲《さ》く花もあれば、夏の終わりや秋になってようやく花を咲《さ》かせる木もある。さらには、ほとんどの植物が凍《こお》ってしまう寒い真冬に、自分の存在《そんざい》を明かす花もあります。私《わたし》の仕事は、人間の努力が詰《つ》まった汗《あせ》と涙《なみだ》を集めて、ここの植物の面倒《めんどう》を見ることです。一番いい季節に花を咲《さ》かせられるようにね」

歯が何本か抜《ぬ》けているせいで発音はやや不明瞭《ふめいりょう》だったが、言葉のひとつひとつに、ポポの真心がこもっていた。セリンは両手で持っていたカップを口に運んだ。

「ところで、あたしがここに来た時、何をしてたんですか？」

セリンの質問《しつもん》に、ポポは声を出さずに笑った。

「トラブル・ツリーの実をもいでいました。いつもはトリヤが手伝ってくれるんですが、何日か前にケガをして……」

ポポは言葉尻《ことばじり》を濁《にご》し、木の陰《かげ》にあってよく見えない庭の一角を、気《き》の毒《どく》そうに見つめる。セリンはトリヤという名前を聞いて、うれしくなると同時に心配になった。

「ひどいケガなんですか？」

木の幹《みき》の隙間《すきま》から、包帯を巻《ま》いたトリヤの大きな頭が見えた。ぐっすり眠《ねむ》っているのか、ずっと鼻風船が膨《ふく》らんでは割《わ》れていた。

「ひどくはありません。泥棒《どろぼう》を追いかけている時に石につまずいて転んでしまったんですが、ちょっとだけ意識《いしき》が戻《もど》って、『煙《けむり》の出てるトッケビを捕《つか》まえなくちゃ』と、寝言《ねごと》みたいなことを言ったら、また眠《ねむ》りについてしまいました」

セリンは泥棒《どろぼう》という言葉に、飲みかけたお茶を噴《ふ》き出《だ》しそうになった。

「ここにも泥棒《どろぼう》が入ったんですか？」

驚《おどろ》きを隠《かく》せないセリンの目を見て、ポポはセリンを落ち着かせようとした。

「いえ、泥棒《どろぼう》というほどのものではありません。トラブル・ツリーの実をいくつか盗《ぬす》んでいっただけですからね。この木の実は、族長がお好きなこともありますが、トッケビのクスルの色を出す時に使われるんです。でも、特においしいものでもないので、よほどおなかが空《す》いていたんでしょう」

ポポは、たいしたことはないと笑って済《す》ませ、残ったお茶を飲《の》み干《ほ》した。そして空いたカップをテーブルの一角に片《かた》づけて、再《ふたた》び杖《つえ》を手にした。

「それでは、ゆっくり休みつつ、気に入った花が見つかったら教えてください。私《わたし》は忙《いそが》しいので、これで失礼します」

忙《いそが》しいというわりには、最初の一歩を踏《ふ》み出《だ》すまでにとても時間がかかった。立ち止まっているのとあまり差がなく、せっかちな人が見ていたら、さぞもどかしく感じたことだろう。セリンは、杖《つえ》を頼《たよ》りに不自由な足で何とか立ち上がろうとするポポのことが心配になった。突然《とつぜん》現《あらわ》れた自分に作業の邪魔《じゃま》をされてもイヤな顔ひとつせず、あたたかく接《せっ》してくれたポポに何かお返しをしたいとも思った。

「もし木の実を採《と》るんでしたら、お手伝いしましょうか？」

一瞬《いっしゅん》、ポポの表情《ひょうじょう》が明るくなったが、すぐに手を振《ふ》った。

「いえいえ、若《わか》い人に面倒《めんどう》をかけるなんてとんでもない。時間をかければ私《わたし》一人でもできますから」

「さっきあたしがトラブル・ツリーを逃《に》がしちゃいましたし。それにお茶のお礼くらいさせてください」

セリンが押《お》し気味《ぎみ》に言うと、ポポも負けたふりをする。

「では、お願いしてもいいですか。なんてありがたいこと。本当に申《もう》し訳《わけ》ないけれど」

ポポがまったく申《もう》し訳《わけ》なさそうな顔で言った。

「どのぐらい必要なんですか」

「たくさんは要《い》りません。ひとつかみくらいで十分です。でも実が小さくて探《さが》しづらいんです」

セリンは冷めてぬるくなったお茶を一気に飲んで立ち上がる。

「ご心配なく。ここで待っててください。イッシャと一緒《いっしょ》に実を採《と》ってきます」

セリンは大口をたたき、自信に満ちた足取りでドアの外に出ていった。イッシャもあわててセリンについていてくる。

偉《えら》そうにそう言ったものの、いざトラブル・ツリーに出くわしたら足が震《ふる》えてきた。木々はセリンを見つけると、のそのそと近づいてくる。こんな時にイッシャが横にいてくれることが、これ以上なく心強かった。

セリンは、すでにオオカミの大きさになったイッシャを見た。

「イッシャ、いけるよね？」

イッシャは大きな獣《けもの》らしく咆哮《ほうこう》を上げる。

「オーケー。じゃ、ちょっと背中《せなか》を貸《か》してね」

イッシャはセリンが背中《せなか》に乗りやすいよう姿勢《しせい》を低くし、セリンはたてがみのようになったイッシャの首周りの毛をぎゅっとつかんだ。

「あんな間抜《まぬ》けなヤツらに捕《つか》まっちゃダメ。実を採《と》って戻《もど》るからね」

イッシャはゴーサインも待たずに、すでに放たれた矢のように飛び出した。

木々は、死体を見つけたハイエナのごとく、すぐに周りに集まってきた。最初はせいぜい三、四本だったのに、いつの間にか数十本に増《ふ》えている。まるで森ごと移動《いどう》してきたようだ。

　イッシャは恐《おそ》れることなくどんどん木々に向かっていった。木の内側に鈴《すず》なりになっている実は、ポポの言うとおり小さくて探《さが》しづらい。遠くからはよく見えないが、ユスラウメより少し大きいくらいのサイズだろうか。

「イッシャ、あそこ」

　ついにセリンが手を伸《の》ばせば届《とど》くぐらいの所まで近づくことができた。しかし実を採《と》ろうとした瞬間《しゅんかん》、枝《えだ》が集まってきて実を覆《おお》ってしまった。

　結局、セリンとイッシャは下がるしかなかった。そばの木々も葉や枝《えだ》で実を守り始める。

　イッシャはセリンを見上げて、どうすればいいかと目で訴《うった》えていた。

　セリンもどうすればいいか考えつかなかったものの、このまま引き下がりたくはないと思った。イッシャがそばにいるからか、クスルに対する執着《しゅうちゃく》からか、あきらめる気にはならない。もしかするとニコルがかけてくれた香水《こうすい》の効果《こうか》がまだ残っているのかもしれない。

　セリンはあたりに落ちた枝《えだ》を見つめ、そしてイッシャの耳元でささやいた。

「もう少し速く走れる？」

　イッシャは木々をたじろがせるほど大きく吠《ほ》えた。

「オーケー、じゃ作戦変更《さくせんへんこう》よ。実を採《と》るのは難《むずか》しそうだから、あいつらに差し出させるよう仕向けるの。イッシャ、あなたの力を見せて」

イッシャは「しっかりつかまれ」とでも言うようにセリンの頬《ほお》をペロッとなめ、今までとは比《くら》べものにならないくらいのスピードで走り始めた。

セリンは小さい時に一度だけ乗ったジェットコースターのことを思い出した。といっても今は、命を守る安全バーもないし、走っているのはレールのない森の中。目を開けているのさえ大変で、涙《なみだ》が出てくる。聞こえるのは葉と枝《えだ》を踏《ふ》みつける音だけだ。

ダダダーッ

イッシャはセリンのアイディアどおり、森から大きくは離《はな》れず、木々の周囲《しゅうい》をぐるぐると大きく回った。バラバラに散っていた木々はだんだんと一か所に集まり始める。木々はセリンとイッシャを捕《つか》まえようと必死になったが、そうすればするほど、お互《たが》いを傷《きず》つけ合《あ》った。近づきすぎて、仲間どうしで邪魔《じゃま》をし合っているようなものだった。

イッシャは絡《から》み合《あ》った木々の間を動き回って、さらに怒《いか》りを誘《さそ》った。根元を通《とお》り過《す》ぎる時は軟体動物《なんたいどうぶつ》のように地面にぴったりと這《は》いつくばって、滑《すべ》るように通《とお》り抜《ぬ》けたりもした。攻撃《こうげき》を避《さ》けるイッシャよりも、背中《せなか》から落ちないように踏《ふ》ん張《ば》っているセリンのほうがすごいことをやってのけているように見えたかもしれない。

「頑張《がんば》らなきゃ」

セリンが何とか目を見開いて様子をうかがうと、幸い、自分が考えたとおりになっていった。

木々はイッシャを捕《つか》まえようと焦《あせ》って、仲間どうしでぶつかり合い、右往左往《うおうさおう》している。幹《みき》が絡《から》まり合《あ》って倒《たお》れた木も所々で目につく。その上をほかの木が踏《ふ》み越《こ》えたりもしていて、めちゃくちゃな状態《じょうたい》だ。しかし土ぼこりをかぶった木々は、いまだ疲《つか》れ知《し》らずで、しつこくついてきた。

「このぐらいで十分よ。イッシャ。ヤツらを遠くに引きつけてから、ポポさんの所に戻《もど》ろう」

イッシャは短く鳴いてから森の外に向かい、興奮《こうふん》しきった木々がすぐその後を追った。

再《ふた》び森が移動《いどう》を始めた。

少ししてから、セリンは騒動《そうどう》のあった場所に戻《もど》り、イッシャの背中《せなか》から地面に降《お》り立《た》った。小枝《こえだ》や葉っぱがたくさん落ちている所には、小石ほどの実もやはり踏《ふ》んづけてしまいそうになるくらい、ゴロゴロと転がっている。

セリンは追いかけてきている木がいないか、もう一度確認《かくにん》してから、そっと実を拾い出した。幸いにも実は固い皮に覆《おお》われているため、おおむね無事のようだ。日差しを受けた色とりどりの実は美しくきらめいている。

「わ、すごくきれい」

これなら、食べるためではなく飾《かざ》るために盗《ぬす》みたくなる気持ちは分かる。セリンは実を拾ってから、土遊びをしているイッシャを呼《よ》んだ。子ネコサイズになったイッシャはかわいらしく寄《よ》ってきてセリンの胸《むね》に飛びこんだ。セリンはイッシャの鼻についた土を落としてやり、ポポのいる大きな木に戻《もど》ろうとした。

「ん？」

セリンは足を踏《ふ》み出《だ》す前に振《ふ》り返《かえ》った。絶対《ぜったい》に今、黒い何かと目が合ったと感じたからだ。ちょうどビニール袋《ぶくろ》をかぶったような姿《すがた》だった。目のようなものはなかったから目が合ったと言うのはおかしいかもしれないが、見られていると感じたので、そう表現《ひょうげん》するしかない。それは確《たし》かに岩の後ろに隠《かく》れていて、頭のように見える部分を出してセリンたちをじっと見ていた。

「絶対《ぜったい》に何かいたのに……」

セリンはイッシャを降《お》ろし、慎重《しんちょう》に岩に近づく。体を低くかがめながら、足音も出さずに歩く様子は、獲物《えもの》を追う獣《けもの》のようだ。あたりは、つばを飲みこむ音が聞こえるほど静かだった。岩まで来ると、どこからそんな勇気が湧《わ》いてくるのか、セリンは岩の向こうに頭を突《つ》き出《だ》した。しかし、見えたのは岩の後ろに長く伸《の》びる影《かげ》だけだ。

「何か見間違《みまちが》えたのかな？」

セリンは首をかしげつつ、ボサボサになった頭をかいた。イッシャも好奇心《こうきしん》に満ちた目で、岩の周りをうろうろしながら、においをかいでいる。セリンはまたイッシャを抱《だ》きかかえた。

「行こう、イッシャ。ポポさんを心配させちゃう」

疲《つか》れすぎて幻覚《げんかく》を見たのかもしれない。考えてみれば、昨日はほとんど寝《ね》ていないうえに、ずっと変な木々に追われていたのだから、まともな精神状態《せいしんじょうたい》とは言えそうにない。セリンはそれ以上考えることなく、ポポのいる木に向かって歩き始めた。

その場から、セリンの足音がだんだんと遠ざかっていく。

シューッ
セリンの姿《すがた》が完全に見えなくなると、岩の後ろの影《かげ》から煙《けむり》が出始めた。うっすらした煙《けむり》はだんだんと濃《こ》くなり、粘土《ねんど》のような塊《かたまり》になった。それは、モゾモゾと動くだけで何か形らしい形になることはなかったが、岩の上に少しはみ出すくらいの大きさになった。

そして、しばらくの間、セリンが消えた方向を見つめていた。

ボルドとボルモのレストラン

目を刺《さ》すような朝の日差しに、セリンは顔をゆがめて起き上がった。どれほど疲《つか》れていたのだろうか、ろくに目も開けられぬまま、あくびを連発する。横ではイッシャが死んだように眠《ねむ》っていた。イッシャは本当に死んでしまったのではないかと心配になるぐらい、微動《びどう》だにせず、枕《まくら》の端《はし》に頭をうずめている。セリンは、イッシャの胸《むね》に耳を当てて心臓《しんぞう》が動いているのを確認《かくにん》してようやく安心した。セリンの気配を感じたイッシャもすぐに目を覚まし、大きく伸《の》びをした。

セリンはショボショボした目で部屋の中を見回した。白いカバーの掛《か》かったベッドにテーブルが一つだけぽつんと置かれた小さい部屋。それ以外には特に家具もないシンプルな部屋だが、壁《かべ》から漂《ただよ》うかすかな木の香りだけで、最上級のホテルのようだ。

セリンはクマのできた目元をこすりつつ、前の日の記憶《きおく》をたどっていた。

ここに戻《もど》りポポに木の実をわたしてから、少し休んだところまでは思い出せるが、その後、

深い眠《ねむ》りについてしまったようだ。

ありがたいことに、横には洗顔用《せんがんよう》の水と着替《きが》えまで置かれている。セリンは土ぼこりのついた顔を丁寧《ていねい》に洗《あら》い、薄汚《うすよご》れた服を脱《ぬ》いで新しい服に着替《きが》えた。すると、垢《あか》すりをした後のように、さっぱりした気分になった。

セリンが、木を組んで作ったドアを開けて外に出ると、そこには見知った顔があった。

「セ……リン……」

トリヤが先にセリンに気づき、うれしそうに声をかけてきた。

「トリヤ！」

セリンは一歩近づき、鍋《なべ》のふたほどもあるトリヤの拳《こぶし》をぱっとつかんだ。トリヤのおでこには包帯が斜《なな》めに巻《ま》かれていたが、そんなにひどいケガではなさそうだ。トリヤも起きたばかりなのか、口元からあごまでよだれの跡《あと》がついている。トリヤの足の間から、もう一つ顔が見えた。

「よく眠《ねむ》れました？」

ポポだ。昨日と同じやわらかな笑顔《えがお》を見せてくれる。

「はい、おかげさまで。いろいろ失礼しました」

セリンが腰《こし》をかがめて返事をすると、ポポは杖《つえ》をついてセリンに一歩近づいた。

「これをどうぞ」

「これは？」

ポポが差し出したのは小さな鉢植《はちう》えだ。土からは角《つの》のような小さなものが飛び出していて、よく見るとそれは何かの芽だった。

「木の実のお礼です。こう見えても、うちの園内で最も貴重《きちょう》なものです」

不思議そうに鉢植《はちう》えを見つめるセリンに、ポポは説明を続ける。

「昔、人間界から持ってきた『竹』という植物です。この子は、不思議なんですが、最初の数年は枯《か》れているのかと思うくらい成長が遅《おそ》いんです。ほかの植物が毎年芽を出し、花を咲《さ》かせ、さらには実までつけるのに、竹は地面からほとんど姿《すがた》を現《あらわ》しません。取るに足らない、みすぼらしく、見るべきところもない姿《すがた》で、地中に埋《う》まっているだけです」

ポポの言うとおり、鉢植《はちう》えに植わっているのは、草花というよりも、朽《く》ちた木のかけらのようだ。

「だからと言って、無駄《むだ》な時間を過《す》ごしているわけではありません。誰《だれ》にも見えない、地面の奥深《おくふか》くまで根を伸《の》ばしているんです。そうして根が十分に育つと、あっという間に、予想もつかない高さまで大きく成長します」

ポポの視線《しせん》はそばに植えられている大きな木々に向かった。そのうちの一本が天窓《てんまど》を突《つ》き破《やぶ》りそうな勢《いきお》いで、真っすぐと伸《の》びている。

「どことなく、あなたに合う気がして、用意しました。特にほかに欲《ほ》しい物がないのなら、これはいかがですか。金貨一枚《まい》です」

セリンは目を丸くして、もう一度、鉢植《はちう》えを見た。特に好きだとか欲《ほ》しい花があるわけでもなく、ポポの心のこもった贈《おく》り物《もの》を断《ことわ》る理由はない。

「ありがとうございます。じゃあ、これにします」

セリンは、マタにもらったトッケビバッグに鉢植《はちう》えを入れ、ポケットから金貨を一枚《まい》取り出した。金貨を受け取ったのは横にいたトリヤで、それを前ポケットから取り出したひょうたんに入れると、チャリンと軽い音がした。

「ではこれを……」

ポポは杖《つえ》を立てかけ、袖《そで》をごそごそといじってクスルを取り出した。青いクスルだ。その瞬間《しゅんかん》、セリンはがっかりした表情《ひょうじょう》を浮《う》かべたが、ポポはそれを見逃《みのが》さず尋《たず》ねた。

「何かほかのものを期待していたんですね？」

セリンは変に隠《かく》そうとはせず、正直に伝える。

「もしかしたら、ここに虹色《にじいろ》のクスルがあるんじゃないかと思ってたんです」

ポポはひどく驚《おどろ》いた様子でセリンを見つめた。

「虹色《にじいろ》のクスルのことをご存《ぞん》じなんですか」

「よくは知りません。偶然《ぐうぜん》、知ったんですが、普通《ふつう》のクスルよりずっといいものだと聞きました」

ポポは目を閉《と》じて、思い出に浸《ひた》っているようだった。

「虹色《にじいろ》のクスルだなんて……。本当に久《ひさ》しぶりにその名前を聞きました。私《わたし》が若《わか》いころは、虹《にじ》色《いろ》のクスルも時々は見られました。トッケビはみんな、それを欲《ほ》しがった。望みをかなえてくれますからね」

ポポの話し方はもどかしいほどゆっくりだったが、セリンは決して急《せ》き立《た》てたりはしなかった。

「でも欲《よく》というのは、いつだって災《わざわ》いを呼《よ》ぶものです。ある日、クスルを巡《めぐ》って大きな争いが起きると、見るに見かねた族長がお出ましになりました。族長は虹《にじ》色《いろ》のクスルをいくつかに割《わ》って、普通《ふつう》のクスルにしてしまったんです。トッケビにとっては何の使い道もないクスルです。虹色《にじいろ》のクスルは今もどこかに残っているかもしれませんが、最近は見たことがありません」

「そうですか……」

セリンは気にしていないふりをしようとしたが、表情《ひょうじょう》は固いままだ。ポポはセリンをなぐさめるかのように、笑《え》みを浮《う》かべながら言葉を続ける。

「虹《にじ》というのは珍《めずら》しいものです。雨が強く降《ふ》るほど美しく輝《かがや》きます。虹《にじ》があれほど美しいのは、もしかすると激《はげ》しい雨風に耐《た》えたことに対する、神からの贈《おく》り物《もの》なのかもしれません。もし、梅雨《つゆ》時《どき》商店街を出るまでに虹《にじ》色《いろ》のクスルを見つけられなかったら、族長の所に行ってごらんなさい」

「族長？」

セリンは目を丸くした。

「クスルを割《わ》ることができるなら、ひとつに合わせることもできるのではないかしら。族長はトッケビの中で最も優《すぐ》れた方ですから」

セリンは自信なさげに言う。

「族長ってとても偉《えら》い方なのに、あたしなんかに会ってくれるでしょうか」

「もしかすると、あなたなら会えるかもしれません」

ポポは、セリンのポケットからはみ出たゴールドチケットを見ながら答えた。

「私《わたし》たちトッケビが持てるクスルは一つだけですが、あなたは望むだけ集めることができるでしょう？」

期待が膨《ふく》らみ、セリンの顔は少しずつ明るくなっていった。

「族長はどこにいらっしゃるんですか」

ポポは閉《と》じたドアの向こうを見る。ポポは笑ってばかりでつぶっていた目をぱっと見開いた。

「梅雨時《つゆどき》商店街で一番高い所、ペントハウスです」

セリンは大きな木の下に立つポポとトリヤに手を振《ふ》りながら森へ出た。来た時にあれほど苦しめられた森も、今はとても静かだ。木々は皆《みな》どこかへ姿《すがた》を消してしまい、セリンは、自分たちを追ってくるものがなくて、どことなく寂《さび》しささえ感じる。時おり、風に乗ってクルクル回る木の葉だけが目に入る。

小川をわたると、またあちこちに建物が現《あらわ》れた。間違《まちが》いなく森を抜《ぬ》けられたようだ。

セリンは落ち着けそうな場所を見つけると、すぐに座《すわ》ってイッシャを呼《よ》び、トッケビバッグから青いクスルを取り出した。たとえ虹色《にじいろ》のクスルでなくとも、まずはこれでよしとしよう。

とにかくこの中には、平穏《へいおん》で安定した人生が入っているはずなのだから。

こうして一つずつ探《さが》していくうちに、いつか本物の虹色《にじいろ》のクスルを手に入れられるかもしれない。セリンは、変わるはずの自分の人生を思《おも》い浮《う》かべ、さらに気分をよくした。

横ではすでにイッシャが口を開けて待《ま》ち構《かま》えている。頭だけ大きくなった姿《すがた》が不思議だった。

すぐに青い光が周囲《しゅうい》を包み始めた。

◆

セリンはあっという間に、ビルの中に移動《いどう》する。複雑《ふくざつ》な組織図《そしきず》が書かれた大きな額縁《がくぶち》が掛《か》かっているところから判断《はんだん》すると、どこかの公共機関のビルのようだ。ひっそりとしたオフィスは所々に空席があり、時々、パソコンのキーをたたく音が聞こえてくる。同じ大きさのデスクとそれを取《と》り囲《かこ》む仕切りは、何となく窮屈《きゅうくつ》さを感じさせた。

「今日はホントにいい天気だな」

オフィス内で一番大きいデスクを使っている男性《だんせい》がゆっくり立ち上がり、窓《まど》の外をながめている。その男性《だんせい》は軽いストレッチで体をほぐしていて、お尻《しり》を引いて両手を回し出した。不格好《ぶかっこう》なフォームだったが、本人なりに真剣《しんけん》な顔で何度も同じ動作を繰《く》り返《かえ》している。

「ああ、キム部長。私《わたし》だ」

そしてスマホから電話をかけ、ゴルフの約束を取りつけていた。話が長くなると、机《つくえ》からタバコを取り出し、通話しながらオフィスの外へ出ていってしまった。

ある女性《じょせい》が、その様子をじっと見ていた。

女性《じょせい》は秩序《ちつじょ》正しく並《なら》んだ机《つくえ》の最も端《はし》の席に座《すわ》り、一生懸命《いっしょうけんめい》に作業しているふりをしていたが、男性《だんせい》が出ていくとキーボードから手を離《はな》した。モニターでは、文書作成中の白いウィンドウ上でカーソルだけがチカチカしている。机《つくえ》の上に置かれた小さい鏡にその女性《じょせい》の顔が映《うつ》っていた。

二十代後半と見えるこの女性《じょせい》は、アナウンサーふうのきちんとした格好《かっこう》をしていた。しかしお堅《かた》いオフィスの雰囲気《ふんいき》と同じくらい表情《ひょうじょう》は固く、赤いリップを塗《ぬ》っているにもかかわらず、生気が感じられない。

セリンは、女性《じょせい》が誰《だれ》かとやりとりしているメッセージの内容《ないよう》をのぞいてみた。

「今日の夜、何か予定ある？」

「彼氏《かれし》と会うけど、なんで？」

「今週末は？」

「ヨーロッパに旅行に行くって言ったでしょ」

「あ、そうだった。もう今週末か。どのぐらい行ってるんだっけ？」

「一か月」

「うらやましい。おみやげ、お願いね。じゃ、戻《もど》ったら一緒《いっしょ》にご飯でも食べに行こう」

「そうね。それまで元気でね」

「うん、気をつけて行ってきて」


女性《じょせい》は小さい体を隠《かく》すようにパソコンのモニターで壁《かべ》を作りながら、スマホでSNSの画面に表示《ひょうじ》される「#海外旅行」を見始めた。

「ふう……」

ヌーディーカラーのネイルを塗《ぬ》った親指が液晶画面《えきしょうがめん》をなぞると、写真が上にスライドしていく。クセになっているため息は、だんだんと感嘆《かんたん》の声に変わっていった。

「うわ」

どれもエキゾチックな風景をバックに、モデルのようにスタイルがよく、サングラスをひたいに乗せた男性《だんせい》が写っている。写真の横のプロフィール欄《らん》には短い自己紹介《じこしょうかい》が書かれていた。

「トラベルライター」

男性《だんせい》の様子は、これ以上なく幸せそうだ。灰色《はいいろ》のビルに囚《とら》われている自分とはあまりにも違《ちが》いすぎる。

「みんな、恵《めぐ》まれてるなあ」

写真の中の男性《だんせい》は、小麦色に焼けた肌《はだ》を見せながらエメラルドグリーンの海でシュノーケリングをしたり、ヤシの木が立つ浜辺《はまべ》に座《すわ》ってココナッツジュースを飲んだりしている。パラシュートを背負《せお》って飛行機から飛《と》び降《お》りる写真は、目がくらみそうな一方で、胸《むね》がすくようでもある。

「あたしはいつになったら、こんな所に行けるんだろ」

女性《じょせい》は、うらやましそうな表情《ひょうじょう》を浮《う》かべながら、すべての写真に「いいね」をつけていた。

しかしスマホを置くと、さっきまで明るかった表情《ひょうじょう》がまた暗くなる。

同時に、さっきオフィスから出ていった男性《だんせい》が、あまり上手には見えない、ゴルフの素振《すぶ》りをしながら戻《もど》ってきた。女性《じょせい》は急いでパソコンのモニターに視線《しせん》を移《うつ》したが、相変わらず空白のページではカーソルだけがチカチカしていた。

そして映画《えいが》の上映《じょうえい》が終わるかのように、あたりはだんだんと暗くなっていった。

◆

周囲《しゅうい》が急に明るくなると、セリンは頭を左右に振《ふ》った。また元の場所に戻《もど》っている。なぜか幻想《げんそう》の時間は長くなったり短くなったり、バラバラだ。どうしてなのかは気になるが、デュロフの所に行って聞こうと思うほどでもない。イッシャはつばがべったりついた青いクスルをセリンのひざの上に落とした。

「イッシャ、あのさ……」

セリンは親指と人差し指だけでクスルの端《はし》っこをそっとつまんでトッケビバッグに入れながら、おずおずと話を切り出した。

「イッシャ、今考えたんだけど、あたしは一つの場所に縛《しば》られて過《す》ごすより、自由に生きてみたい。行きたいとこには全部行けたらいいな」

考えをコロコロ変えすぎかなとも思ったが、イッシャは特に気にしている様子もない。むしろ楽しそうに、しっぽが見えなくなるほどブンブンと振《ふ》っている。まるで飼《か》い主《ぬし》とボール遊びをしている子犬のようである。

「イッシャ、あたしのことが面倒《めんどう》じゃない?」

イッシャは返事の代わりに、草むらに鼻を当ててクンクンとにおいをかぐ。そしてセリンの望むクスルがある所を見つけたのか、短い足で一生懸命《いっしょうけんめい》走り出した。

セリンも早足でイッシャの後を追い、すぐに路地の向こうへと入っていった。

セリンはつばを飲み、目の前の建物を見上げた。今まで見たことのないほど大きくどっしりとした建物だ。ただ高いというだけではない。窓《まど》も門も、さらには入り口に敷《し》かれた玄関《げんかん》マットまで大きい。

ここで一番の力持ちのトッケビが家を無理やり引《ひ》き伸《の》ばしたとか、あるいは魔法《まほう》の杖《つえ》で家を何倍にも大きくしたとか、そんな感じだ。もしかすると、気づかぬうちに自分が小さくなっているのかもしれない。

いずれにせよ、誰《だれ》かが住んでいるようには見えなかった。変わり者の建築家《けんちくか》による展示用《てんじよう》の作品と考えるのが、一番無理のない解釈《かいしゃく》に思える。

その時、セリンの推測《すいそく》をあざ笑うかのように、ドアが開き、誰《だれ》かが出てきた。

ドアのサイズに合った、体の大きいトッケビだ。トリヤでさえ子供《こども》に見えそうなほど大きい。

トッケビは、何の気なしに開けたドアの先にセリンがいて、ひどく驚《おどろ》いた。

「うわ！　びっくりした」

独眼《どくがん》のトッケビは、恐《おそ》ろしげな骸骨《がいこつ》が描《えが》かれた帽子《ぼうし》をかぶっている。もしトッケビがフリルのエプロンを着けていなかったら、花柄《はながら》のおたまを持っていなかったら、セリンは一目散に逃《に》げ出《だ》していただろう。エプロンにつけられた四角い名札には「ボルド」と書かれていた。

ボルドは、かがんでセリンと目の高さを合わせて言った。

「何だ、人間か。なんでここにいる？」

セリンが返事をする前に、まったく同じ顔のトッケビが飛び出てきた。でも、こちらはこれといったアクセサリーをつけていないからか、ずっとソフトな感じに見える。

「兄貴《あにき》ってば。きっと外の世界は雨の季節なんだろ。ちょうどその時期だ」

ボルドは指で数えながら言った。

「もうそんな時期か」

「中をちょっと見たら帰るように言いなよ」

ボルドは不服そうな表情《ひょうじょう》を浮《う》かべ、警告《けいこく》めいた目つきを見せる。

「おとなしくしてろよ、チビ」

そう言いながら、ただでさえ怖《こわ》い顔をセリンに近づけた。

「はい……」

セリンはつい返事をし、そしてドアを見上げた。ようやくドアの上に掛《か》けられた大きな看板《かんばん》が目に入ってきた。

看板《かんばん》には、やはり大きな文字が刻《きざ》まれている。

――ボルド&ボルモのレストラン

建物の中はお客さんでごった返していた。

入り口からすでに食べ物のにおいが強く漂《ただよ》っており、ざわめきと調理の音が混《ま》ざり合《あ》って、まるで市場に来ているかのような騒々《そうぞう》しさだ。怒鳴《どな》り声《ごえ》も聞こえたが、特にケンカが起きているわけではなさそうである。

セリンは、酔《よ》っぱらいのトッケビに踏《ふ》まれないよう気をつけながら、店の中に入っていった。

ちょうど近くに空いた席が一つある。といっても、セリンの目には、はしごにしか見えなかったが。

「おお、これはこれは、かわいい人間のお客さんじゃないか」

その横に座《すわ》っていたトッケビが、つまみを口に入れながら話しかけてきた。そのトッケビもボルドと同じような巨体《きょたい》である。むさくるしいひげには食べ散らかしたお菓子《かし》のかけらがついていて、スカイブルーのアロハシャツは息をするだけでボタンが全部外れてしまいそうだ。

トッケビは突然《とつぜん》、丸太のような腕《うで》を差し出した。

「よろしく、俺《おれ》はハンク。人間から、休みの日に風呂《ふろ》に入りたい気持ちを盗《ぬす》んできてる」

襲《おそ》われるかと思って体をビクッとさせたセリンは、気まずい顔で握手《あくしゅ》をする。

「はじめまして。あたしはセリンです」

ハンクは握手《あくしゅ》した手を床《ゆか》に伸《の》ばした。

セリンはその意味をすぐ理解《りかい》して、てのひらの上に乗ると、ハンクはそっと持ち上げてセリンをイスに座《すわ》らせてくれた。

「ありがとうございます」

セリンのお尻《しり》がイスに乗ったとたん、ボルドがまた現《あらわ》れる。手には、セリンが半身浴できそうなサイズの大きなジョッキを持っていた。

ボルドはハンクの前に来てジョッキを乱暴《らんぼう》に置く。ビールが四方に飛び散り、逃《に》げ場《ば》のないセリンは濡《ぬ》れネズミのようになってしまった。

ボルドは謝《あやま》りもせず、ハンクを問《と》い詰《つ》める。

「それで何だって？　さっきの話の続きだよ。ビルはなんで来られないんだ」

ハンクは、運ばれてきたビールをごくごくと飲み、ピーナッツをひとつかみ口に入れる。しかし半分くらいこぼしていた。

「ビルは、ホテルのことで忙《いそが》しくて……」

クチャクチャと口に物を入れたまま話すため、最後の部分はよく聞こえなかった。

「忙《いそが》しいはずないだろ。ビルのホテルはいつだってがらがらなのに」

「それは普段《ふだん》の話だ。この時期は人間の宿になってる」

ハンクは言い終える前に大きなげっぷをした。腐《くさ》った卵《たまご》と下水溝《げすいこう》のようなにおいが同時に漂《ただよ》ってきて、セリンは鼻をつまんだ。

「それがさ、何人か人間が姿《すがた》を消して、心配してるみたいだ」

セリンは盗《ぬす》み聞《ぎ》きするつもりはなかったものの、意外な話に自然と顔がそちらに向く。そもそも声がとても大きいので、聞こうとしなくても聞こえてしまうのだった。

「家に帰ったんじゃないのか？」

ボルドが無関心な様子で言う。

「いつもなら梅雨《つゆ》が終わるころまで泊《と》まっていくそうだ。それに、荷物を置いたままいなくなってるらしい」

ハンクは口の中に指を突《つ》っこみ、いつ食べたのかも分からない食べ物のかすを、奥歯《おくば》の隙間《すきま》から取《と》り除《のぞ》いた。大きなホウレンソウが危《あや》うくセリンの上に落ちるところだった。

「グロムのカジノで大負けしたんだろ。それで帰れなくなった人間もたくさんいた」

「それでも、もしかしたら荷物を取りに来るかもって、ホテルに張《は》りついてる」

「やれやれ、ビルは無駄《むだ》にいいヤツなのが問題だ」

ボルドはそのまま引き返そうとしたが、テーブルの上に頭だけちょこっと出しているセリンを、今さらながらに発見した。

「ところでお前、まだ帰ってなかったのか」

ボルドは、威嚇《いかく》するかのように花柄《はながら》のおたまをセリンに突《つ》き出《だ》す。

「中を見終わったならさっさと出ていけ。今、忙《いそが》しいんだよ」

「でもあたし、クスルをもらいに来たんです」

「クスル？」

ボルドは「あれ、どこへ置いたっけな」と小さくつぶやき、おたまで首をかいた。

「とにかく今は忙《いそが》しい。後で来い」

そう言うと、セリンに答える間を与《あた》えることなく、ドスドスと歩いていってしまった。

ハンクがほろ酔《よ》いした顔で言う。

「分かってやってくれ。祭りがあるんだ。中でも、ここで行われるフードファイトは一番の出しものなんだよ」

最後の一滴《てき》まで飲もうと、ハンクがほとんど空っぽのジョッキを顔の上で逆《さか》さまにした時だった。地震《じしん》でも起きたかのように地面が揺《ゆ》れた。

「来たな」

入り口のドアが小さく見えるほど大きな体をしたトッケビたちが、一斉《いっせい》に店に入ってくる。皆《みな》、フードファイトではなく、表情《ひょうじょう》の険《けわ》しさを競《きそ》う大会にでも来たのではというくらい、顔をしかめていた。

その中でも最も顔つきの悪いトッケビがテーブルをドンとたたく。

「ボルド！　料理がないぞ！　先に用意しとけよ」

ちょうどその時、料理をたくさん乗せたトレーを持って、ボルドが厨房《ちゅうぼう》から出てきた。

「短気なのは相変わらずだな、ドンキー。前回みたいに食べてる途中《とちゅう》で吐《は》くなよ」

ただでさえ凶悪《きょうあく》な顔が、紙をグシャグシャに丸めたかのようにゆがむ。

「ふん、あの時とは違《ちが》うさ。ところで……ビルの姿《すがた》が見えないな」

今度はボルドの顔がゆがんだ。

「ビルの野郎《やろう》、仕事で来られないそうだ」

ドンキーは、この世で一番おもしろいジョークを聞いたかのように大きく笑った。

「なんてこった。ボルドきょうだいのレストランの誇《ほこ》り、ビルが来られないなんて。今年は我《われ》らドンキー食堂《しょくどう》の優勝《ゆうしょう》で決まりだな」

トッケビたちが騒《さわ》ぎ出《だ》した。

「バカを言え。優勝《ゆうしょう》は俺《おれ》たちローランド商会だ」

おなかの肉がズボンからはみ出しているどころか、流れ出しているトッケビが言う。セリンは、このトッケビが優勝候補《ゆうしょうこうほ》に違《ちが》いないと思ったが、その横にいた双頭《そうとう》のトッケビを見て考えを改めた。

セリンが勝手に優勝候補《ゆうしょうこうほ》を選んでいる間に、フードファイトの準備《じゅんび》が終わっていた。

「ビル」と書かれたネームプレートが置かれたテーブルを除《のぞ》き、すべてのテーブルの上に山盛《やまも》りの肉が用意されている。あっけにとられそうな量だ。肉を前にしたトッケビたちは、真剣《しんけん》な表情《ひょうじょう》というより、戦場に赴《おもむ》く兵士《へいし》のような悲壮《ひそう》な表情《ひょうじょう》を浮《う》かべている。

それぞれのテーブルで酒を飲んでいたトッケビたちも、ジョッキを手に集まってきた。ざわめきの後、しばし静寂《せいじゃく》が訪《おとず》れる。全員がボルドの持つベルが鳴るのを待っていた。

ボルドがスタートを知らせるベルを大きく振《ふ》り下《お》ろそうとしたその時。

「待って！」

そんなに大きな声でもなかったが、張《は》り詰《つ》めた空気を破《やぶ》るには十分だった。トッケビたちの視線《しせん》がセリンに集中する。

「あたしも参加していいですか？」

その瞬間《しゅんかん》、レストラン内は静まり返ったが、あるトッケビが笑い出すと、我《われ》も我《われ》もと、ほかのトッケビたちもゲラゲラ笑った。涙《なみだ》を流して笑うトッケビまでいた。ボルドもやはり、のどぼとけが見えるくらい口を大きく開けて笑い、呼吸困難《こきゅうこんなん》に陥《おちい》りそうになった。セリンはボルドの息の根が止まる前に、急いで言葉を続ける。

「参加料として金貨を出せば、クスルをもらえるでしょ」

「お前がフードファイトに出るだって？」

ボルドが何とか聞き返す。

「ええ。だって席も一つ空いてるし」

「強力な優勝候補《ゆうしょうこうほ》のお出ましだ」

ドンキーもニヤニヤ笑いながら、後押《あとお》しする。

おなかの出たトッケビは、ようやく笑いが止まりかけていたのに、それを聞いて今度は後ろに倒《たお》れてしまった。再《ふたた》びトッケビたちの笑い声が起こり、セリンは耳をふさがなければならなかった。

ざわざわした雰囲気《ふんいき》の中から、セリンをビルの代わりに参加させようという話になってきた。もちろんお笑い枠《わく》として、だ。ボルドも雰囲気《ふんいき》に水を差すようなことはしなかった。

「よし、参加費《さんかひ》として金貨を一枚《まい》、受け取ろう。ちなみに優勝《ゆうしょう》したら金貨百枚《まい》だ。まあ関係ない話だけどな」

セリンはハンクに、テーブルの上に乗せてもらった。近くで見ると、肉の塊《かたまり》はカルビチム（訳注：カルビの蒸「むし煮「に」）で、セリンが今までに食べてきた肉をすべて合わせたよりも多い。今さらながら後悔《こうかい》の念が押《お》し寄《よ》せてきたが、何とか気を取り直した時には、すでに開始のベルが鳴らされていた。

チリンチリンチリン
店の中はすぐにトッケビたちが肉をかじる音でいっぱいになった。セリンもあわてて食べ始める。ポポの所でお茶を飲んだほかは特に何も食べておらず、セリンはあまり噛《か》まずに肉を飲みこんだが、それでもすぐにおなかがいっぱいになってしまった。セリンがのどから肉が飛び出しそうなくらい食べてから横を見ると、双頭《そうとう》のトッケビがすごいスピードで肉を片《かた》づけている。

「不公平すぎる」

セリンはつい声に出してしまった。

「二人で参加してるようなものじゃない！」

鼻をほじっていたボルドは、その手をエプロンで適当《てきとう》に拭《ふ》いた。

「ルール内だ。同時にあのドアを通れるなら何人でチームを組んでもいいんだ。悔《くや》しければお前もチームメイトを連れてこい」

セリンを黙《だま》らせたつもりのボルドだが、セリンは堂々《どうどう》と言い返す。

「チームメイトならいる！」

「ん？　どこに？」

キョロキョロと見回したボルドがテーブルの下に視線《しせん》をやると、何かうごめくものがいた。それは、ポケットに入れたら見えなくなりそうなくらい、小さなネコだった。ボルドは、いろいろな調味料がついてまだら模様《もよう》になった指で、それを示《しめ》した。

「そこにいる、母親を失った泥棒《どろぼう》ネコのことか？」

「泥棒《どろぼう》ネコなんかじゃない、イッシャよ」

セリンは自分を侮辱《ぶじょく》されたような気がして、青筋《あおすじ》を立てて怒《おこ》った。

「イッシャはいつもあたしと一緒《いっしょ》にいるの。だから、あたしたちはチームメイトね」

ボルドは眉《まゆ》をピクッとさせ、だしをとった後の煮干《にぼ》しを一匹《ぴき》、イッシャの前に落とした。

イッシャは、それすら食べにくいのか、口に入れても半分くらい飛び出してしまう煮干《にぼ》しを前足で押《お》さえつつ一生懸命《いっしょうけんめい》モグモグと噛《か》んでいる。ボルドは鼻で笑ったが、そのせいで黄色い鼻水が出てしまい、またもエプロンでぬぐった。

「よし、それならチームで頑張《がんば》ってみろ。だが残り時間はわずかだ。せいぜい急ぐんだな」

「今の言葉、本当ね？」

食べた痕跡《こんせき》はほとんどなく、ほぼ運ばれたままのカルビチムを前に、セリンは尋《たず》ねる。

「おい、俺《おれ》たちは人間のようにウソはつかない。いいからさっさと食え。来年の梅雨《つゆ》まで食べ続ける気か？」

そばにいたトッケビたちがまた騒《さわ》がしいくらいに笑う。セリンは顔を赤くして立ち上がった。セリンがその場を離《はな》れると、トッケビたちは、セリンがゲームを放棄《ほうき》するのかと思った。しかし、セリンは立ち去ることなくハンクに近づき、壁際《かべぎわ》にある戸棚《とだな》を指差した。

「ハンク、あたしをあの上に乗せてくれない？」

「あの棚《たな》の上か？」

ハンクは、自分の聞《き》き間違《まちが》いではないか、確認《かくにん》した。

「ええ」

ハンクはもう一度、棚《たな》を見る。その棚《たな》には調味料や味噌《みそ》やタレなどの入った器《うつわ》がたくさん並《なら》んでいる。

「まさか、今から肉に味つけしようってわけじゃないよな？」

「違《ちが》います。今、説明してる暇《ひま》はないの。早く」

セリンが急《せ》かすと、ハンクは質問《しつもん》をやめ、てのひらを差し出した。セリンはそこに乗りつつイッシャを呼《よ》ぶ。

「イッシャ、おいで」

イッシャは口の中の煮干《にぼ》しを急いで食べ、セリンの胸《むね》に飛びこんだ。

「できれば、あたしもこんなことはしたくないんだけど、仕方ない」

セリンはイッシャを持ち上げ目を合わせた。

「あたしたちが初めて会った時に、デュロフがあなたについて言ってたことって、全部ホントなのよね？」

「ニャーン」

「あなたの力をフルで使おうと思ったら、こうするしかないのよね？」

「ニャーン」

「安全に問題はないよね？」

セリンは何度も念を押《お》すが、イッシャの反応《はんのう》は同じだった。そのやりとりをしている間にも、ハンクの手はゆっくり動き、ついに棚《たな》まで届《とど》いた。

醤油皿《しょうゆざら》とコショウの瓶《びん》の隙間《すきま》に無事、着地したセリンは下を見た。高いビルの上に立っているようで頭がクラッとする。セリンは深呼吸《しんこきゅう》をした。

下からは、見物客がセリンを見上げている。ボルドは相変わらず鼻をほじり、ハンクは不安そうな顔でひげをなで回している。肉を食べるのに忙《いそが》しいはずのトッケビたちまで、セリンを横目で見ていた。

セリンはイッシャを頭の上まで持ち上げて尋《たず》ねる。

「イッシャ、準備《じゅんび》はいい？」

「ニャーン！」

イッシャはためらうことなく、強く鳴いた。セリンは目をぎゅっと閉《と》じ、イッシャを抱《かか》えていた手を放した。

誰《だれ》にとっても想定外の行動だった。

何人かのトッケビが突然《とつぜん》立ち上がったため、いくつかイスが倒《たお》れた。セリンは薄目《うすめ》を開けてイッシャを確認《かくにん》する。幸い無事に着地したイッシャは、体を少しずつ大きくしていた。セリンがこれまで見た中で、最も速いスピードだ。イッシャはトッケビよりも大きく、さらに天井《てんじょう》に頭が届《とど》きそうなほど大きくなった。

同時に、レストランの中は静まり返った。

誰《だれ》かがジョッキを落としたが、気にかける者はいなかった。

ボルドは鼻に指を突《つ》っこみすぎたせいで右側から鼻血を出し、ハンクは自分のひげの代わりに、前に座《すわ》っていたトッケビの髪《かみ》をいじっている。肉を食べていたトッケビは肉を、ビールを飲んでいたトッケビはビールを噴《ふ》き出《だ》したが、みんな、それすらも気づかなかった。ただ口をあんぐり開けたままになってしまったのだ。

セリンだけが勝利を確信《かくしん》してほほえんでいた。

セリンは、すべてのトッケビに聞こえるよう大きな声で叫《さけ》んだ。

「ひと口で片《かた》づけて、イッシャ！」

ハクの古物商

イッシャが肉だけではなくテーブルや食器《しょっき》まで飲みこんでしまったため、弁償《べんしょう》するのにたくさんの金貨が必要になったが、セリンの手元にはまだ十分に金貨が残っていたので、気にするほどではなかった。それに賞金《しょうきん》としてもらえる金貨もある。

セリンとイッシャはトッケビの名誉《めいよ》の殿堂《でんどう》に名を連ね、そろって手形と足形を押《お》した。後ろにいたボルドがセリンの肩《かた》をたたく。

「おいチビ、なかなかだったぞ。おかげで今年もうちのレストランがチャンピオンの座《ざ》を守れた」

セリンはボルドが鼻をほじっていたことを知っていたので、うれしい反面、少しモヤモヤした。

「それから、ちょうどクスルをどこにしまったかも思い出したよ」

ボルドが帽子《ぼうし》を脱《ぬ》ぐと、なんとそこに赤いクスルがあった。

「まったく兄貴《あにき》はバカなんだから」

胸元《むなもと》に「ボルモ」という名札をつけたトッケビがセリンたちに近づきながら言った。

さっき入り口で見た、ボルドに似《に》たトッケビだ。あの後は姿《すがた》を見ることがなかったから、セリンは、どこへ行ったのだろうと思っていたのだが、ずっと厨房《ちゅうぼう》にいたらしい。

「全部、お前のせいだぞ」

ボルドはいきなりボルモを指差す。

「お前が人間の記憶《きおく》をたくさん盗《ぬす》んできては料理に入れるから、俺《おれ》まで記憶力《きおくりょく》が落ちたんだよ。族長は、使いでのあるものを持ってこいと言ってるのに」

弟のボルモはボルドの指が自分に触《ふ》れないよう、少しだけ後ろに下がった。

「兄貴《あにき》、僕《ぼく》が持ってきてるのは、人間が忘《わす》れたがってる悪い思い出だよ。僕《ぼく》がいなかったら、人間たちは死ぬまで酒瓶《さかびん》を抱《かか》えて生きていくことになる」

ボルモはそう言ってから、少しためらいを見せた。

「もちろん、時々は人間の大事な記憶《きおく》を持ってくることで、健忘症《けんぼうしょう》を引き起こすこともあるけど……。でも、まれなことだ」

ボルモは親指と人差し指で「ちょっぴり」であることを示《しめ》した。

「僕《ぼく》より兄貴《あにき》のほうが問題だろ」

「俺《おれ》の何が問題なんだよ」

ボルドがカッとなって言う。

「兄貴《あにき》は人間から昔の記憶《きおく》を盗《ぬす》むだろ。だから、みんな小さいころの記憶《きおく》がない。僕《ぼく》なんて、生まれた時のことも、よちよち歩けるようになった時のことも覚えてるのに」

ボルドは、何も分かってないくせにと弟を叱《しか》る。

「バーカ。そんなことまで覚えてたら、人間が子育てするとでも思うか？　俺《おれ》が盗《ぬす》んでやってるから、子育てがどれほど大変かってことを忘《わす》れて、結婚《けっこん》して子供《こども》を持つんだよ。人間が生まれ続けないと、俺《おれ》たちが記憶《きおく》を盗《ぬす》むこともできなくなるじゃないか」

ボルモは今さらながらに驚《おどろ》きの表情《ひょうじょう》を見せる。

「兄貴《あにき》はそこまで考えてたの？」

ボルドは、鼻の穴《あな》からちらりとはみ出た鼻毛をむしりながら、誇《ほこ》らしげに言った。

「当たり前だろ。人間は俺《おれ》たちに感謝《かんしゃ》すべきだ。俺《おれ》たちがいなければとっくに絶滅《ぜつめつ》してる」

ここで初めて意見の一致《いっち》を見たきょうだいは、ハイタッチをする。しかしすぐにボルモは顔をしかめ、手を洗《あら》うために厨房《ちゅうぼう》に戻《もど》っていった。

セリンは、ボルモが戻《もど》ってきてまたきょうだいげんかが始まる前にと、さっと立ち上がった。

「クスル、ありがとう」

「ちょっと待った。料理を持っていけ」

ボルドがあわてて立ち上がった。ボルドはさっきボルモが置いていったビニールの袋《ふくろ》を差し出す。中にはガーリックパンとオリーブオイルが入っていた。

「受け取れ。これは、人間が赤《あか》ん坊《ぼう》だった時の記憶《きおく》を盗《ぬす》んで作ったものだ」

ボルドが説明をしながらパンを素手《すで》で取り出そうとしたので、セリンはあわてて袋《ふくろ》を奪《うば》い取《と》った。

「ありがとう。いただきます」

セリンは、また鼻をほじり出したボルドと、手にふきんを持って出てきたボルモに見送られながら、大きなドアの外へ歩き出した。

◆

エキゾチックな雰囲気《ふんいき》の漂《ただよ》う静かなホテルの部屋の中で、一人の男性《だんせい》が机《つくえ》に突《つ》っ伏《ぷ》している。パーティーでもした後なのか、立派《りっぱ》な木製《もくせい》テーブルの上には、空っぽのシャンパンやワインのボトルが何本も転がっていて、つまみや料理も皿ごと残っていた。イッシャが見たら飛びつきそうなくらい、おいしそうだ。
ピカッ
その時、部屋の照明より明るい光が入ってきた。窓《まど》の外を見ると、華《はな》やかな夜景をバックに、花火が次々と打ち上げられていた。おかげで散らかった部屋の中がよく見える。

広い部屋の中には大きなベッドが二つもあり、そのうちの一つに、バーコードのシールがたくさん貼《は》られた旅行用スーツケースが人の代わりに横たわっていた。洋服が何着か、あちこちに適当《てきとう》に掛《か》けられ、サングラスもひっくり返って置かれている。

片《かた》づけられていない机《つくえ》の上には、男性《だんせい》が撮《と》ったと思われるインスタント写真がたくさん散らばっていて、セリンは、男性《だんせい》の仕事が何か思い当たった。写真の中の男性《だんせい》は真ん中に立って、ほかの国の人たちと肩《かた》を組んで明るく笑っている。年齢《ねんれい》も性別《せいべつ》も人種もバラバラで、たくさんの国を回っていることが分かる。服装《ふくそう》もさまざまだ。

「やめろ。行かないでくれ……」

突然《とつぜん》、男性《だんせい》が片腕《かたうで》に顔をうずめたまま、寝言《ねごと》のようにボソボソと言った。

セリンは男性《だんせい》のことをじっと見る。突《つ》っ伏《ぷ》した体の下から、ぎっちり書きこんだノートがはみ出していた。酔《よ》って書いたのか文字は汚《きたな》かったが、幸いなことに読むだけなら特に問題はない。ノートは日記帳のようだ。


今日、初恋《はつこい》の人が結婚《けっこん》すると聞いた。

もう忘《わす》れたと思っていたけれど
なぜ胸《むね》の片《かた》すみが痛《いた》むのだろうか。

忙《いそが》しく、必死に生きていれば
すべて忘《わす》れられると思っていたけれど
そう信じこんでいたけれど……

時間はいつの間にこんなに流れたのだろうか。
これは自分が夢見《ゆめみ》た人生なのだろうか。
夢《ゆめ》のために彼女《かのじょ》と別れたのは正しかったのだろうか。

自分は成功したとはっきりと言えるのだろうか。
そもそも成功とは何なのか。
もしかすると、自分の人生は失敗そのものかも……

セリンはたまらず、男性《だんせい》の下からノートをそっと引《ひ》っ張《ぱ》り出《だ》し、ページをめくった。日記帳と一緒《いっしょ》にスマホも出てきた。バッテリーが切れかけていたが、男性《だんせい》の見ていた画面が表示《ひょうじ》されたままだった。

友達の写真は
みんな誰《だれ》かと一緒《いっしょ》にいて幸せそうだ。
自分に残っているのは孤独《こどく》と寂《さび》しさだけなのに。
空虚《くうきょ》な心は何で埋《う》めればいいのだろうか。

今日はやけに彼女《かのじょ》に会いたい。
あの時、なぜ彼女《かのじょ》が大事だということに気づかなかったのか。
自分はなぜ今になって後悔《こうかい》しているのか。
あの時に戻《もど》って彼女《かのじょ》をつかまえられるなら……
彼女《かのじょ》とやり直せるなら……
もう一度だけ、チャンスがあったなら……

すべてを捧《ささ》げてでも
時間を巻《ま》き戻《もど》せるなら……

次の行からは文字が涙《なみだ》でにじんでいて読むことができなかった。

男性《だんせい》は寝言《ねごと》で誰《だれ》かの名前を愛《いと》おしそうに呼《よ》ぶ。

日記帳には涙《なみだ》の跡《あと》が広がっていった。

◆

セリンは赤いクスルをゆっくりと置いた。しばらくの間、セリンが黙《だま》ったままでいると、イッシャが寄《よ》ってきて顔をなめ始めた。

「イッシャ……」

自分とはまったく関係のないことなのに、石を乗せられたかのように胸《むね》が詰《つ》まる。男性《だんせい》の言葉から伝わる深い孤独感《こどくかん》がなかなか消えなかった。

「お願いばかりで悪いんだけど……」

セリンは、胸《むね》に頭をなすりつけてくるイッシャをなでながら言った。

「このクスルじゃなくて、ほかのクスルに変えたい」

イッシャの柔《やわ》らかな毛を触《さわ》っているうちに、幸い、気持ちが少しずつ落ち着いてくる。そしてもっといいクスルが思《おも》い浮《う》かんだ。

「大人になったら、心から愛する人と結婚《けっこん》できるようにして」

そして、恥《は》ずかしそうにつけ加えた。

「どうせなら、カッコよくて背《せ》の高い人がいい」

セリンはテコンドー教室の男子生徒を思い出し、頬《ほお》を赤らめた。

イッシャはセリンの頬《ほお》を何度かスリスリしてから飛び出した。セリンも慣《な》れたふうにイッシャの後を追う。


大きな建物が並《なら》ぶ一角からはどんどん遠ざかり、また普通《ふつう》サイズの建物が現《あらわ》れた。

さっきまでとても大きな建物を見ていたからか、普通《ふつう》の家がおもちゃの家のように感じられた。ところがよく見ると、それは本当におもちゃの家だった。

レンガのように見えたのは、子供《こども》の時に遊んだレゴのブロックで、屋根だと思っていたのはチョコレートだった。

イッシャはお菓子《かし》でできた門をかじり、そこから中へ入った。それは、セリンには止める間もないほど、一瞬《いっしゅん》のうちに起きた出来事だった。セリンは門の修理《しゅうり》が高くつくのではないかと心配になりながら、おもちゃの家に急いで入る。

建物の中は、ピエロの人形と風船でいっぱいだった。ついさっきまでパーティーを楽しんでいたかのようだ。あるいはパーティー用品も売る店なのだろうか。そのほかにもさまざまなおもちゃであふれかえっていた。セリンが小さいころにものすごく欲《ほ》しかったいろんな物が陳列《ちんれつ》棚《だな》にぎっしりと並《なら》べられている。

すると、ピエロの人形のうち一つが動いた。まばたきもせず立っていたので人形だと思いこんでいたが、それは生きたトッケビだった。ほかのピエロは動かないので、そちらは本物の人形のようだ。

「ここは初めてですか?」

トッケビは、鼻とひげのついたメガネをかけ、舌《した》がくるくる巻《ま》いたようなパーティー用のピロピロ笛をくわえている。声を出すと笛が動くので、セリンはそれが気にかかってしまった。

「いらっしゃいませ。ようこそ、人間の子供《こども》さん」

トッケビが突然《とつぜん》、クラッカーを鳴らす。その衝撃《しょうげき》で、そばにあった、ぜんまい仕掛《じか》けでシンバルをたたくサルの人形が倒《たお》れてしまった。何ともささやかな、歓迎《かんげい》のあいさつだった。

セリンは肩《かた》についた紙吹雪《かみふぶき》を払《はら》いながら言った。

「こんにちは。クスルをもらいに来たんですが」

「そうでしたか。私《わたし》は、人間の好奇心《こうきしん》をもらってきておもちゃを作っているパンコと申します。ゆっくりご覧《らん》ください。ここにはおもしろい物、不思議な物がたくさんありますよ」

パンコは四方に並《なら》ぶ陳列台《ちんれつだい》を指《さ》し示《しめ》した。

「それと、クスルはここに……」

振《ふ》り返《かえ》ったパンコは息が止まりそうなくらい驚《おどろ》き、何も言えずに、ずっとくわえていたピロ笛まで落としてしまった。

「確《たし》かにここに、きちんと置いておいたのに……」

パンコは下着が見えそうなほど腰《こし》をかがめ、床《ゆか》まで丁寧《ていねい》に探《さが》した。それでもやはり見つからなかったのか、明らかに戸惑《とまど》っている。セリンは、ここにも泥棒《どろぼう》が入ったのではないかと心配になった。

「あいつめ、まったく……」

突然《とつぜん》、パンコはカッとなって言った。何か思い当たることがあるようだ。

「もしかして、クスルがなくなったんですか？」

パンコは何本も残っていない横の髪《かみ》の毛《け》をむしった。

「すみません、私《わたし》がきちんとしまっておくべきだったのに……」

「いいえ。でも、誰《だれ》が持ち出したかご存《ぞん》じなんですか」

「それは……たぶんさっき遊びに来ていた孫が持ち出したようです。孫は、人の物に手を出す、悪いクセがあるんです。それもこれも私《わたし》が至《いた》らないばかりに……」

パンコは涙《なみだ》でにじむ目元をぬぐおうとメガネを外した。驚《おどろ》いたことに、鼻つきメガネと思っていたメガネは普通《ふつう》のメガネで、鼻は本物だった。

セリンは平静を装《よそお》いつつ尋《たず》ねる。

「それじゃ、クスルがどこにあるか分かりますか」

「たぶん、あいつの父親がやっていた古物商の店にあるはずです。すべて、私《わたし》の育て方が悪かったせいで……」

突然《とつぜん》、陳列棚《ちんれつだな》の角に頭をぶつけようとするパンコを、セリンが何とか止めた。

「いいえ、大丈夫《だいじょうぶ》です。イッシャがいますから、一緒《いっしょ》に行ってみます」

「いくら何でもお客様にそんな手間をかけさせては……。やはり私《わたし》のせいで……」

パンコは横にあったドアから倉庫に入ると、縄跳《なわと》びの縄を自分の首にぐるぐる巻《ま》きつけた。

セリンはギョッとして、顔が青ざめ始めたパンコから縄を外した。

「本当に大丈夫《だいじょうぶ》です。イッシャにはクスルのある所が分かるんです。でしょ、イッシャ？」

「ニャーン！」

イッシャは当たり前だろと言わんばかりに、自信たっぷりに返事をする。

「クスルがなくなったばかりだから、イッシャはここに来たんだと思います。だから本当に心配しないでください」

パンコは涙目《なみだめ》でセリンを見上げる。

「では、私《わたし》を許《ゆる》してくださるんですか？」

「もちろんです。いえ、そもそも許《ゆる》すも何もありません」

パンコは大きな恩《おん》を受けたかのようにむせび泣き、持っていたハンカチは、湿《しめ》るどころかビショビショになった。

「ハクは小さい時に親を亡《な》くし、寂《さび》しく育ったかわいそうな子です。私《わたし》が至《いた》らないなりに、おもちゃの店をやりながら一人で育ててきました。そのために仕事がおろそかになった面もあり、人間の好奇心《こうきしん》をすべて持ってくることができませんでした。それで、大人になっても変わらずおもちゃを好きな人間が……。これもすべて私《わたし》が至《いた》らぬせいです」

立ち上がろうとするパンコを、セリンは座《すわ》らせた。

「おじさんは何も悪くありません。もし悪いところがあったとしても、あたしが全部許《ゆる》します。

いいですね？」

パンコはまた感激《かんげき》の熱い涙《なみだ》を流す。

「なんとありがたいことか」

セリンは、果たして自分に許《ゆる》す資格《しかく》なんかあるのか疑問《ぎもん》だったが、とにかくパンコに冷静になってもらわなければと判断《はんだん》したのだった。おかげでパンコは少しずつ落ち着きを取《と》り戻《もど》していった。

「じゃ、行きますね」

自分がここにいると、パンコは次は屋根から飛《と》び降《お》りようとするだろう。だからセリンは急いで立ち上がった。パンコは鼻つきのメガネ、いや普通《ふつう》のメガネをかけ直し、入り口までセリンについてきた。

「あなたは私《わたし》の恩人《おんじん》です」

ドアの前に立ったパンコは、腰《こし》が地面に着きそうなくらい深く頭を下げ、セリンもできる限《かぎ》り低い姿勢《しせい》で応《おう》じる。

「失礼します」

セリンはパンコに、自殺《じさつ》はしないと何度も約束をさせて、ようやく安心して出ていくことができた。

ハクを探《さが》すのはそれほど難《むずか》しくはなかった。

セリンがイッシャの案内でたどり着いたのは、廃材《はいざい》が大量に積まれた古物商の店だ。しかしまったく管理されていないのか、周りの囲《かこ》いに傷《いた》んでいない所はなく、地面には雑草《ざっそう》が勢《いきお》いよく茂《しげ》っていた。しかも悪臭《あくしゅう》まで強く漂《ただよ》ってくる。古ぼけた看板《かんばん》には、はっきりしない文字で「古物商」と書かれていたが、むしろゴミの埋《う》め立《た》て地《ち》と呼《よ》ぶにふさわしい。

端《はし》のほうが見えないほど広い空間にあらゆる物が積みに積まれ、山になっている所もある。物によってはあまりに高く積まれていて、一番上に行くには登山靴《とざんぐつ》と杖《つえ》が必要そうなほどだ。

こんな所でどうやってハクを探《さが》せばいいのだろうかと、本来なら悩《なや》むところだが、幸いなことにセリンにはイッシャがいる。それでも今回は悪臭《あくしゅう》のせいで、さすがのイッシャも探《さが》すのは簡単《かんたん》ではなさそうだ。イッシャはすでに何度も同じ所をぐるぐる回っていた。

「ホントにここで間違《まちが》いない？　イッシャ」

ゴミの山の下にウサギの巣穴《すあな》のように伸《の》びた洞窟《どうくつ》を見ながら、セリンが尋《たず》ねる。

「ニャー……ン……」

イッシャの鳴き声がこれまでになく小さい。

「入ってみるしかないか」

セリンは、怖《こわ》がってしっぽを垂《た》れたイッシャより先に洞窟《どうくつ》の中へ入っていった。

洞窟《どうくつ》の中は真っ暗だった。

セリンはまずトッケビバッグからクスルを一つ、適当《てきとう》に取り出した。懐中電灯《かいちゅうでんとう》とまではいかないが、道を見分ける助けにはなりそうだ。しかし、前が見えるからと言って、怖《こわ》さが消えるとか、悪臭《あくしゅう》がなくなるとか、そういうことにはならない。むしろ洞窟《どうくつ》の壁《かべ》となっているガラクタが崩《くず》れてくるのではないかと、さらに緊張《きんちょう》が高まった。においも進むほどキツくなっていく。

この洞窟《どうくつ》は、小さい子供《こども》が何とか通《とお》り抜《ぬ》けられるほどの広さしかない。床《ゆか》は平らで、幅《はば》が一定なので、自然にできたものではなく、誰《だれ》かが意図的に掘《ほ》り出《だ》したもののように見える。セリンはかがんで歩こうとしたが、結局はひざをついて床《ゆか》を這《は》うしかなかった。

だが幸い、洞窟《どうくつ》は思っていたよりもすぐ終わった。

その先には、小さいながらも一応《いちおう》は腰《こし》を伸《の》ばせそうな部屋があり、そこからはやわらかな光が漏《も》れていた。セリンが手に持っているクスルのような光だ。クスルを見つけたと思えば、足にも力が入る。

狭《せま》い部屋の中では、浮《う》かない表情《ひょうじょう》の子供《こども》のトッケビが一人でひざを抱《かか》えて座《すわ》っていた。上半身は暑くて脱《ぬ》いだのか、最初から着ていないのか、とにかくはだかで、取れかけの蝶《ちょう》ネクタイだけ着けている。ズボンははいていたが、脱《ぬ》いだら雑巾《ぞうきん》と見分けがつかなさそうなくらい汚《よご》れていた。

トッケビは何か深く考えこんでいて、セリンが部屋に入ってきたのにも気づかず、足の前に置いたクスルをぼんやりとながめている。クスルの光は、あまり広くない部屋の中のすみずみまで広がっていた。

「コホン、コホン」

セリンはわざと、大きく咳払《せきばら》いをする。トッケビは、そこでようやく自分以外の誰《だれ》かがいることに気づき、セリンのほうを見た。そしてワンテンポ遅《おく》れてひどく驚《おどろ》いた。トッケビの叫《さけ》び声《ごえ》があまりに大きくて、むしろセリンのほうが驚《おどろ》いてしまった。トッケビは声も枯《か》れんばかりにギャーギャーと悲鳴を上げ、クスルを拾い上げた。

セリンは、目を丸くしたトッケビをとにかく落ち着かせようとした。

「ねえ。あたしはセリン。クスルを探《さが》しに来たの。ここは……その……」

セリンは何とかそれっぽい単語を見つけるのに成功した。

「こぢんまりしてて落ち着くわね」

トッケビは相変わらず怖《こわ》がっていて後ろに下がったが、すぐに狭《せま》い部屋の壁《かべ》に突《つ》き当《あ》たってしまった。オロオロしたトッケビはクスルを隠《かく》すためにズボンの中に突《つ》っこんだが、ズボンには穴《あな》が開いていて、クスルはその穴《あな》からはみ出している。

あわてたのはセリンも同じで、どうすることもできずにいた。二人の微妙《びみょう》な対峙《たいじ》が続く。

「あれは……」

その時、セリンの目に入ったものがあった。さっきまでトッケビが座《すわ》っていた場所に一枚《まい》の写真が置かれている。何枚《なんまい》かに破《やぶ》かれていたが、幸い一番大きな紙片《しへん》には、セリンの知る顔が写っていた。

大きなヘッドホンをしていて、頬《ほお》はそばかすだらけ。廃墟《はいきょ》のような書店で出会った子供《こども》のトッケビ、マタだ。

そしてセリンは、なぜハクの名前に聞き覚えがあると思ったのかが、やっと分かった。セリンは、反対側から逃《に》げようと穴《あな》を掘《ほ》っているトッケビを急いで呼《よ》び止《と》めた。

「あたし、マタの知り合いよ」

自分が掘《ほ》った穴《あな》に頭を突《つ》っこもうとしていたトッケビがたじろぐ。

「マタの知り合い？」

トッケビの表情《ひょうじょう》が一瞬《いっしゅん》、うれしそうになったのをセリンは見逃《みのが》さなかった。しかしトッケビは、怒《おこ》った顔になり
「ふん、マタって誰《だれ》？　そんな子、知らない！」

そう言いつつも、それ以上、穴《あな》の奥《おく》に逃《に》げようとはしなかった。背中《せなか》を向けていても、セリンの言葉に耳を傾《かたむ》けているのは間違《まちが》いない。

「少なくともマタのほうは、ハク、あなたのことを友達と言ってた。あなたがどう思ってるかは知らないけど」

セリンはトッケビの反応《はんのう》を見守る。やはり効果《こうか》があったのだ。

ハクはゆっくりと振《ふ》り返《かえ》る。

「マタは僕《ぼく》があげたプレゼントを、その場でそのままゴミ箱に捨《す》てたんだ。僕《ぼく》が一生懸命探《いっしょうけんめいさが》してやっと見つけた空《あ》き缶《かん》だったのに。しかもマタが生まれた年に作られた、百年も経《た》った缶《かん》だったのに……」

ハクの小さな肩《かた》が震《ふる》えている。セリンはここにいないマタの代わりに話した。

「マタはきっと勘違《かんちが》いしたんだと思う。誰《だれ》だって相手を誤解《ごかい》することがある。あたしがマタと話をした時、マタはハクにすごく会いたがってたよ」

「ホント?」

セリンはうなずいた。

「マタは、あなたがくれた物を、代わりに捨《す》ててくれと頼《たの》まれたと思ったの。マタはあんまり耳がよくないから……」

ハクは目を丸くした。

「あなた、友達なのに、知らなかったの？」

「え？　それは……」

どうやら本当に知らなかったような反応《はんのう》だ。

「ほら、あなたもマタを誤解《ごかい》してたのよ」

セリンがあたりを見回すと、壁《かべ》に取りつけられた大きなオーディオが目に入った。

「空《あ》き缶《かん》よりも、そこのオーディオをプレゼントしたら喜《よろこ》ぶと思う。それと、大事な話は、手紙やメモに書いてあげて。そのほうがきちんと伝わるから。そうすれば、マタもあなたの気持ちを理解《りかい》してくれるはず」

「お前、本当にいいヤツだな」

ハクは、すでに何度か使ったようなティッシュで涙《なみだ》をぬぐい鼻をかんだ。そして汚《よご》れた手を差し出す。

「僕《ぼく》の名前は、知ってのとおり、ハク。僕《ぼく》は人間の心を……」

ハクは発音が悪いわけでもないのに、最後の言葉をごまかした。

「何？」

セリンが聞き返すと、ハクは恥《は》ずかしがって顔を赤くした。

「僕《ぼく》は人間の心をひっくり返してる」

ハクは、アリが通《とお》り過《す》ぎる音よりはマシというぐらいの小さな声で答える。それでも、今度はきちんと聞こえた。

「僕《ぼく》はすごく寂《さび》しかったんだ。だから、するなと言われたら、もっとしたくなるようにしてやった。もちろん、しろと言われたら、したくなくなるように」

ハクは、大きな罪《つみ》でも犯《おか》したかのように、消え入りそうな声で言った。

「もちろんお前には理解《りかい》できないだろうけど……」

「ううん、何となく分かる」

セリンは、ハクが最初にしていたのと同じように、ひざを抱《かか》えて座《すわ》る。

「あたしも寂《さび》しいって気持ちは少し分かる。あたしは友達が一人もいないから」

ハクは何か言葉をかけたそうだったが、何と言えばいいか分からなかったのか、結局黙《だま》ったままだった。

「ううん、あたしにも一人いたんだった。妹は親友みたいなものだったのに、いなくなっちゃった。今は、どこにいるかも分からなくて……」

セリンが落ちこむと、今度はハクがどうしたらいいか分からなくて困《こま》ってしまったようだ。いたたまれなくなったのか、ハクはどこかへ行き、小さなへアピンを持って戻《もど》ってきた。

「はい」

セリンは何も考えず、ハクがすっと差し出したチョウのデザインのヘアピンを見ていたが、突然《とつぜん》、後頭部を殴《なぐ》られたかのようにひどく驚《おどろ》いた。

「これは……!?」

ハクはまた罪人《ざいにん》になったかのようにうつむく。

「僕《ぼく》、人間の物もこっそり持ってくることがあるんだ。絶対《ぜったい》にここにしまってあったはずなのに、跡形《あとかた》もなく消えちゃうって物があるだろ。ごめん、あれは全部、僕《ぼく》のしわざなんだ」

ハクはさらにうつむいて、今度は地面に穴《あな》を掘《ほ》って入りこんでしまいそうな勢《いきお》いだ。セリンはそうなる前にハクの手を握《にぎ》った。

「ありがと。これ、あたしが前にすごく大事にしてたヘアピンなの」

セリンはヘアピンに触《ふ》れた。

「今思えば、これがなくなって、妹と大ゲンカになった気がする。てっきりあの子が持ち出したんだと。妹はあたしと体型《たいけい》も同じだし、好きな物も似《に》てたから、服やアクセサリーのことでよくケンカしたんだ。あたしこそ妹を誤解《ごかい》してたのね」

セリンの目が赤くなり、ついには涙《なみだ》が頬《ほお》を伝って落ちていった。ハクは、さっき自分が鼻をかんだティッシュを差し出そうとしたが、それは引っこめ、ズボンの中にしまったクスルを取り出した。

「あげる」

ハクがクスルを出し抜《だ ぬ》けにわたすと、セリンは鼻をすすりつつハクを見た。

「金貨一枚《まい》でへアピンを買っていきなよ。そしたらクスルを持っていける」

セリンがためらっていると、ハクはセリンのポケットから金貨一枚《まい》を取り出し、クスルを横に置いた。

「ありがとう。お前がいなかったら、僕《ぼく》はずっとマタのことを誤解《ごかい》して、嫌《きら》ったままだったと思う。僕《ぼく》は今すぐマタに会いに行かなきゃ。帰り道は分かるよな？」

セリンは黙《だま》ってうなずいた。

「じゃ、また」

ハクはさっき、セリンから逃《に》げようと掘《ほ》った穴《あな》に入りかけたが、大事なことを思い出したらしく、また出てきた。

「うっかりしてた」

ハクは壁《かべ》に取りつけられていた大きなオーディオを力いっぱい引《ひ》っ張《ぱ》った。そのせいで洞窟《どうくつ》が大きく揺《ゆ》れたが、幸い崩《くず》れはしなかった。

「じゃ、ホントにバイバイ」

ハクは最後にあいさつの言葉を残し、穴《あな》の中に消えていった。もともと危《あぶ》なそうな洞窟《どうくつ》の壁《かべ》は、オーディオが通《とお》り抜《ぬ》けたせいでさらに危険《きけん》な状態《じょうたい》になったように見える。まさか洞窟自体《どうくつじたい》が崩《くず》れ落《お》ちることはないと思うものの、これ以上、ここにはいたくなかった。セリンは、ハクが置いていったクスルをしまい、急いで外に出た。

外はいつの間にか土砂降《どしゃぶ》りになり、少し先も見えないくらい暗かった。雷《かみなり》が鳴《な》り響《ひび》き、ゴミの山に刺《さ》さっていた金属《きんぞく》の串《くし》に落ちた。

セリンはひどく驚《おどろ》き、後ろに転んで尻《しり》もちをついてしまった。

雷《かみなり》だけが理由ではない。雷《かみなり》の光に、大きな黒い影《かげ》が映《うつ》ったからだ。それはゴミの山ぐらい大きく、クモの形をしていた。

クウウゥ……

その影《かげ》は口からネバネバした液体《えきたい》を垂《た》らしながら、セリンにゆっくりと近づいてきた。

セリンは、今出てきた洞窟《どうくつ》に戻《もど》ってゴミの山に埋《う》もれるのと、あの怪物《かいぶつ》に捕《つか》まるのと、どちらがまずいのかすぐには判断《はんだん》できなかった。

その時、何かがセリンの前に飛び出てきた。

イッシャだった。イッシャは一瞬《いっしゅん》でオオカミの大きさに変わり、鼻先をゆがめてうなり声を上げる。それを見た怪物《かいぶつ》は、それ以上近づくことができなくなり動きを止めた。怪物《かいぶつ》の頭にある六つの瞳《ひとみ》がセリンからイッシャに向く。

再《ふたた》び雷鳴《らいめい》がとどろき、雷《かみなり》が落ちた。イッシャはそれを機に怪物《かいぶつ》に飛びかかったが、怪物《かいぶつ》は八本の足のうち一本だけでイッシャを跳《は》ね飛《と》ばした。

ガンッ！

雨音の中から、イッシャがどこかにぶつかった音がはっきりと聞こえた。しかしセリンがそちらに視線《しせん》を移《うつ》す間もなく、怪物《かいぶつ》が大きく一歩、セリンに近づいてきた。セリンが後ずさりをすると、雨でできた水たまりに足を踏《ふ》み入《い》れて滑《すべ》ってしまった。

怪物《かいぶつ》の頭は、息遣《いきづか》いが伝わってくるほどセリンに近づいていた。

「来ないで！　あっちに行って！」

セリンは顔を背《そむ》け、目をぎゅっと閉《と》じる。

しかし何も起きなかった。まさか怪物《かいぶつ》がセリンの言葉を聞き入れでもしたのだろうか。

薄目《うすめ》を開けると、イッシャが怪物《かいぶつ》の後ろの足に噛《か》みついている。怪物《かいぶつ》はわずらわしそうにイッシャを振《ふ》り払《はら》おうとしたが、イッシャはがっちりと足をくわえたまま離《はな》さなかった。

「イッシャ！」

最初はイッシャのことを面倒《めんどう》な蚊《か》ぐらいに思っていた怪物《かいぶつ》も、イッシャがどうしても離《はな》れなかったため、だんだんと全身でのたうち回るようになった。怪物《かいぶつ》の足からは緑の血が流れ、それがイッシャのつばと混《ま》ざり、雨とともに流れていく。ついに怪物《かいぶつ》は、自分の体をゴミの山にぶつけてしまった。

「キャイーンッ」

イッシャの口から赤黒い血とともにうめき声が漏《も》れる。イッシャは怪物《かいぶつ》の足を嚙《か》みちぎったまま、地面に転がってしまった。

激《はげ》しく降《ふ》る雨がイッシャの血を洗《あら》い、血の混《ま》ざった雨水はよりによってセリンのほうに流れてきた。

「イッシャ、大丈夫《だいじょうぶ》?」

セリンは必死に叫《さけ》んだが、イッシャは深い眠《ねむ》りにでもついたかのように、ただ横たわっている。怪物《かいぶつ》は、イッシャがまた襲《おそ》ってきたら反撃《はんげき》すべく態勢《たいせい》を整えていたが、イッシャは立ち上がれなかった。

イッシャの意識《いしき》がないことを確認《かくにん》した怪物《かいぶつ》は、不安定になった七本の足でずるずる歩きながらセリンに近づいてきた。しかしセリンはそれどころではなかった。

「しっかりして。イッシャ……」

セリンの頰《ほお》を伝わるのは雨なのか涙《なみだ》なのか。怪物《かいぶつ》は一瞬《いっしゅん》でセリンの目の前まで来たが、セリンは逃《に》げなかった。怪物《かいぶつ》など眼中《がんちゅう》にもなく、ただただイッシャを見つめている。怪物《かいぶつ》は巨大《きょだい》な足を振《ふ》り上《あ》げた。ジ・エンドだ。

「ご安心ください、レディー」

セリンは幻聴《げんちょう》かと思った。雨が鼓膜《こまく》に当たったのか、雷鳴《らいめい》がまだ耳に響《ひび》いているのか。もしかすると、もう気を失って夢《ゆめ》を見ているのかもしれない。

セリンは声のするほうを向いた。

横には、いつの間にここへ来たのだろうか、見たことのあるようなトッケビが立っていた。傘《かさ》を差していて、顔ははっきり見えないが、片手《かたて》にコーヒーカップを持っている。こんな一触《いっしょく》即発《そくはつ》の状況《じょうきょう》でも余裕《よゆう》たっぷりにコーヒーをひと口飲み、そして言った。

「私《わたくし》のお客様に、むやみに手を出させるわけにはまいりません」

セリンはすぐに、この声の主を思い出した。驚《おどろ》いたのはセリンだけではないようだ。トッケビの突然《とつぜん》の登場に怪物《かいぶつ》も戸惑《とまど》ったのか、振《ふ》り上《あ》げていた足は目標を変え、トッケビに振《ふ》り下《お》ろされた。

しかしそれよりも早く、トッケビの後ろにあった動物たちの像《ぞう》が矢のように飛び出した。少なくとも十頭はいるだろうか、さまざまな動物が怪物《かいぶつ》の目や足を食いちぎった。

怪物《かいぶつ》はアリに襲《おそ》われたミミズのように、ろくに抵抗《ていこう》もできないまま、次第《しだい》に倒《たお》れこむ。

やがてバラバラとなって形を失ってしまった。その様子を余裕《よゆう》ありげに見守っていたトッケビが、ゆっくりとセリンのほうを見る。

「おケガはありませんか、セリンさん」

デュロフは傘《かさ》の下から、口ひげを見せて明るく笑った。

グロムのカジノ

「はい、あたしは大丈夫《だいじょうぶ》です」

セリンはデュロフに支《ささ》えられながら立ち上がる。

「それよりイッシャが……」

セリンは倒《たお》れたままのイッシャを見て、言葉を続けることができなかった。そしてよろよろしながらもイッシャのそばに駆《か》け寄《よ》った。いつの間にか、さっきの動物たちも集まってイッシャをなめてくれていた。

幸いなことにイッシャは息をしており、手足も少しずつ動くようになってきたようだ。

「イッシャは大丈夫《だいじょうぶ》でしょう。とりあえずイッシャとホテルに戻《もど》って休んでください。食べ物を十分に与《あた》えればすぐ元気になりますから、あまり心配なさることはありません」

デュロフはセリンを安心させる。

ホテルに戻《もど》ったセリンは、イッシャをベッドに寝《ね》かせてから、電話であれこれ料理を注文し始め、結局はメニューにある物をすべて持ってきてくれるよう頼《たの》んだ。

セリンは料理を待つ間、ベッドに横たわり無我夢中《むがむちゅう》だった一日を思《おも》い浮《う》かべていた。ここに来てから最も大変な一日だった。疲《つか》れきって、指一本動かす力も残っていない。

セリンは目を閉《と》じ、いつの間にか眠《ねむ》ってしまった。

目を覚ますと、イッシャが起きている。そして部屋の中はめちゃくちゃになっていた。あらゆる食器《しょっき》やトレーが足の踏《ふ》み場《ば》もないほど転がっていたのだ。

「これ全部、イッシャが食べたの？」

イッシャの口元の汚《よご》れがすべてを物語っている。セリンがベッドから下りると、ガサッと音がして、見ると一枚《まい》の紙を踏《ふ》んでいた。

「これ全部でいくらになるんだろ？」

セリンは踏《ふ》んづけた請求書《せいきゅうしょ》を拾ってじっと見る。イッシャのことが心配で手《て》あたり次第《しだい》注文したとはいえ、すごい金額《きんがく》だ。

「ええと、一、二、三……」

幸い、持っていた金貨と賞金《しょうきん》を合わせればギリギリ支払《しはら》える額《がく》だった。これで手元に残った金貨は二枚《まい》だけになった。

「そうだ、クスル！」

セリンは急に思い出し、クスルを確認《かくにん》した。もしこのクスルが望みどおりのものなら、もう金貨など必要ないのだ。

「これがあたしの欲《ほ》しいクスルでないと困《こま》る……」

手元に残った金貨の数を考えると、セリンにはもうクスルを手に入れるチャンスはほとんど残っていない。いや、それよりも問題は時間だ。いつの間にか腕時計《うでどけい》の水は大きく減《へ》り、残るはあと一日か二日かだろう。

セリンに焦《あせ》りが生じる。

「イッシャ、具合はどう？　今、クスルの中身を見せてもらってもいい？」

イッシャはしっぽをパタパタ振《ふ》っていて、回復《かいふく》したようだ。むしろケガなどした覚えはない、くらいの勢《いきお》いで、元気な声で鳴いた。

「ニャーン！」

広々としたホテルの部屋が、すぐにオレンジ色に染《そ》まった。

◆

セリンが立っているのはこぢんまりとした家だった。

日当たりがあまりよくないためか、天井《てんじょう》のすみにカビが生えていることを除《のぞ》けば、小さな家族が暮《く》らすには、そう悪くなさそうだ。子供《こども》がいるようで、リビングの一角にはおもちゃが積まれていて、古いエアコンにはたくさんのシールがベタベタと貼《は》られている。床《ゆか》にはふかふかのマットが敷《し》かれているが、足のないセリンには感じられなかった。

「ビューン」

ベランダを改修《かいしゅう》して作った遊び場では、男の子がおもちゃの車を両手に持って、ブーンブーンと声を出している。手に持っているおもちゃは車から恐竜《きょうりゅう》に変わり、そして変身ロボットへと変わっていく。おもちゃを持《も》ち替《か》えるたびに、男の子のセリフも変わっていった。

天真爛漫《てんしんらんまん》な子供《こども》の様子を見ているうちに、セリンも純粋《じゅんすい》だった子供《こども》のころに戻《もど》ったような気分になった。そしてセリンの視線《しせん》は、再《ふたた》びリビングに向かう。

セリンの正面にある壁《かべ》には、明るい笑《え》みをたたえた若《わか》い男女の結婚写真《けっこんしゃしん》が飾《かざ》られている。見ているだけで幸せな空気が伝わってくる、お似合《にあ》いの夫婦《ふうふ》だ。新婦《しんぷ》はバックの花が見劣《みおと》りするすぐに顔をしかめる。

ほど美しく、新郎《しんろう》はこの世のすべてを手に入れたような表情《ひょうじょう》を浮《う》かべている。しかしセリンは

「@#$%&」

部屋の中から、誰《だれ》かが言い争っている声が聞こえてきたのだ。セリンがのぞきこむと、写真の中の二人が声を荒《あら》げていた。

お互《たが》いに興奮《こうふん》していて、すぐにでも大ゲンカに発展《はってん》しそうな雰囲気《ふんいき》だ。二人の口ゲンカは終わりそうになく、お互《たが》い一歩も譲《ゆず》らずにいた。

額縁《がくぶち》の中で美しく着飾《きかざ》っていた女性《じょせい》は、今は化粧《けしょう》っ気《け》もない。

「あなた、先月のカードの請求額《せいきゅうがく》、いくらだったと思う？　さすがに使いすぎよ。なんでそんなに自分勝手なの」

「家族のことを考えてるからだろ。自分のために使ってるわけじゃない」

「だからって、せめて使う前に相談してくれないと」

男性《だんせい》のひたいには、さっきよりも深いシワが増《ふ》えている。写真の中であんなに明るく笑っていたのに、今はうんざりした様子で相手を恐《おそ》ろしげににらみつけていた。

「男が外で働いてたら、そういうこともあるんだよ。それじゃ、俺《おれ》に誰《だれ》にも会うなって言うのか」

「そんなことは言ってないでしょ。少しは私《わたし》と子供《こども》のことを考えてよ」

女性《じょせい》も負けていない。腰《こし》に手を当てて金切り声を上げる。女性《じょせい》は夫に反論《はんろん》する隙《すき》を与《あた》えず、急いで切り出す。

「あなたの車のローンに家のローン、来月、引き落とされるお金が……」

「カネカネカネ、やめてくれ！」

男性《だんせい》は重い空気に耐《た》えられず、ひとり言のように文句《もんく》を言いながら乱暴《らんぼう》に玄関《げんかん》を開け、出ていってしまった。

大きな音を立てて閉《し》まるドアを見ていた女性《じょせい》は、結局、顔を両手で覆《おお》い、声を殺《ころ》して泣き始めた。

◆

セリンはさまざまな思いが入《い》り混《ま》じった顔で幻想《げんそう》からさめた。そして、何か思いついたのか、右手の拳《こぶし》で左のてのひらをたたく。するとイッシャは驚《おどろ》いてベッドの下に隠《かく》れてしまった。

「そうよ、やっぱり、あらゆる問題の原因《げんいん》はお金よね」

気づくのが遅《おそ》すぎた自分にあきれるぐらいだった。もっと早く気づくことができていれば、さっさとクスルを手に入れて、とっくに幸せな暮《く》らしを送っていたかもしれない。ここで気づけただけでもラッキーと言えばラッキーだ。

セリンはイッシャを呼《よ》んだ。イッシャはまだおなかがパンパンで押《お》したら転がりそうである。

「イッシャ、今までご苦労様」

イッシャは首をかしげ、セリンを見上げた。セリンの目は、今まで以上に確信《かくしん》に満ちていた。

「これで最後よ。自分が本当に望んでるものが、やっと分かった」

目の前には巨大《きょだい》なピラミッドが立っていた。

写真で見たことのあるピラミッドと違《ちが》うのは、砂《すな》ではなく金でできているところだ。セリンはとてつもない大きさとその外観に驚《おどろ》き、呆然《ぼうぜん》と立《た》ち尽《つ》くした。イッシャに催促《さいそく》されなければ、何時間でもそこでぼんやりと立ったまま、残りの時間を浪費《ろうひ》してしまっていただろう。

ピラミッドに向かう道には、何かの授賞式《じゅしょうしき》で見るようなレッドカーペットが敷《し》かれている。セリンはなぜか自分が特別な人間になったように思え、その気になってカーペットの上をゆっくりと歩いてみた。イッシャもカーペットに爪《つめ》を立てたため、歩みはさらに遅《おそ》くなったが、幸いなことに、セリンとイッシャを急《せ》かす者はいない。

レッドカーペットはピラミッドの入り口まで続いていた。

ネオンサインがピカピカ光る所に近づくと、スーツをきちんと着たガードマンがドアのそばに立っている。ガードマンたちはサングラスでも隠《かく》しきれない鋭《するど》い目つきで周辺を警戒《けいかい》しており、アリの子一匹《いっぴき》通れなさそうな威圧感《いあつかん》があった。

セリンは、自分がここを訪《おとず》れる客に見えてほしいと思ったが、相手がそう見てくれるかは分からない。昨日の夜、雨が降《ふ》る中で地面の上を転がったために服は泥《どろ》まみれで、もしかすると物乞《ものご》いに思われるかもしれないと、内心ドキドキしていた。

やはりガードマンは、セリンの前に立ちふさがった。

「ご用件《ようけん》は？」

ムキムキの筋肉《きんにく》を見せびらかすかのように胸《むね》を突《つ》き出《だ》していたガードマンが尋《たず》ねる。

「クスルを探《さが》しに来たんですが……」

ガードマンは何も言わなかったが、目つきからすると、セリンの言葉を信じていないようだ。

セリンは怖《こわ》くなり、求められてもいないチケットを差し出した。

ガードマンはセリンとチケットを注意深く見てから、イヤホンマイクで話し始める。

「ボス、クスルを取りに来た人間がいます。中へ入れますか。ご参考までに、ゴールドチケットの持ち主です」

何度かやりとりをしてから通話が切れる。

「少しお待ちを。ボスがこちらに来ます」

しばらくすると、ピラミッドの周りにいるよりもたくさんのボディーガードを引き連れたトッケビが現《あらわ》れた。そのトッケビは、ボディーガードたちとは比《くら》べものにならないほど背《せ》が高く、肩幅《かたはば》も広い。セリンの足が震《ふる》えてしまうほどのすごみがあった。

「クスルが欲《ほ》しいんだって？」

しかし見た目とは違《ちが》い、声は小さく弱い。発音も不明瞭《ふめいりょう》で、風船から空気が抜《ぬ》けるような音に聞こえる。

「では、チケットを見せてくれるかな」

「これです」

セリンは、相手が自分を見下ろす視線《しせん》に弱気になり、急いでチケットを差し出した。しかしトッケビはチケットを受け取らなかった。また小さな声がする。

「おい、どこを見てる」

セリンは、目の前にいるトッケビの口が動いていないことに、ここで気づいた。腹話術《ふくわじゅつ》を使っているのでなければ、話しているのはこのトッケビではない。セリンはゆっくりと視線《しせん》を下に移《うつ》し、地面までいったところでようやく声の正体を知った。

それはハツカネズミほどの大きさのトッケビだった。サイズだけでなく、鼻先が伸《の》び、前歯が飛び出ていて、まるで本物のハツカネズミが服を着ているかのようだ。

ハツカネズミのようなトッケビは腰《こし》に手を当て、わざわざ怒《おこ》っているようなそぶりを見せる。

「トッケビが話してる時は目を合わせろ。なんでほかのところを見るんだ！」

トッケビはなるべく言葉に重みを持たせたかったようだが、子供《こども》が駄々《だだ》をこねているようにしか聞こえなかった。それでもセリンは、トッケビを刺激《しげき》しないよう急いでかがむ。

「ごめんなさい。あたしはセリンです。クスルが欲《ほ》しくて来ました。もしかして、こちらにありませんか」

トッケビは少し怒《いか》りが収《おさ》まったような表情《ひょうじょう》で腕組《うでぐ》みをする。

「クスルならもちろんある。その前に自己紹介《じこしょうかい》をするからよく聞け」

トッケビは大きく咳払《せきばら》いをしてのどを整える。

「まず、俺《おれ》はグロム・アントニオ・バルトラックシオン・ドゥ・グレゴリー三世だ。そう長い名前でもないからしっかり覚えとけ。俺《おれ》は人間から、夜、眠《ねむ》ろうとする心を盗《ぬす》んでる。そのせいで人間は不眠症《ふみんしょう》になるらしいけど、そんなのは俺《おれ》の知ったこっちゃない。大事なのは、おかげで俺《おれ》のカジノが二十四時間営業《えいぎょう》できるってことさ。そしてご覧《らん》のとおり、俺《おれ》は誰《だれ》よりも優秀《ゆうしゅう》なトッケビだ。初級ギャンブル大会で五年連続努力賞《どりょくしょう》、ボディービル大会ジュニア部門で三年連続、明るいほほえみ賞《しょう》をもらってる。それから……何があったっけ、フランク？」

すると、セリンがボスだと誤解《ごかい》していたボディーガードが、スーツの内ポケットから巻物《まきもの》を取り出して開き始めた。巻物《まきもの》はとても長く、地面に届《とど》いてからもさらにくるくると伸《の》びていく。

「グロム・アントニオ・バルトラックシオン・ドゥ・グレゴリー三世様はプロフェッショナル足爪《あしつめ》切《き》り大会で小指賞《こゆびしょう》を、おかずなし白米食べ大会でモグモグ賞《しょう》を取っています。そのほかにも、手を使わずズボンをはく大会、頭を洗《あら》わない我慢《がまん》大会で……」

「そのぐらいでいい、フランク。いくらバカな人間でも、ここまで言えば、俺《おれ》がどれだけ偉大《いだい》な存在《そんざい》か分かるはずだ。そうだろ？」

セリンはぎこちなく笑いつつ、うなずいた。でも、覚えていられたのは、名前の最初の部分のみ。それだけでも自分の記憶力《きおくりょく》に拍手《はくしゅ》を送りたくなった。

グロムは小さな肩《かた》を思いきりいからせる。

「よし、じゃあついてこい。ずっと外にいたら、来年の『白い肌《はだ》大会』は予選で落ちちまう。考えただけでゾッとする」

グロムはポケットから日焼け止めのような物を取り出し、何度も顔に塗《ぬ》り直《なお》してから中に入っていった。その後ろにボディーガードたちがぴったりつき、セリンは列の一番後ろに加わった。

カジノの内部はさらにきらびやかだった。セリンはもしかしてと思っていたが、室内もやはり見えるものはすべて金でできている。宝石《ほうせき》の使われた装飾品《そうしょくひん》やクリスタルが垂《た》れ下《さ》がるシャンデリアを見ると、さっきのピラミッドの外観でさえみすぼらしく感じるほどだった。

さほど長くない廊下《ろうか》の先にはスロットマシンがたくさん並《なら》ぶ部屋があった。そこには、今まで姿《すがた》を見ることのなかった人間たちが、それぞれ場所をキープしている。人間たちはセリンがそばを通ってもまったく気にかけず、レバーを引いてはクルクル回る果物の模様《もよう》をじっと見ていた。

「ここがカジノだ。ギャンブルをやるくらいの金貨は持ってるよな？」

グロムは首をすっと伸《の》ばし、威張《いば》った調子で聞く。

セリンがポケットの金貨を触《さわ》りつつスロットマシンを見ると、幸い、金貨の投入口には「金貨一枚《まい》」と表示《ひょうじ》されている。

セリンは急いでうなずいた。

「オーケー。スロットマシンで遊んだらクスルをやろう。おい、フランク」

フランクは大きなボックスを取り出しセリンに見せる。それを開けると、シルクの布《ぬの》が敷《し》き詰《つ》められていて、その上に藍色《あいいろ》にきらめくクスルが収《おさ》められていた。

セリンはつばを飲み、そばにあったスロットマシンに近づく。ちょうどその時、案内のパンフレットに挟《はさ》まれていたクーポンのことを思い出し、金貨と一緒《いっしょ》にクーポンを投入してみた。

セリンはマシンの使い方が分からず戸惑《とまど》ったが、周りを見る限《かぎ》り、難《むずか》しくはなさそうだ。セリンはマシンの横にあるレバーを力いっぱい引いた。すると、果物の模様《もよう》がぐるぐると回り始める。正確《せいかく》には分からないが、だいたい二十種ほどある果物が、一列ずつ止まっていく。

全部で五列、すべて異《こと》なる果物が並《なら》んだ。ゲームのルールが分からないセリンにも、これはダメだなと分かった。案の定、マシンは「もう一回チャレンジを！」というメッセージを表示《ひょうじ》して止まった。

しかしセリンがそこを離《はな》れようとした時だった。マシンが再《ふたた》び動き始め、スタート画面に戻《もど》ると、キラキラ光る矢印がレバーを示《しめ》している。

最初に入れたクーポンが使えたようだ。セリンはほとんど無意識《むいしき》のうちにレバーを引いた。

果物がまた目まぐるしく回ったが、さっきとは様子が違《ちが》う。

「チェリー……チェリー……チェリー……ん？」

画面から飛び出してくるかのように「ジャックポット」という大きな文字が表示《ひょうじ》された。セリンは、ジャックポットの意味は知らなかったが、聞いたことがあるような気はする。

あれこれ考える間もなく、スロットマシンからは金貨が洪水《こうずい》のようにあふれ出てきた。

ポンッ！

突然《とつぜん》、天井《てんじょう》から花びらが落ちてくると、どこからか楽団《がくだん》が現《あらわ》れて楽しげな音楽を奏《かな》で始め、同時にボディーガードたちが唐突《とうとつ》に踊《おど》り出《だ》した。客たちもセリンの周りに集まってきたが、それは祝ってあげようというわけではなく、セリンには妬《ねた》みややっかみの視線《しせん》が向けられた。

いつの間にか、スロットマシンのそばには金貨が山積みになっていた。金貨はセリンが最初に質屋《しちや》で不幸を売って得《え》たよりもずっと多く、フードファイトで優勝《ゆうしょう》してもらった賞金《しょうきん》よりも多かった。

大げさな音楽が止まると、楽団《がくだん》はそそくさと退出《たいしゅつ》した。そしてボディーガードも姿勢《しせい》を正した。表情《ひょうじょう》は一瞬《いっしゅん》にして変わり、何事もなかったかのように自然だ。

セリンだけが変に固まってしまった。

「ブラボー！」

グロムが手をたたき、口笛を鳴らした。

「来てすぐにジャックポットとは、あなたはすごい幸運の持ち主ですね」

セリンは呆然《ぼうぜん》としていて、グロムの言葉遣《ことばづか》いが急に変わったことに気づけなかった。グロムは、さっきまで一生懸命《いっしょうけんめい》踊《おど》っていて汗《あせ》ダラダラになったフランクを呼《よ》ぶ。

「この方を上のフロアにご案内しろ」

「はい」

フランクは無表情《むひょうじょう》な顔に合った、機械的な返事をする。グロムが手で合図を送ると、今度は後ろにいたボディーガードたちが金貨を袋《ふくろ》に詰《つ》め始めた。金貨は米俵《こめだわら》ほどの大きさの袋《ふくろ》で五つ分にもなった。屈強《くっきょう》なボディーガードでさえ一度に二袋《ふくろ》は持ち上げられず、うんうんうなりながら、何とか一袋《ふくろ》ずつ背負《せお》っていく。

「こちらへどうぞ」

金貨を詰《つ》める様子を見ていたセリンに向かって、フランクが言った。フランクは大股《おおまた》で先頭を歩き、後ろに袋《ふくろ》を背負《せお》ったボディーガードが続く。返事をする間もなかったセリンは、サンドイッチのパンに挟《はさ》まれたハムのようだ。セリンは押《お》しつぶされないよう、一生懸命《いっしょうけんめい》に歩調を合わせた。

一行は階段《かいだん》を上がり、二階へ移動《いどう》した。

二階は一階とはまったく違《ちが》う光景が広がっていた。壁《かべ》があるべき所には、背《せ》の高さほどにもなる鉄格子《てつごうし》が並《なら》び、床《ゆか》があるべき所にはガラスがはめこまれている。さらにその下には水が張《は》られていた。

セリンは、万が一にもガラスの床《ゆか》を割《わ》らないようにと、そっと歩いたが、ガラス越《ご》しにサメのような生き物が悠々《ゆうゆう》と泳いでいるのが見え、気絶《きぜつ》しそうになるほど驚《おどろ》いた。そして鉄格子《てつごうし》の向こうからは、恐《おそ》ろしげな猟犬《りょうけん》や猛獣《もうじゅう》たちのうなり声が聞こえてきた。

下のフロアとの共通点を挙げるなら、宝石《ほうせき》で飾《かざ》られたテーブルだけだ。ただサイズはずっと大きくて、天井《てんじょう》につけられたライトに明るく照らされている。

ボディーガードはセリンをテーブルに案内する。

「『ステージ・オブ・デス』へようこそ。歓迎《かんげい》いたします」

か細い声が聞こえてくる。いつの間にかグロムが、自分の足もつかないような大きなイスに座《すわ》っていた。ボディーガードがグロムと向かい合わせのイスを引いてくれたので、セリンはそこに座《すわ》った。

フランクがポットとカップを持ってきて、何だかよく分からない飲み物を注ぐ。

「のどが渇《かわ》いているでしょうから、ゴクッといってください。それは私《わたし》が人間の欲望《よくぼう》を集め、高価《こうか》な材料をたっぷり入れて特別に作ったものです」

ちょうどのどが渇《かわ》いていたセリンはカップに口をつけた。

バシッ！

今までおとなしくしていたイッシャがセリンの手をはたいたため、あやうく中身をこぼすところだった。フランクがイッシャの首根っこをつかみ、持ち上げる。

「しつけのなってないネコですね。よろしければ、我々《われわれ》がお預《あず》かりしておきますが」

セリンは飲み物を飲んでから答えた。

「いえ、結構《けっこう》です。どうせ長居《ながい》するわけじゃないですし」

グロムはイヤな感じの笑《え》みを浮《う》かべたが、もともと下卑《げび》た顔をしており、セリンは特に気にかけなかった。

「では、始めましょうか」

「始めるって、何を？」

「そりゃあもちろん、ゲームですよ。あなたが私《わたし》に勝ったらジャックポットの賞金《しょうきん》の倍、差し上げます。ああ、そうそう、その前におわたしするものがありましたね」

横にいたフランクがクスルを入れたボックスをテーブルの上に置く。

「お約束のクスルです。ただ、ご希望があればあなたのクスルを買い取ります。高値《たかね》でね」

セリンは首を横に振《ふ》る。

「あたしに金貨はもう必要ないんです。クスルを持って、自分がいた所に戻《もど》ります」

「本当にそうするつもりですか？」

グロムは単純《たんじゅん》に確認《かくにん》しようとしたわけではなく、どこか確信《かくしん》めいた声で尋《たず》ねる。

その瞬間《しゅんかん》、セリンは頭の中がぐるぐる回っている気がした。グロムの顔が二つになり、輪郭《りんかく》がゆがんで見え、また元に戻《もど》った。セリンは頭を振《ふ》った。

「どういうこと？　あんまり寝《ね》てないせい？」

まあたいしたことはないだろうと思う一方で、突然《とつぜん》、あることが頭の中に浮《う》かんだ。

「虹色《にじいろ》のクスルを探《さが》さなきゃ。ただのトッケビのクスルなんかで満足する気？」

セリンは、忘《わす》れていた虹色《にじいろ》のクスルのことで頭がいっぱいになった。たくさんの金貨を集め、たくさんのクスルを手に入れたいと強く思った。

グロムは得意《とくい》げな表情《ひょうじょう》を浮《う》かべながら、考えに浸《ひた》っているセリンを見つめていた。

「では始めましょうか」

グロムはセリンの返事を待たずに金色のカードを切り、三枚《まい》ずつ配る。

「最初のゲームは、三枚《まい》のカードを合わせて数の多いほうが勝ち、です」

グロムは簡単《かんたん》にルールを説明すると、自分のカードを広げて見せた。

「どれどれ。スペードの六、クローバーの五、ダイヤの十を足すと……」

グロムは手の指で数え始めたものの指が足りなくなり、靴下《くつした》を脱《ぬ》いで足の指も使った。それでも足りなくて、横にいたボディーガードの手を借りようとした時だった。グロムの首がガクンと落ち、グーグーといびきまでかいて寝《ね》始めたのだ。

セリンは戸惑《とまど》ったが、ボディーガードは落ち着いていて、バケツに入った水をグロムにかけた。

「プハッ」

グロムは目を覚まし、顔をこすった。そして、目を丸くしたセリンを安心させようと、こう言った。

「驚《おどろ》く必要はありません。人間から眠《ねむ》りを盗《ぬす》みすぎてちょっぴり副作用が出ただけです。それより、そちらのカードを早く見せてください」

少しの間があり、計算を終えたグロムの顔がゆがむ。

「コホン……。今のは練習です」

グロムが二度、軽く手をたたくと、二人のボディーガードが大きなルーレットを持ってくる。テーブルに置いた時に鈍《にぶ》い音がして、テーブルかルーレットのどちらかが割《わ》れたのではないかと、セリンは心配になった。ルーレットには三十を超《こ》える数の番号が割《わ》り振《ふ》られている。

「ルールは簡単《かんたん》です。番号をそれぞれ一つずつ選び、ルーレットを回します。その数に近い番号を選んだほうの勝ちです」

グロムが金色の小さな球をルーレットの上に置いて回すと、球が止まったのはセリンの選んだ数字に近かった。グロムはテーブルに拳《こぶし》を振《ふ》り下《お》ろしたが、たたいたところでテーブルには傷《きず》ひとつつかなかった。

グロムは首を絞《し》めつけていたワイシャツのボタンを外す。

「なかなかやりますね。次に私《わたし》に勝ったら、ジャックポットの賞金《しょうきん》の四倍、差し上げましょう。フランク！　サイコロを持ってこい」

セリンは四倍と聞いて、心が惹《ひ》かれた。それだけ金貨があれば、すべてのクスルを手に入れても余《あま》りそうだ。もしかすると、本当に虹色《にじいろ》のクスルを見つけられるかもしれない。

その時だった。イッシャがセリンのひざの上に乗り、服をくわえて引《ひ》っ張《ぱ》り始めた。

「イッシャ、どうしたの。おとなしくしてて」

しかしイッシャは反対に、セリンの服が破《やぶ》けそうになるくらい強く引《ひ》っ張《ば》る。

「ご飯ならさっきたくさんあげたじゃない。イッシャのために全部、金貨を使ったから、また必要になっちゃったの！」

イッシャは床《ゆか》に下り、セリンのかかとをガブリと噛《か》んだ。

「痛《いた》い！　まだやる気？　そんなだから、飼《か》い主《ぬし》に捨《す》て……」

セリンはつい言ってしまってから手で口を覆《おお》った。最後まで言いきりはしなかったが、何を言おうとしたかは十分に伝わっただろう。イッシャは元気のない顔でしっぽを垂《た》れ、後ずさりをしたかと思ったら階段《かいだん》のほうへ走り去ってしまった。

「イッシャ！」

立ち上がろうとしたセリンをフランクが止める。グロムがニヤニヤと笑いながら言った。

「何はともあれ、よかったです。あんな恩知《おんし》らずの動物などいないほうがマシです。ゲームに集中できますよ。奇数《きすう》を選びますか、それとも偶数《ぐうすう》？」

しかしセリンは、もうゲームを続ける気が失《う》せてしまい、グロムに先に選ばせた。カップの中のサイコロが激《はげ》しく動く。

結果は、これもセリンの勝ちだった。

グロムはひどく腹《はら》が立ったのか、黙《だま》ったままうつむいてしまった。真っ赤になった顔からは湯気が上がりそうである。

ジャーッ
後ろにいたボディーガードの一人が、グロムがまた眠《ねむ》ってしまったものと誤解《ごかい》して水をかけた。

ただでさえ爆発寸前《ばくはつすんぜん》だったグロムは、鋭《するど》い目でボディーガードをにらみつける。驚《おどろ》いたボディーガードは、かけていたサングラスが落ちそうなくらい深く頭を下げて許《ゆる》しを乞《こ》うが、グロムはヒステリック気味に、そいつを追い出せと手ぶりで示《しめ》した。

すぐにフランクがそのボディーガードを部屋から引きずり出すと、ドアの向こうから悲鳴が聞こえてきた。

「では次のゲームに移《うつ》りましょう。今度は……」

「待って！」

グロムは顔をしかめ、セリンをにらみつける。

「何ですか」

「その……トイレに行きたいんです。さっき飲みすぎて……」

セリンはおなかを押《お》さえ、なるべく苦しそうに見えるよう顔をゆがめる。グロムは、ちょうど手をブラブラ振《ふ》りながら戻《もど》ってきたフランクを呼《よ》んだ。

「フランク！　この方をトイレに案内してやれ。そして必ずここにお連れしろ」

セリンは、グロムの赤く充血《じゅうけつ》した目を見て、全身に鳥肌《とりはだ》が立つのを感じた。

「金貨だけじゃなく、あたしが持ってるクスルを全部、取り上げるつもりなんだ。ここから逃《に》げないと」

セリンはそんなことを考えながら、フランクの後をついて一階のトイレに向かった。

「ここでお待ちしています」

フランクが、ここを曲がればトイレという所で立ち止まり、抑揚《よくよう》のない口調で言った。

「はい……」

セリンは、チャンスがないかとそっと振《ふ》り返《かえ》ったが、フランクは背《せ》を向けたまま、まったく動かなかった。何とか隙《すき》を見つけて逃《に》げ出《だ》そうと考えながらトイレに向かったセリンだったが、反対側から来るトッケビを見て、腰《こし》を抜《ぬ》かしそうになるほどびっくりした。

「デュロフ！」

「シーッ」

デュロフは、声を張《は》り上《あ》げられないようセリンの口をふさいだ。

「イッシャが見ること、聞くことは私《わたくし》につながっているのです。貴方《あなた》が危険《きけん》な目に遭《あ》っているようなので、助けに来ました。大きな声を出さないように」

セリンはデュロフの耳元でささやく。

「デュロフ、助けてちょうだい。ネズミみたいなトッケビがあたしを解放《かいほう》してくれないの」

「クスルは手元にありますか」

「ええ」

「それでは私《わたくし》がヤツらの目を逸《そ》らしますから、その隙《すき》にホテルに戻《もど》ってください」

セリンがうなずくとすぐに、デュロフは廊下《ろうか》を見張《みは》っているフランクに近づいていった。

「フランク、元気だったか？　いやあ、前よりも体つきがよくなっているな。君の筋肉《きんにく》はすばらしい。私《わたし》のひげと同じくらい魅力的《みりょくてき》だ。本物の男どうし、久《ひさ》しぶりにちょっと話でもしないか。コーヒーでもどうだ？」

デュロフは飲んでいたコーヒーカップを見せるが、フランクは目もくれなかった。

「デュロフ、俺《おれ》は勤務中《きんむちゅう》なんだ。それに君は、ここのブラックリストに入ってる。まさか忘《わす》れたのか？　ボスに見つかるとロクなことにならんぞ」

「それだよ。グロムは私《わたし》がイカサマをしたと思っているが、それは誤解《ごかい》だ。今日はその誤解《ごかい》を解《と》きたくて来たんだ。さあ、グロムの所に案内してくれ」

デュロフが無理やりフランクの体の向きを変えるのを見計らって、壁《かべ》の陰《かげ》に隠《かく》れていたセリンはそっと動き、体を低くかがめて這《は》うようにしてそこを抜《ぬ》け出《だ》した。

もうすぐロビーだからこれで安心、と思った瞬間《しゅんかん》、近くにいた男性《だんせい》が突然叫《とつぜんさけ》んだ。

「チクショウ！」

頭越《あたまご》しに見える画面には異《こと》なる果物が並《なら》び、「もう一回チャレンジを！」というメッセージがピカピカと光っている。腰《こし》を落として頭をかきむしる男性《だんせい》と、その横を通《とお》り過《す》ぎるセリンの目が合った。その男性《だんせい》はセリンに気づいて話しかけた。

「さっきジャックポットを出してたよね。金貨十枚《まい》だけでいいから貸《か》してよ。いや五枚《まい》でいい。すぐ倍にして返すから。頼《たの》む！」

セリンは周囲《しゅうい》からの視線《しせん》を感じたが、その中にはフランクもいた。

「動くな！」

フランクはデュロフを振《ふ》り払《はら》ってセリンに駆《か》け寄《よ》る。入り口付近にいたボディーガードたちもすぐに集まってきて、セリンを取《と》り囲《かこ》んだ。

まずいことになったと悟《さと》ったデュロフは、胸《むね》ポケットからチーターの形をした像《ぞう》を取り出した。デュロフが何か短くつぶやくと、像《ぞう》は生きて動く動物となり、デュロフはチーターに乗って光のようなスピードでセリンに近寄《ちかよ》った。

セリンがボディーガードの一人に危《あや》うく首根っこをつかまれそうになったギリギリのタイミングだったが、幸い、デュロフの動きのほうが少しだけ早かった。デュロフは、セリンを奪《うば》い取《と》るかのようにしてチーターの背中《せなか》に乗せ、奇妙《きみょう》な身のこなしでそこを抜《ぬ》け出《だ》した。

「待て、クスルを返せ！」

背後《はいご》から、興奮《こうふん》したグロムの叫《さけ》び声《ごえ》と、ボディーガードたちの走る足音が聞こえてくる。

しかしそれもすぐにフェードアウトした。

地下迷《めい》路《ろ》の監《かん》獄《ごく》

ホテルに戻《もど》ったセリンは、大きく息をついた。

「ありがとうございます。おかげで助かりました」

「とんでもない、自分の務《つと》めを果たしただけですので」

デュロフが動物の像《ぞう》を胸《むね》の内ポケットにしまいながら言う。セリンは足の力が抜《ぬ》け、ベッドまでたどり着けずに、そばにあったイスに座《すわ》りこんでしまった。デュロフは立ったまま、そんなセリンを見ている。

「ほかに私《わたくし》にできることは何かありますか」

セリンは手を横に振《ふ》り、答える。

「いいえ、大丈夫《だいじょうぶ》です。何度も助けてもらっただけで十分です。そろそろ家に戻《もど》らなきゃ。ここにいたら命がなくなってしまいそうです。時間もあまり残ってないし」

しかしデュロフはピクリともせず続けた。

「まだお手伝いすることが残っているかと。たとえば、さっき手に入れたクスルの中身をお見せするとか……」

「あっ！」

セリンはパンと音が出るくらい手をたたいた。

「あなたもクスルを見せることができるんですね。では最後のお願い……」

クスルをわたそうと立ち上がったセリンはびっくりしてしまった。

「デュロフ？」

クスルを見つめるデュロフの目つきは、狂気《きょうき》に囚《とら》われた人のようにあやしかった。目が血走っていたグロムよりも恐《おそ》ろしく見える。

「はい？」

デュロフは何とか表情《ひょうじょう》を整えつつ返事をした。しかし、さっき「デュロフ」と呼《よ》びかけたセリンのほうが黙《だま》ってしまった。セリンの視線《しせん》はいつの間にか、デュロフの顔からジャケットの袖《そで》に移《うつ》っていた。

デュロフもセリンの視線《しせん》を追い、自分のジャケットの袖《そで》を見る。

「ん？」

クスルを受け取ろうと手を伸《の》ばしたために見えた袖《そで》の先には、金色の装飾《そうしょく》ボタンが並《なら》んでいて、そのうちの一つがなくなっていた。

それは、なんとマタの書店で見た物と同じデザインだった。

セリンは驚《おどろ》いて後ろに下がる。

「どうされました？」

デュロフが口ひげに触《ふ》れながら尋《たず》ねた。セリンは混乱《こんらん》しながらも、ふっと思い当たることがあり、デュロフの口ひげをじっと観察した。

くるくる巻《ま》いたひげを真っすぐ伸《の》ばしたら、ロングヘアのトッケビの毛より長そうだ。パーマをかけた長い髪《かみ》の毛《け》と変わらない。セリンは、何かパズルのピースがはまっていくような気がした。

デュロフのことをいぶかしむセリンの表情《ひょうじょう》が変わるのと同じくらい、デュロフの顔も少しずつ険《けわ》しくなっていく。

「何か問題でもありましたか？」

デュロフは持っていたコーヒーをゆっくりと飲む。セリンはコーヒーから上がる湯気を見ながら、ポポから聞いた話を思い出していた。トリヤが捕《つか》まえようとしていた泥棒《どろぼう》は「煙《けむり》の出てるトッケビ」だったことを。

セリンは後ずさりしたが、足に力が入らずそのまま座《すわ》りこんでしまった。

その様子を見ていたデュロフは、もはや質問《しつもん》することもなく脅《おど》すような口調で言った。

「おとなしくクスルをわたしてください。できることなら、こんなところで力を使いたくはありません」

セリンは震《ふる》えてうまく出ない声を絞《しぼ》り出《だ》した。

「あなただったのね。お店からいろんなものを盗《ぬす》んだのは……」

デュロフはもはや弁解《べんかい》もしない。代わりに、鳥肌《とりはだ》が立つような声で笑った。

「グハハハ！」

デュロフが誠意《せいい》のない拍手《はくしゅ》をする。

「それを見抜《みぬ》くとは鋭《するど》い勘《かん》の持ち主ですね。おとなしくクスルを差し出せばいいものを。すばらしいと言うべきか愚《おろ》かと言うべきか……。まあ両方ということにしておきましょう」

デュロフが整った歯をむき出しにして笑う。しかし、親しみはまったく感じられなかった。口は笑っているものの、目は冷たく光っていた。

セリンは力の入らない足の代わりに手で後ろに下がる。しかしセリンが離《はな》れた分だけ、デュロフもセリンに近づいた。

セリンは無駄《むだ》だと分かっていても叫《さけ》ぶしかなかった。

「イッシャ、助けて！」

デュロフはその言葉を聞いて大笑いする。

「お探《さが》しのものはこれですか？」

デュロフの手には、コンシェルジュ・デスクで最初に見た時と同じ、小さなネコの像《ぞう》があった。

「あなたもおかしな人ですね。邪魔《じゃま》だからと捨《す》てたのに、今さら助けを求めるとは」

何がそんなにおかしいのか、デュロフはひたいに手を当てて一人でゲラゲラ笑っている。そして、ためらうことなく、像《ぞう》をセリンにわたした。

「まあ、まだあなたのものですから、お返ししましょう。どうぞ……」

セリンは、デュロフが心変わりしないうちにと、急いで手を差し出した。しかし指先が像《ぞう》に触《ふ》れる瞬間《しゅんかん》だった。

デュロフは像《ぞう》をわたす時に、ミスを装《よそお》って床《ゆか》に落としたのだ。

「ああ、なんということを……！」

そして落ちた像《ぞう》を足で蹴《け》り飛《と》ばすと、像《ぞう》は壁《かべ》にぶつかり粉々《こなごな》になってしまった。

セリンはそれを見て、絶望《ぜつぼう》の淵《ふち》に落とされた。

「私《わたし》の紹介《しょうかい》が遅《おく》れましたね。正式にごあいさつします」

デュロフはもともと完璧《かんぺき》な身なりをあらためて整えた。

「私《わたし》はデュロフ、人間の自己肯定感《じここうていかん》を盗《ぬす》んでいます」

その瞬間《しゅんかん》、デュロフの手が青く燃《も》え、セリンの胸《むね》のあたりから同じ色の何かが飛び出して、デュロフの手に収《おさ》まった。

「それでは、ゆっくりお休みください」

デュロフは片手《かたて》を胸《むね》に当て、お辞儀《じぎ》をした。その動作だけは、どの英国紳士《えいこくしんし》よりも礼儀正《れいぎただ》しかった。

しかしその言葉を最後に、セリンは突如《とつじょ》、疲労感《ひろうかん》に襲《おそ》われ徐々《じょじょ》に意識《いしき》を失っていった。


「ここはどこ？」

何とか意識《いしき》を取《と》り戻《もど》したセリンはあたりを見回した。しかし見えるものは何もなく、わずかな光すら入らない、闇《やみ》に満ちた空間だ。床《ゆか》は座《すわ》っているとお尻《しり》が痛《いた》くなるほど硬《かた》い。

セリンはあわててポケットを探《さぐ》ったが、やはりクスルの入っていたトッケビバッグはどこにもなく、何の役にも立ちそうにないあれこれが詰《つ》まったトッケビバッグだけが残っていた。

「はあ……」

セリンは長いため息をついた。

「誰《だれ》かいませんか⁉」

セリンの声は壁《かべ》を伝わり四方に響《ひび》いたが、返事はなかった。

セリンはふと思いつき、トッケビバッグの中を探《さぐ》った。ちょうど欲《ほ》しかった物が手に当たる。香水工房《こうすいこうぼう》で買ったキャンドルだ。キャンドルの底には、親切にもマッチがついていた。

シュッ
キャンドルが闇《やみ》を追《お》い払《はら》い、明るく燃《も》える。セリンが想像《そうぞう》していたとおり、その空間には何もなく、壁《かべ》で仕切られて入り組んだ通路が続いているようだ。セリンはキャンドルを持ち、そのあたりをしばらく歩き回ってみたが、同じ所をさまよっているように思え、気分がこれ以上なく沈《しず》んだ。

セリンは足を止めて、無造作《むぞうさ》に床《ゆか》に座《すわ》った。こんな時にもおなかが空《す》く自分が情《なさ》けなくなった。

「あれでも食べようかな?」

ボルドたちがくれたガーリックパンを思い出した。幸い、つぶれたり傷《いた》んだりせずバッグの中にきちんと収《おさ》まっていた。バッグから出すと、おいしそうなにおいが漂《ただよ》う。セリンはモグモグとそれを食べた。長時間の空腹《くうふく》が急に満たされたからか、タイミングよく睡魔《すいま》が襲《おそ》ってくる。

セリンは無理に抵抗《ていこう》しようとはしなかった。

◆

初めて見る男性《だんせい》が、自分のことをかわいくて仕方ないといったふうに見ている。

「こいつ、キックしてるよ。サッカー選手にでもなる気かな？　サッカーはともかくスポーツをやったらよさそうだ」

横にいる若《わか》い妻《つま》があきれた様子で笑っている。

「まだ赤ちゃんよ。そんな話は早すぎる」

そう言われても男性《だんせい》は気にせず、むしろ確信《かくしん》を強めて言う。

「そんなことはないさ。人間、何が起きるか分からないもんだ」

男性《だんせい》は、自分のことをじっと見ている。湖のようなその瞳《ひとみ》に、生まれたばかりの自分の顔が映《うつ》っていた。

「セリン、お前が何をしようとも、あきらめたいと思う瞬間《しゅんかん》が訪《おとず》れるだろう。でも、お前が本当にやりたいことなら、どんなにつらくても苦しくても絶対《ぜったい》にあきらめちゃダメだ。お前なら何だってできるはずだ」

男性《だんせい》は赤《あか》ん坊《ぼう》のほっぺたに軽くキスをした。横にいた妻《つま》も、赤《あか》ん坊《ぼう》のもみじのような手を握《にぎ》り、夫の背中《せなか》を抱《だ》きしめる。

「お父さん、間違《まちが》ってるよ。あたしには何もできない」

セリンは浅い眠《ねむ》りからゆっくりと目を覚ました。忘《わす》れていた、昔の日々がセリンの頭の中をかすめていく。

◆

「嘲笑《ちょうしょう》の的《まと》」

「制服《せいふく》すら買えない暮《く》らし」

「これといった才能《さいのう》もない」

どんなに頑張《がんば》って努力しても何も変わらなかった。

どんななぐさめの言葉もたいして役に立たなかった。

「そこ、誰《だれ》かいるんですね？」

セリンの考え事を一瞬《いっしゅん》で吹《ふ》き飛《と》ばすほど大きな声が聞こえた。

何人かの足音が近づいてきて、セリンは自分の目を疑《うたが》った。

そこには、セリンがここに来る時に最初に出会った老人もいたのだ。老人もセリンに気がつく。

「おや、君は」

セリンはあまりにびっくりして、口をパクパクさせながらも何とか声を出した。

「おじさん……」

老人はセリンが持つキャンドルのそばに、一歩近づく。お互《たが》いの顔が少しはっきり見えるようになった。

「地下の質屋《しちや》から消えて心配してたんだが、こんな所にいたとは。体は大丈夫《だいじょうぶ》か？」

セリンは声を出したら泣いてしまいそうだと思い、ただうなずいた。そして、ここでようやく、老人の後ろにいる人たちが目に入った。

さすがに驚《おどろ》くことはもうないだろうと思ったセリンだが、さらにびっくりすることが起きた。

その人たちはみんな、自分が知る顔だったのだ。

先頭でライターを持っているのは、就職《しゅうしょく》に失敗した名門大学の大学生、その横には有名な会社に勤《つと》めている女の人、カフェの店長、スマホをのぞきこんで自由な人生を夢見《ゆめみ》る女性《じょせい》、酒に酔《よ》って眠《ねむ》りこんでいたトラベルライターもいる。

みんなは自己紹介《じこしょうかい》をしたが、すべてセリンの知っている内容《ないよう》だった。

セリンは自分が経験《けいけん》したことをなるべく短く説明すると、みんなも自分たちに起きた出来事を教えてくれた。そうこうしているうちにキャンドルは半分くらい燃《も》えてしまった。

「どうやら、その腹立《はらだ》たしいヒゲ野郎《やろう》が、我々《われわれ》をもてあそんだに違《ちが》いない」

皆《みな》それぞれにひとしきり文句《もんく》を言う。

「ところで、どうやってここから出ます？」

セリンはもしかしたら……という期待を持って尋《たず》ねたが、返ってきた答えは絶望《ぜつぼう》のひと言だった。

「私《わたし》たちは、君が来る前に、このあたりを何度か見て回ったんだ。だが、出口は一つだけだった。問題は……」

セリンはまばたきもせず、その続きの言葉を待った。

「そこは恐《おそ》ろしいトッケビが見張《みは》ってるんだ。手には大きな棍棒《こんぼう》を持ってる」

老人はそう言いながら、ひたいの冷《ひ》や汗《あせ》をぬぐった。

かすかな希望さえ閉《と》ざされてしまった気分だ。ほかの人たちも表情《ひょうじょう》が暗い。あえて口には出さないものの、みんな、あきらめているような雰囲気《ふんいき》だった。セリンもこの状況《じょうきょう》を受け入れようとしたが、突然《とつぜん》、ふと思いつく。

「もしかして、これ、使えません？」

セリンはポケットから、しわくちゃのトッケビバッグを引《ひ》っ張《ぱ》り出《だ》した。しかし、みんなは「何だそれ？」という表情《ひょうじょう》を浮《う》かべるだけだった。そっと作り笑いする人もいた。セリンは急いでバッグを開いて中身を見せる。

バッグをひっくり返すと、いろいろなガラクタが出てきた。

「これ何？」

ようやく人々の表情《ひょうじょう》が変わり始めた。そして、キャンドルに少し近づいたからか、みんなの顔がさっきより明るく見える。

床《ゆか》に転がり出た物、バッグの中に残っている物を見ながら、みんなは頭を突《つ》き合《あ》わせ、話し合いを始めた。

セリンと老人はその輪に加わらず、二人で別の話をしていた。さっきは言えなかった言葉が次々と行《い》き交《か》う。

「ここにいる人たちをクスルで見たんです」

その話を聞く老人の表情《ひょうじょう》も尋常《じんじょう》ではなかった。

「そして、最後はお金がたくさんあるというクスルを選びました。それって、もしかしておじさんですか？」

セリンは恐《おそ》る恐《おそ》る自分が推理《すいり》したことを話してみた。

「たぶんそうだ」

推理《すいり》が当たると、さらに気になることが出てくる。

「じゃあ、どうしてここにいらしたんですか」

老人は、にっこりと笑った。

「私《わたし》ももちろん、自分の幸せを探《さが》しに来た」

「おじさんにも何か望みがあるんですか」

「もちろん」

老人は、まだ熱く話し合いを続けている人たちを肩越《かたご》しにちらりと見て、そして言葉を続けた。セリンの瞳《ひとみ》は、いつにも増《ま》してキラキラと輝《かがや》いている。

「私《わたし》が得《え》ようとしたのは、君のような若《わか》さだった。いくら金があっても、時間は取《と》り戻《もど》せないからね。君には何か思い出があるかい？」

セリンは唐突《とうとつ》な質問《しつもん》に戸惑《とまど》う。

「思い出？」

「ああ。いつでも思《おも》い浮《う》かべられる、幸せな瞬間《しゅんかん》のことだ。私《わたし》にはそれがない。ずっと事業に忙《いそが》しくて、気づくのが遅《おそ》すぎた」

老人は小さなため息をつく。

「金よりずっと大切なものがあるってことにね。若《わか》い時に戻《もど》れるなら、愛する人たちと、もう少し一緒《いっしょ》に過《す》ごしたい」

セリンは、老人の話を聞いて、黙《だま》って思《おも》い浮《う》かべてみた。するとイッシャと過《す》ごしたことが思い出された。

「ニコルが焼いてくれたケーキを顔にくっつけながら分け合って食べたこと」

「トラブル・ツリーの実を採《と》るために、いろいろ苦労をしながら跳《は》ね回《まわ》ったこと」

「フードファイト大会で優勝《ゆうしょう》して手形や足形を取ったこと」

どれもこれも大切な思い出だ。

最後は涙《なみだ》が出てきてしまった。イッシャに会いたい。

「あります」

老人は、セリンが泣くのを我慢《がまん》しないでいいよう、何もせず、ただセリンの話を静かに聞いていた。

「イッシャは、ここに来て出会ったネコです。クスルを探《さが》すのを手伝ってくれてました。それなのにあたしは、イッシャに絶対《ぜったい》に言ってはいけないことを言ってしまった。心に深い傷《きず》を負ったネコだったのに……」

セリンの顔が涙《なみだ》と鼻水でグシャグシャになると、老人はハンカチを貸《か》してくれた。高そうな生地《きじ》でできた虹色《にじいろ》のハンカチだった。セリンは顔をぬぐうと、突然《とつぜん》、ハッとして息を吸《す》う。老人は驚《おどろ》いてセリンを見つめた。

「どうした？　何か問題でもあったか？」

しかしセリンは黙《だま》ったまま、穴《あな》が開きそうなほどハンカチをじっと見ていた。ワンテンポ遅《おく》れて、返事をする。

「デュロフがなぜクスルを持っていったか、分かりました。みんながここに閉《と》じこめられてるのも、もしかしたら……」

セリンはバッグに入れておいた案内パンフレットの最初のページを開く。

「それは、どういう……」

老人が質問《しつもん》を終えるより先に、ほかの人たちがわらわらと集まってきた。話し合いが終わったようだ。ある男性《だんせい》がすっかり上気した顔で説明を始めた。

「完璧《かんぺき》とは言えないけれど、試《ため》す価値《かち》のある作戦を考えました」

セリンと老人は、自分たちの話を中断《ちゅうだん》して耳を傾《かたむ》けた。

「時間もあまりないので手短に話しますね。セリンさんの持ってた物で、罠《わな》を仕《し》掛《か》けようと思います」

セリンには、ほかの人の顔は見覚えがあったが、この男性《だんせい》だけは唯一《ゆいいつ》、初めて見る顔だった。ちらっと聞いた話では、族長の部屋に忍《しの》びこもうとして捕《つか》まり、ここに入れられたそうだ。

「そのために、まずあの出口にいるトッケビをおびき出す人が必要です」

男性《だんせい》はみんなの顔を見回したが、名乗り出る者はいなかった。

その時、セリンが手を挙げる。

「あたしでもいいですか」

みんなが驚《おどろ》いた顔でセリンを見つめた。しかし誰《だれ》より驚《おどろ》いたのはセリン自身だった。ついさっきまで、何もできないと思いこんでいたのに、いつの間にか、また当たって砕《くだ》けろという気持ちがふつふつと湧《わ》いてきたのだ。セリンは横に置いてあったアロマキャンドルを見た。ほぼ燃《も》え尽《つ》きて芯《しん》が飛び出ているが、まだいい香りを漂《ただよ》わせている。今さらながらに「勇気をくれるアロマキャンドル」という名前を思い出した。

「危険《きけん》な目に遭《あ》うかもしれないけど、大丈夫《だいじょうぶ》ですか？」

男性《だんせい》が心配そうに尋《たず》ねる。

「走るだけなら自信があります」

セリンがきっぱりと答えると、男性《だんせい》も最後はうなずいた。

「それじゃ僕《ぼく》が、セリンさんをトッケビの所に連れていきます。ほかの人たちは、さっき相談したとおり罠《わな》を用意してください。じゃあ行きましょう、セリンさん」

見張《みは》りのトッケビは遠くない所にいた。

セリンたちは借りたライターの明かりを頼《たよ》りに、道に沿《そ》って歩いていく。すぐに行き止まりがあり、大きな松明《たいまつ》が一つ、掛《か》けられている。

「あそこです」

男性《だんせい》が指差した先には、大人の男性《だんせい》よりは大きくトリヤよりは小さいトッケビが棍棒《こんぼう》に寄《よ》り掛《か》かって眠《ねむ》っていた。ドンキーに負《ま》けず劣《おと》らず凶悪《きょうあく》な感じがする。セリンは実際《じっさい》にそのトッケビを見て、みんなが怖《こわ》がるのも分かる気がした。出口らしき鉄の扉《とびら》は、そのトッケビの向こう側にある。今ごろになって緊張《きんちょう》してきたセリンは肩《かた》を震《ふる》わせた。

「やれそう？　無理なら今からでも……」

「いいえ、やってみます。あたしたちがいた所におびき出せばいいんですよね？」

セリンは返事を聞くより先に一歩、前に出た。そして、ちょうど足に当たった石ころを拾い、トッケビに向かって思いきり投げると、石は真っすぐ飛んで、きっちり鼻に当たった。トッケビが顔をしかめて目を開けると、すかさずセリンは、大胆《だいたん》にも声を張《は》り上《あ》げる。

「その不細工！　あんたの口は、おならより臭《くさ》いんだって？　そんなんじゃ、女のトッケビは、あんたに近寄《ちかよ》りもしないでしょうね」

適当《てきとう》に思いつくまま煽《あお》っただけだったが、トッケビの、黄ばんでいるというより本当に真っ黄色な歯を見る限《かぎ》り、まったくの的外れでもなかったようだ。セリンの気のせいかもしれないが、トッケビは後半の言葉に特に怒《おこ》っている様子だった。

トッケビは目をむいて、ずかずかとセリンに近寄《ちかよ》ってきた。

「これでよかったんですか？」

セリンが自信なさげに聞くと、男性《だんせい》も自信なさげに答えた。

「少し言いすぎだったかもしれないね。メチャメチャ怒《おこ》ってるみたいだ。まあ、とにかく急いで戻《もど》ろう」

二人は、さっきまでいた所に向かって、全速力で逃《に》げ出《だ》した。


幸い老人たちはすでに準備《じゅんび》を終えており、走ってくるセリンを、正面に進まないよう壁《かべ》に向かわせた。セリンが足を踏《ふ》み入《い》れそうになった床《ゆか》には、液体《えきたい》がまかれていた。その液体《えきたい》の正体を聞く間もなく、トッケビが追いかけてくる。

トッケビは虫歯だらけの歯をむき出しにしながら、セリンを取って食ってやるという勢《いきお》いで飛びこんできた。

みんなは怖《こわ》くなって後ろに逃《に》げたが、遠くまでは離《はな》れなかった。何か確信《かくしん》があったのだろう。

セリンのその予想は的中した。

ドスドスと走ってきたトッケビは、さっきの液体《えきたい》を踏《ふ》んで大きな音を出しながら後ろにひっくり返ったのだ。

　バタン！

　あまりに勢《いきお》いよく転んだため、床《ゆか》が抜《ぬ》けるのではないかと心配になるくらいだった。しかしトッケビは予想以上に丈夫《じょうぶ》なようで、あんなに派手《はで》に転んだのに、少しずつ体を起こし始めている。セリンは、本気で逃《に》げる必要があるのではと思って、いつでも走り出せるように準備《じゅんび》をしたが、ほかの人は逃《に》げ出《だ》そうという感じがなく、天井《てんじょう》を見ていた。セリンも自然と天井《てんじょう》に視《し》線《せん》を向けた。するとセリンは、虫が入りそうなほど大きく口を開けてしまった。

　トラベルライターの男性《だんせい》が、セリンのトッケビバッグを持って、壁《かべ》の上のほうで構《かま》えていたのだ。そばには、その男性《だんせい》が上る時に使ったらしい、長い棒《ぼう》があった。恐《おそ》らくそれは庭師《にわし》のポポにもらった竹が育ったものだ。

　男性《だんせい》がトッケビの頭上に移動《いどう》し本の角で尖《とが》ったバッグを開けると、巨大《きょだい》な本が落ちた。

　ガツン！

　鈍《にぶ》い音とともにトッケビがまた倒《たお》れた。今度こそ完全に意識《いしき》を失ったようで、床《ゆか》に倒《たお》れたまま起き上がりそうになかった。よく見ると口からは泡《あわ》を吹《ふ》いている。みんなは小さく喜《よろこ》びの声を上げ、トッケビを踏《ふ》み越《こ》えていく。セリンはトッケビを踏《ふ》まないように気をつけつつ、みんなの後について、さっきの出口に向かった。

「もう少しです！　頑張《がんば》りましょう」

しかし先を歩いていた人が、断崖絶壁《だんがいぜっぺき》に立ったかのように扉《とびら》の前で立ち止まった。

そこでようやく、大きな問題に気づいたのだ。

扉《とびら》はしっかりと閉《し》められており、鍵《かぎ》を持つ者はいなかった。

ヤンのバーラウンジ

先頭を歩いていた男性《だんせい》が、ガンッという音が出るくらい鉄の扉《とびら》を蹴《け》ってみた。手でも力の限《かぎ》り押《お》してみたが、扉《とびら》は一ミリも動かなかった。人々はざわざわし始めた。さっきの所に戻《もど》って、気絶《きぜつ》したトッケビが鍵《かぎ》を持っていないか探《さぐ》ろうという話も出たが、自分がやると言い出す人はいなかった。途中《とちゅう》でトッケビが目を覚ますかもしれないことを考えると、危険《きけん》すぎる賭《か》けだ。

男性《だんせい》は鉄の扉《とびら》につけられた鍵《かぎ》を近くで見て、そして言った。

「鍵《かぎ》がなくても、針金《はりがね》でもあれば開けられるかもしれない……」

男性《だんせい》は何の気なしに振《ふ》り返《かえ》ろうとした時にセリンを見てハッとした。それはセリンもだった。男性《だんせい》はセリンの髪《かみ》に留《と》められたチョウのピンを見て、セリンは男性《だんせい》の正体が分かってハッとしたのだった。その男性《だんせい》は、セリンがここに来る前に、学校の図書館で読んだ本の著者《ちょしゃ》だ。男性《だんせい》の片側《かたがわ》の目には鍵穴《かぎあな》をのぞきこんだために黒い跡《あと》がついていて、それが誰《だれ》かが写真に描《か》きこんだメガネと重なって見えたのだ。

「もしかして……」

しかしセリンが尋《たず》ねるよりも、男性《だんせい》があわてて叫《さけ》ぶほうが早く、声も大きかった。

「そのヘアピン、ちょっと貸《か》して！」

セリンは何が何だかよく分からないままピンをわたすと、男性《だんせい》はそのピンを開いて鍵穴《かぎあな》に差しこんだ。セリンは、その男性《だんせい》が本で触《ふ》れていた、過去《かこ》に刑務所《けいむしょ》に出入りしていた理由を知ることになった。

カチャリ
短く、軽い音がする。ドアが音を立てながら二十センチほど開くと、みんなはずっと我慢《がまん》していた歓喜《かんき》の声を上げた。

「急ごう！」

老人はセリンの肩《かた》をたたき、セリンはすでに脱出《だっしゅつ》を始めた人々の後をついていく。

遠くに明かりが見えてきた。セリンがここに初めて足を踏《ふ》み入《い》れた時に見たドアだ。踊《おど》るトッケビたちがいない点を除《のぞ》けば、特に何も変わっていない。ドアの横にあった巨大《きょだい》な時計もそのままだ。ただ水は大きく減《へ》っていて、そろそろなくなりそうである。

幸いドアはまだ開いていて、人々は先を争って次々と出ていった。

来た時と同じで、出る時もセリンと老人が最後だった。老人はドアをくぐろうとしたが、後ろにいるセリンがぼんやりと立っていることに気づく。

「どうした、出ないのか」

「先に行ってください。あたし、まだやることがあるんです」

老人は、まったく意味が分からないという顔をしたが、何か思い当たることがあったのか、セリンにそっと尋《たず》ねる。

「もしかして、さっき話してたネコのためか？」

セリンは黙《だま》ってうなずいた。老人はセリンの目をじっと見て、優《やさ》しくほほえんだ。

「若《わか》さというものはすばらしいな。君の勇気がうらやましい。だが、長居《ながい》はダメだ。気をつけて」

老人がセリンの健闘《けんとう》を短く祈《いの》ってくれ、ドアから出ていくと、建物の中は空っぽとなった。そして、セリンの足音だけが広いホールを埋《う》めた。

セリンは、ここまで逃《に》げてくる時に見たエレベーターに向かった。デュロフがいる所に心当たりがあったのだ。

しかしエレベーターには「故障《こしょう》」という文字が表示《ひょうじ》されていた。

「あ……」

セリンはぼんやりと立ったまま、エレベーターの扉《とびら》をながめた。電気の消えたボタンを意味もなく押《お》してみたり、てのひらでドアをたたいてみたりしたが、エレベーターは動きそうにない。セリンは力なくうつむき、もはやここまでかと引き返そうとした瞬間《しゅんかん》だった。

チカッ……チカッ……

エレベーターの横で、非常用通路《ひじょうようつうろ》の表示《ひょうじ》が点滅《てんめつ》していることに気づき、セリンはそっとドアを押《お》してみた。

ドアはずっと使われていなかったのか鉄が裂《さ》けるような激《はげ》しい音を出しつつも、セリンがやっと通れるぐらいまで開いた。ドアの向こうには長い階段《かいだん》が続いていた。

それは、セリンの家と学校の間にある階段《かいだん》にとてもよく似《に》ていた。

「あたしにやれるかな」

長くは悩《なや》まなかった。

セリンは故障《こしょう》したエレベーターを使うことはあきらめ、階段《かいだん》を上がり始める。

デュロフは鼻歌を歌いつつエレベーターに乗りこむ。手には、マタがセリンにあげたはずのトッケビバッグが掛《か》かっていた。ボタンを押《お》すと、エレベーターは機械音を出しながらゆっくりと動き始める。

◆

チーン!

最上階に着いたデュロフは、エレベーターを一瞬《いっしゅん》で故障《こしょう》させてしまった。そして、電気がショートして火花の出ているエレベーターを後にしてどこかへ向かう。

デュロフの足音が、さほど広くない廊下《ろうか》に響《ひび》きわたった。

——ヤンのバーラウンジ

デュロフは廊下《ろうか》の突《つ》き当《あ》たりで立ち止まった。デュロフの前には、シャレた字で書かれた看《かん》板《ばん》がバランスよく掛《か》けられている。そしてドアノブには、営業時間外《えいぎょうじかんがい》であることを示《しめ》す「closed(閉店)」の札《ふだ》が斜《なな》めにぶら下がっていた。

デュロフは顔をしかめる。いつもほほえみをたたえている彼《かれ》らしくない姿《すがた》だ。さらに彼《かれ》らしくなくドアを足でガンと蹴《け》って中へ入っていった。明かりの消えた店内は、客たちの熱気も失《う》せ、どこか、もの寂《さび》しい。

「偉大《いだい》なる我《われ》らが族長と一杯《ぱい》やろうと思って来たのに、これは残念だ」

ひとり言のはずが、返事があった。

「そうガッカリしないで。話し相手なら私《わたし》がいる。お望みなら体もほぐしてあげるけど」

薄暗《うすぐら》い店の中には、一人でテーブルに掛《か》け、グラスを傾《かたむ》けるヴェルナがいた。そして天井《てんじょう》には、暗がりに溶《と》けこむように大きなクモが一匹《ぴき》。クモは、ぶらさがっていた天井《てんじょう》から、ゆっくりと床《ゆか》に下りて、ヴェルナの横に並《なら》んだ。頭にある六つの目が光っている。

「どうかな……。相手がお前では、準備運動《じゅんびうんどう》にもなりそうにないが。ヴェルナ」

デュロフもポケットから像《ぞう》を取り出す。

ヴェルナはグラスの中にあった氷をガリガリとかじりながら言った。

「古物商で、一度勝ったからって調子に乗らないで。あの時はクスルを持ってくればよくて、あなたのことは監視《かんし》してるだけだった」

ヴェルナが指を鳴らすと、テーブルやイスの陰《かげ》に潜《ひそ》んでいたクモたちが飛び出してデュロフを取《と》り囲《かこ》んだ。しかしデュロフにあわてる様子はまったく見えなかった。

「私《わたし》のことをずっと監視《かんし》していたなら、私《わたし》がここへ来た理由も分かっているわけだ。それなのに、たかがこんなもので私《わたし》を止められるとでも思うのか」

「あなたが人間からクスルを盗《ぬす》んでここに来たことはもちろん知ってる。それで虹色《にじいろ》のクスルを作るつもりなんでしょ。いえ、もう作ったとか？」

デュロフは大げさにパチパチと拍手《はくしゅ》した。

「さすがだな。一つ教えるならば、まだ作ってはいない。私《わたし》は、あの年寄《としよ》りの前で作るつもりなんだ。族長が驚《おどろ》いてぶっ倒《たお》れるところを見たいからな」

ヴェルナは鼻で笑った。

「フン。族長は別に驚《おどろ》かないと思う。以前から、あなたが大きな野望を抱《いだ》いてることはご存《ぞん》じで、私《わたし》を通してずっと動向をうかがってたからね。あなたがわざわざ選んだ人間をここに招待《しょうたい》したことも、お店の物を盗《ぬす》んで、質屋《しちや》にあったクスルを好きな色に変えたことも、霊獣《れいじゅう》で幻想《げんそう》を操《あやつ》って、特定の部分だけを見せてあげてたことも、すべて報告《ほうこく》してあるの。あなたがすべきことは族長の前で土下座《どげざ》して涙《なみだ》を流しながら謝《あやま》る、それだけよ、デュロフ」

デュロフはうつむき、肩《かた》を震《ふる》わせる。泣いているように見えたが、泣き声は聞こえなかった。大笑いしていたのだ。

「死にぞこないの族長の下で、こんな情《なさ》けない生き方をいつまで続ける気だ？　人間の心をちょっと多めに盗《ぬす》んだだけで呪《のろ》いにかかるような、弱っちい存在《そんざい》のままでいいのか？　私《わたし》が虹《にじ》色《いろ》のクスルの力を借りて新たな族長となったら、まずトッケビが支配《しはい》する世界を作る。隠《かく》れて生きるのはうんざりだし、案内人の役なんぞもうやってられん」

ヴェルナはグラスを置いた。酒は残っていたが、残りを飲む気はないようだ。

「ここまでにしましょう。そんなくだらない話、とてもじゃないけど、これ以上は聞いてられない」

「こっちも理解《りかい》してもらおうなんて思っていない。お前の顔を見ていたら、飲む気も失《う》せた」

デュロフが呪文《じゅもん》を唱えると、動物たちの像《ぞう》が動き始めた。

「そう？　ちょうどよかった。私《わたし》もまずい酒を飲まずに済《す》む」

ヴェルナのわずかな手の動きで、大きいクモも小さいクモも、一斉《いっせい》にデュロフに飛びかかる。

その少し後、鼓膜《こまく》が破《やぶ》れそうなほど大きな爆発音《ばくはつおん》がした。

◆

ボン！

苦しそうに階段《かいだん》を歩き続けるセリンは、どこからか聞こえてきた音に頭を上げる。音の出どころは比較的《ひかくてき》、近いようだ。

「ここはどこだろう」

何階なのか数えるのはとっくにあきらめていた。階数の表示《ひょうじ》もなく、まったく同じつくりの階段《かいだん》が続いていて、さっぱり見当がつかない。通学の時に階段《かいだん》を上り下りしていなければ、上がろうなどとは考えもしなかったことは間違《まちが》いない。音がしたほうには、ちょうど小さな扉《とびら》があった。

「ここで終わり?」

セリンは、その予想が当たっていてほしいと願いながら、そっと扉《とびら》を開けた。


扉《とびら》の向こうは、ひと言で言って修羅場《しゅらば》だった。

長い廊下《ろうか》の奥《おく》から扉《とびら》まで、割《わ》れた看板《かんばん》の破片《はへん》が散らばっていて、突《つ》き当《あ》たりにあるドアはボロボロに壊《こわ》れ、中のほうまで見通せた。不思議なことに部屋の中は、セリンが見たことのあるような光景が広がっていた。

ぱっと見、影《かげ》のようなクモと動物たちがもつれ合いながら戦っていたが、そのクモは古物商で遭遇《そうぐう》したのと比《くら》べてサイズが小さいだけで同じだったし、動物たちも見たことがあった。

そして何と言っても、激《はげ》しい戦いが行われている所には、よく目立つ紫色《むらさきいろ》のスーツに身を包み、コーヒーカップを手にしたトッケビがいたのだ。そのトッケビからは、まるで自分とは関係のない戦いを見守っているかのような余裕《よゆう》が感じられる。

「デュロフ！」

声が届《とど》く距離《きょり》ではなかったが、セリンはそう叫《さけ》んだ。思わずくちびるを噛《か》んでしまい、血がにじみ出る。

デュロフは壊《こわ》れたテーブルや棚《たな》などが一か所に集まっているあたりを見ており、セリンが近づいてきていることに、まったく気づいていなかった。残骸《ざんがい》が積もって小さな丘《おか》のようになった場所から、小さな声が漏《も》れてきた。ヴェルナのうめき声だ。

デュロフは、こうなると分かっていたのか、まったく表情《ひょうじょう》を変えることなく言った。

「お前ごときに虹色《にじいろ》のクスルなど使うまでもない」

デュロフは、優勢《ゆうせい》となった様子を見ながら満足げに笑《え》みを浮《う》かべた。そして、いつの間にかドアの前まで来ていたセリンと目が合った。

デュロフはよほどのことがなければ決して手から離《はな》さないコーヒーカップを落としそうになるくらい驚《おどろ》いたが、平静を装《よそお》って口を開いた。表情《ひょうじょう》を管理するさまは魔法《まほう》以上に恐《おそ》ろしく感じられる。

「これはこれは。誰《だれ》かと思えば。ようこそ、レディー」

まるで、自分の店に久《ひさ》しぶりに来た客をもてなすかのような態度《たいど》だった。

「あたしのクスルを今すぐ返して。それでイッシャを助けるから」

セリンはデュロフを見るなり、いきなり本題に入った。いくら勇気をくれるキャンドルの効《こう》果《か》があったとは言え、こんな状況《じょうきょう》で突然《とつぜん》、切り出すような話ではない。騒《さわ》がしかった室内は少しずつ静まっていった。

デュロフは、その瞬間《しゅんかん》、人間の言葉を忘《わす》れてしまったのか、きょとんとしてセリンを見つめた。自分が今、聞いたことが理解《りかい》できずにいるようだった。

「グハハハハ」

少しして、デュロフは頭を後ろにそらし、大声で笑い出した。さらには腹《はら》を抱《かか》え、床《ゆか》の上で転げ回った。あまりの笑いように、このまま放っておけば戦わずともデュロフを撃退《げきたい》できるのではと思えるぐらいだった。

しかし残念ながらデュロフは床《ゆか》から起き上がる。

「いやいや、恐《おそ》ろしくて死んでしまいそうです」

そして目元の涙《なみだ》をハンカチでぬぐいながら言った。

「どうぞ、やってごらんなさい」

デュロフは両手を上げ、無防備《むぼうび》な体勢《たいせい》になったが、セリンは近づくことができなかった。散らばっていた動物たちが、デュロフの周りに集まってきていたからだ。

動物たちの口には、さっきまで噛《か》みついていた影《かげ》のクモたちの体液《たいえき》がついていて、血を流しているように見えた。

数十の牙《きば》が、一斉《いっせい》にセリンに向けられる。

ペントハウス

セリンはドアのそばから一歩も動けなかった。よりにもよって今、キャンドルの効果《こうか》が切れかけているのか、ヤナギが揺《ゆ》れるかのように足が震《ふる》え出《だ》す。

それとは逆《ぎゃく》にデュロフはふてぶてしく笑い、セリンに一歩近づいた。同時に、鋭《するど》い牙《きば》をむき出しにした動物たちも一歩前に出た。

「私《わたし》がなぜ、あなたを選んだと思いますか」

デュロフはそう尋《たず》ねながら、自分で答えた。

「それは、あなたが特別だからではなく、あなたが最も値打《ねう》ちのない人間だったからです」

セリンはぎゅっと拳《こぶし》を握《にぎ》ってみせたが、それだけだった。デュロフに対しては何の威嚇《いかく》にもならなかった。

「金もない、才能《さいのう》もない、さらには友達すら一人もいない人間」

デュロフが再《ふたた》び、声の限《かぎ》りに笑った。

「だから私《わたし》は考えました。あなたのように何の役にも立たない人間を、少しでも価値《かち》を見出《みいだ》して利用する方法を」

デュロフは、解《と》けない数学の難問《なんもん》を解《と》いた数学者のように、誇《ほこ》らしげにまくしたてる。

「それが、虹色《にじいろ》のクスルを私《わたし》のところに持ってこさせることでした。もちろん容易《ようい》なことではありませんでした。あなたの欲《ほ》しがりそうなクスルに色をつけなければなりませんでしたからね。もしあなたが私《わたし》の計画どおりに動かなければ、イッシャを通して催眠術《さいみんじゅつ》をかけるつもりでしたが、その必要はありませんでした。実に思ったとおりに動いてくれた」

デュロフは内ポケットからトッケビバッグを取り出す。

「とにかく、あなたのおかげで、私《わたし》の望みがかないそうです」

デュロフが手を上げると、猛獣《もうじゅう》たちは尻《しり》を上げてセリンに飛びかかる姿勢《しせい》を取った。

「では感謝《かんしゃ》の意をこめて、苦しまずに済《す》むよう一瞬《いっしゅん》で終わらせてあげましょう」

セリンも、猛獣《もうじゅう》も、息を大きく吸《す》った。セリンは恐怖《きょうふ》に耐《た》えられず、目をぎゅっと閉《と》じる。

そうしてデュロフが、攻撃《こうげき》の命令を下そうとした瞬間《しゅんかん》だった。

パッパラーパー　ズンチャカズンチャ

どこからかリズミカルな音が聞こえてきた。テーブルの残骸《ざんがい》の中に埋《う》もれていたヴェルナが何とか頭を上げ、意味ありげにほほえんだ。

「今日に限《かぎ》ってお客さんが多いこと」

セリンの背後《はいご》には見たことのある顔が並《なら》び、セリンのほうに向かってきていた。先頭には手をしっかりつないだマタとハク、マタの肩《かた》には、セリンが古物商の洞窟《どうくつ》で見た大きなオーディオが乗っていた。大きな音は、そのオーディオのスピーカーから流れている。

「デュロフ！　僕《ぼく》たちの友達から離《はな》れろ！」

マタが小さな体に似合《にあ》わず大きな声で叫《さけ》ぶ。

「セリンさん、大丈夫《だいじょうぶ》？」

エマはセリンに近づこうとして床《ゆか》に散らばった看板《かんばん》の破片《はへん》を踏《ふ》んで転んだが、急いで立ち上がって尋《たず》ねた。

「ちょっとあんた、あんたのせいでどれほど苦労したと思ってるの」

ニコルが悪臭《あくしゅう》スプレーを両手に持って声を張《は》り上《あ》げる。

「セ……リン……」

ポポを肩《かた》に乗せたトリヤもいた。トリヤのポケットには、セリンに摘《つ》んでもらった紫色《むらさきいろ》の花がささっている。

セリンは突然《とつぜん》の出来事に言葉を発することができず、ただ立っていた。

トッケビたちはセリンを守るかのように取《と》り囲《かこ》む。

「これは一体……」

デュロフは冷《ひ》や汗《あせ》をかき後ろに下がる。猛獣《もうじゅう》たちもむやみには飛びかかれないようだ。いつも余裕《よゆう》の表情《ひょうじょう》を浮《う》かべていたデュロフだが、当惑《とうわく》している様子がはっきりとうかがえる。

「恐《おそ》れ多《おお》くも私《わたし》の命の恩人《おんじん》を脅迫《きょうはく》するとは！」

パンコは、セリンがお店で見た物よりもずっと大きい、ぜんまい仕掛《じか》けのサルの人形をあっという間に組み立て、そのネジを巻《ま》きながら言った。しかし、床《ゆか》に置かれた人形は、大きなシンバルをたたきながら前に進んだものの、何歩も歩かないうちに倒《たお》れてしまった。

床《ゆか》に溜《た》まっていたほこりが、ブワッと舞《ま》い上《あ》がる。

「ゲホッ！　ゲホッ！」

デュロフはこれ幸いと後ろに下がってから、トッケビバッグを持った手とは反対側の手で、別のトッケビバッグを取り出した。すると、そこからは小さな本が出てきた。

マタがなくした本とまったく同じサイズの本である。

「こうなった以上、仕方がない」

デュロフが楽譜《がくふ》の書かれたページを開くと、すぐにデュロフのうっとうしい声が四方に響《ひび》きわたった。

「あ！　あれ！」

マタが歌を聞いて叫《さけ》んだ。

クスルは空に上がり、まぶしいくらいの光を放ち始める。そして、もともとの色を失ってひとつにまとまっていく。ひとつになったクスルは、その名のとおり虹色《にじいろ》に変わり、糸で操《あやつ》られているかのように、ゆっくりとデュロフの手に収《おさ》まった。

「ついに……」

デュロフは、神秘的《しんぴてき》というより、もはや神々《こうごう》しさを帯びたクスルを手にしている。一瞬《いっしゅん》だけ、光はデュロフの体全体からも光があふれ出たが、それはすぐに消えた。

デュロフの邪悪《じゃあく》なほほえみにふさわしく黒く変わり、ほのかにその体を包みこむ。

「それでは試《ため》しに……」

デュロフが手を伸《の》ばすと、屋根全体が吹《ふ》き飛《と》んだ。自分のしたことにもかかわらず、デュロフは驚《おどろ》いたのか、自分の手に目をやった。

「ほう……」

小さな感嘆《かんたん》の声を上げ、今度は壁《かべ》を見て手を伸《の》ばした。壁《かべ》は一瞬《いっしゅん》にして崩《くず》れ、壁《かべ》の後ろに隠《かく》されていた、堂々《どうどう》たるペントハウスがその姿《すがた》を現《あらわ》した。デュロフの歯が、上から降《ふ》り注《そそ》ぐ日差しを受け、さらに白く輝《かがや》く。

「私《わたし》が皆《みな》さんを倒《たお》したら、きっと族長も隠《かく》れるのをやめて出てきますよね？　私《わたし》の力をすべて注ぎこんだ像《ぞう》たちがどれほど強いのか、私自身《わたしじしん》も楽しみです」

デュロフの手は倒《たお》れたクモたちに向けられた。手からはインクのように黒い光が流れ出し、クモの死体がひとつに合わさり始める。クモはあっという間に粘土《ねんど》のような塊《かたまり》になり、そして大きな石に変わった。

そしてその石はまた生きて動くクモとなった。

そのクモは、セリンがゴミの山で見たものよりずっと巨大《きょだい》で、ずっと奇妙《きみょう》な姿《すがた》だった。動物の像《ぞう》にはトッケビたちが何とか太刀打《たちう》ちできたとしても、目の前のクモにはとてもかないそうにない。

セリンを助けに来たトッケビたちは、ひたいにぽつぽつと冷《ひ》や汗《あせ》をかいている。特にパンコは汗《あせ》まみれで、顔を洗《あら》ったばかりなのではというぐらい濡《ぬ》れていた。

何とか勇気を取《と》り戻《もど》したセリンだったが、表情《ひょうじょう》は固い。

その時だった。

「我《わ》が食堂《しょくどう》のチャンピオンに手を出すとは、不届《ふとど》き者《もの》め！」

突然《とつぜん》、拡声器《かくせいき》よりも大きな声が、壊《こわ》れた壁《かべ》を伝わってビンビンと響《ひび》いてきた。皆《みな》、そちらを振《ふ》り返《かえ》ったために、張《は》り詰《つ》めた緊張感《きんちょうかん》が途切《とぎ》れた。廊下《ろうか》から現《あらわ》れたのは、家ほども大きな体をしたトッケビたちだ。

その集団《しゅうだん》を率《ひき》いてきたトッケビは、片手《かたて》に花柄《はながら》のおたまを持ち、もう片方《かたほう》の手では鼻をほじっている。

「ボルド！」

横にはフライドポテトをひげにつけたトッケビに、思いきり顔をしかめたトッケビもいる。

「ハンク！　ドンキー！」

「ちょっと遅《おく》れちまった」

ボルモが巨大《きょだい》なフライパンを手に持ちつつ、弁解《べんかい》する。

「すまん、兄貴《あにき》が道を忘《わす》れちゃってさ……。でも、ちょうどいいタイミングに着いたみたいだな」

巨人族《きょじんぞく》のトッケビたちがそろえば、劣勢《れっせい》だったセリンたちも何とか対等に戦えそうだ。巨人《きょじん》族《ぞく》のトッケビたちは、調理器具《ちょうりきぐ》を一つずつ手にしていた。ハンクがビールジョッキを落としたことを除《のぞ》けば、文句《もんく》のつけようもない、カッコいい登場となった。

デュロフは予想外の兵力が次々と現《あらわ》れて当惑《とうわく》はしたものの戦意を失うことはなかった。虹色《にじいろ》のクスルを手に入れたばかりで、自信に満ちあふれていたのだ。気持ちのうえだけではなく、体から流れ出る黒い煙《けむり》がそれを裏《うら》づけていた。しばらくは食べずとも眠《ねむ》らずとも、何の問題もなさそうだ。

「いいでしょう。私《わたし》の力を試《ため》すのにちょうどよさそうです」

デュロフが手に持ったクスルから黒い「気」がもくもくと上がる。巨大《きょだい》なクモはゆっくりと動き、動物の像《ぞう》たちはさっきよりも荒々《あらあら》しく吠《ほ》えたてた。

セリンを助けに来たトッケビたちも、すぐに戦闘態勢《せんとうたいせい》に入る。

ニコルは香水《こうすい》を全身につけてから、悪臭《あくしゅう》スプレーの照準《しょうじゅん》を合わせ、マタは持ってきた巨大《きょだい》な本を手にしっかり持った。その横ではハクも、缶詰《かんづめ》を投げる準備《じゅんび》を終えていた。エマは悲壮《ひそう》な顔で、エプロンから鼻毛を切るためのハサミを取り出したが、急いで電気のこぎりと取《と》り換《か》えた。パンコも倒《たお》れたサルのおもちゃの修理《しゅうり》に余念《よねん》がない。そして幸いおもちゃはすぐに動き出した。

「すべて消してしまえ！」

デュロフの鋭《するど》い叫《さけ》びと同時に、激《はげ》しい戦いが始まった。

沈《しず》んでいたほこりが再《ふたた》び舞《ま》い上《あ》がり、その中でトッケビと動物やクモがもつれ合う。トリヤが大きな拳《こぶし》で、一度に二頭の像《ぞう》をやっつけた。ポポも、一度も当たらないながら、一生懸命《いっしょうけんめい》に杖《つえ》を振《ふ》り回《まわ》していた。

マタとハクは、ずっと仲間だったかのようなチームワークを遺憾《いかん》なく発揮《はっき》する。マタが、普通《ふつう》の人には持てそうにない本でハエたたきをするかのように像《ぞう》をたたくと、ハクは缶詰《かんづめ》を投げて、マタの援護射撃《えんごしゃげき》をした。

パンコも予想外の善戦《ぜんせん》を繰《く》り広《ひろ》げる。縄跳《なわと》びの縄をムチのように振《ふ》り回《まわ》して、近寄《ちかよ》ってきた像《ぞう》の首を絞《し》めたりもした。さらには、なんとサルの人形がまだ立っていて、その手についたシンバルにぶつかった像《ぞう》がいくつかに割《わ》れてしまった。エマ以外では、一番の活躍《かつやく》を見せた。

エマはこの戦いで、誰《だれ》よりも目立っていた。エマの電気のこぎりが動くたびに像《ぞう》がパタンと倒《たお》れ、石のかけらがあちこちに散らばった。ヘアサロンのスタイリストではなく、よく訓練された女戦士《おんなせんし》のようだ。しょっちゅう転んでバタバタしていたエマは、どこにもいなかった。

だが、ここまでトッケビたちが攻《せ》めているにもかかわらず、優勢《ゆうせい》だとは感じられなかった。デュロフの魔法《まほう》によって、像《ぞう》が次々と作られるからだ。

巨人族《きょじんぞく》のトッケビも状況《じょうきょう》は同じだった。ボルドたちは巨大《きょだい》なクモの足を一本ずつつかんで引《ひ》き倒《たお》そうとするものの、クモは何とか耐《た》えて、残りの足でトッケビを攻撃《こうげき》してくるのだ。攻《せ》めたり攻《せ》められたりがひたすら続いた。

どちらが勝つか、誰《だれ》にも予想がつかない。そうやって争いが続くうちに、セリンは少しずつ後ろに下がっていった。加勢《かせい》したくても、このような争いで自分にできることは何もなかった。

「あなたが最も値打《ねう》ちのない人間だったからです」

胃《い》の中から苦い何かが湧《わ》き上《あ》がってきたが、デュロフの言葉は否定《ひてい》できなかった。

戦いを避《さ》けているうちに、いつの間にか広い空間の端《はし》っこまで追いやられていた。そして、そんなセリンにデュロフがゆっくりと近づいてきた。余裕《よゆう》を取《と》り戻《もど》したのか、鼻歌まで歌っている。セリンは手に汗《あせ》を握《にぎ》り、争いの様子を見守っていたため、デュロフがすぐ横まで来ていることに気づけなかった。

「あなたには特別なプレゼントがあります」

パンコが像《ぞう》に殴《なぐ》られ、もともと拳《こぶし》ほどのサイズだった鼻がさらに大きく腫《は》れあがる様子を見ていたセリンは、突然《とつぜん》の声にひどく驚《おどろ》いてしまった。

いつもならプレゼントを断《ことわ》ったりはしないが、今のような状況《じょうきょう》で、それも相手がデュロフとなれば、受け取る気など起きない。しかしデュロフには、セリンの気持ちに配慮《はいりょ》するつもりはなさそうだ。

デュロフの手が内ポケットに入り、ある物をさっと取り出した。

プレゼントにまったく惹《ひ》かれなかったセリンだが、ポケットから出てきたものを見た瞬間《しゅんかん》、思わず手で口をふさいだ。かすかに悲鳴がこぼれた。

「面倒《めんどう》だったので適当《てきとう》にくっつけておきましたが、きちんと動くかは分かりません」

自信のなさそうな言い方とは反対に、デュロフの態度《たいど》は自信に満ちていた。

「ここに、私《わたし》の最後の魔力《まりょく》をすべて注いでさしあげましょう」

デュロフのくちびるが動くと、像《ぞう》は光を放ち大きく膨《ふく》れ上《あ》がった。

「イッシャ……」

しかしセリンには、次の言葉が見つからなかった。

今、石を割《わ》って出てきたものは、セリンの知るイッシャではない。

それは、夢《ゆめ》に出てきそうな、凶暴《きょうぼう》で恐《おそ》ろしい怪獣《かいじゅう》だった。

案内ネコのイッシャ

　イッシャは、つぎはぎだらけで邪悪《じゃあく》な姿《すがた》をしていた。息をするたびに火花が飛び散り、黒い煙《けむり》が出る。たった今、地獄《じごく》から這《は》い上《あ》がってきたかのように熱気を放っていた。

　そんな様相でも、それは間違《まちが》いなくイッシャだった。自分に牙《きば》をむく怪物《かいぶつ》を、セリンはなぜか怖《こわ》いとは感じなかった。代わりに熱い涙《なみだ》がこぼれ落ちる。

「イッシャ、あたしよ。あたしのこと、分かる？」

「グルルルルル」

　デュロフがあきれた様子で笑った。

「イッシャはもう、あなたの知る純粋《じゅんすい》な案内ネコではありません。私《わたし》とともに人間の世界を征《せい》服《ふく》する、最強の武器《ぶき》です」

　デュロフの言葉どおりだった。恐《おそ》ろしげなその姿《すがた》は、わざわざ建物を壊《こわ》したり誰《だれ》かを取って食ったりしなくても、見ただけで誰《だれ》もが逃《に》げ出《だ》しそうなほどだ。

「イッシャ、ごめんね」

しかしセリンはデュロフの言葉が聞こえなかったのか、逃《に》げるどころか、反対に一歩イッシャに近づいた。イッシャはすぐにでも襲《おそ》いかかりそうな勢《いきお》いで、大きくうなった。

「正気を失ったようですね。それがあなたの遺言《ゆいごん》ですか？」

セリンは今度もデュロフの言葉を無視《むし》した。セリンはただイッシャを見つめ、イッシャに近づいていく。

「イッシャ、あたしが悪かった。あなたに言ってはいけない、ひどいことを言ってしまった。でも、あれは本心じゃない。ホントよ。あたしを信じて」

セリンはついにイッシャのそばに立ち、鼻先に手を伸《の》ばした。イッシャはシャーッとセリンを威嚇《いかく》したが、セリンは手を引っこめなかった。

「あたしのせいですごく悲しかったよね。あたしを許《ゆる》さなくてもいい。でも、絶対《ぜったい》に謝《あやま》りたかったの。あなたと一緒《いっしょ》にいた時が、あたしにとって一番幸せだった。気づくのに時間がかかっちゃってごめんね。あたしは、あなたの主人になる資格《しかく》がなかったみたい」

デュロフは待ちきれずに叫《さけ》ぶ。

「何をしている！　そんな役立たずの人間など、さっさと片《かた》づけろ。ここで油を売っているヒマはないんだ。この後、族長を始末したらすぐに人間の世界に向かうぞ。そうしたら、お前を捨《す》てた人間たちに心ゆくまで復讐《ふくしゅう》するがいい」

イッシャは苦しそうに鳴《な》き叫《さけ》んだ。激《はげ》しい咆哮《ほうこう》が響《ひび》きわたる。そばにいたセリンとデュロフはもちろん、離《はな》れた所で戦っているトッケビたちも耳をふさぐほどだった。

ライオンのような雄叫《おたけ》びがやむと、真っすぐ首を伸《の》ばしていたイッシャはうなだれた。そして目に見えていた黒い「気」が抜《ぬ》け始めると同時に、牛ほどの大きさだった体も少しずつ小さくなり、もともとの姿《すがた》である子ネコに戻《もど》った。

「この役立たずめ……」

デュロフは、イッシャから抜《ぬ》け出《で》る魔力《まりょく》が惜《お》しくて黒い煙《けむり》に向けて手を振《ふ》り回《まわ》したが、取《と》り戻《もど》せたのはほんの一部だけだった。

「食べるしか能《のう》のない、バカネコめ！」

デュロフはイッシャを蹴《け》り飛《と》ばす。すると、何とか自分の足で立っていたイッシャは、力なく吹《ふ》き飛《と》び、すみっこに転がってしまった。イッシャは悲鳴すらあげなかった。

「イッシャ！」

セリンは涙《なみだ》をぬぐうより先に、すぐにイッシャに駆《か》け寄《よ》った。

デュロフは、集めた最後の魔力《まりょく》で、割《わ》れた木の板を浮《う》かせた。

「いよいよお別れのあいさつをする時間が来ました」

木の板は空中にふわりと浮《う》かぶと、セリンに狙《ねら》いが定められた。

「私《わたし》がとどめを刺《さ》さずとも、どうせ梅雨《つゆ》が終われば永遠《えいえん》に消えることになるわけですが、あなただけは自分の手で片《かた》づけてさしあげたいですね」

デュロフの手にあった黒い「気」が、木の板に移《うつ》った。

「ではゆっくりお休みください」

木の板は誰《だれ》かが力いっぱい投げたかのように、真っすぐセリンに向かってくる。壁際《かべぎわ》にいたセリンには逃《に》げ場《ば》がなかった。

勝利を確信《かくしん》したデュロフは、最後まで見届《みとど》ける必要はないと考え、くるりと振《ふ》り返《かえ》った。

バンッ！

木の板がぶつかって割《わ》れる音が聞こえたところで、デュロフはこらえていた笑いを爆発《ばくはつ》させた。

「ハハハハハハ」

デュロフがいよいよ向かうのはペントハウスだ。デュロフを邪魔《じゃま》するものはもはや何もない。あたりではまだ戦いが続いているが、勝敗はほぼ決していた。エマの電気のこぎりはすでに歯がボロボロになり、威勢《いせい》がいいのは音だけだ。マタの分厚《ぶあつ》い本は中身が破《やぶ》れ、表紙がペラペラと残っているのみとなった。パンコはメガネが壊《こわ》れてしまい、壁《かべ》にぶつかって気絶《きぜつ》していた。

トリヤは顔を殴《なぐ》られ、青いあざができている。トリヤが大事にしていた紫色《むらさきいろ》の花は、とっくに床《ゆか》に落ちて跡形《あとかた》もなく踏《ふ》みつぶされていた。巨人族《きょじんぞく》のトッケビたちも、すでにほとんどが倒《たお》れ戦闘不能《せんとうふのう》に陥《おちい》っている。もはや奇跡《きせき》など起こりようがなかった。

「これで終わりだな」

デュロフは使いきった魔力《まりょく》を取《と》り戻《もど》すため、虹色《にじいろ》のクスルを持った手を伸《の》ばす。そして力を分《わ》け与《あた》えた像《ぞう》から、黒い力の一部を戻《もど》そうとした瞬間《しゅんかん》だった。

「イッシャは、食べるしか能《のう》のない、バカネコなんかじゃない」

デュロフは耳を疑《うたが》った。その背後《はいご》には、いてはならないものがいた。自分が投じた板に当たって倒《たお》れているはずのセリンが、堂々《どうどう》と立っていたのだ。セリンがいた場所には、きっちり半分に割《わ》れた板が見える。

「一体、なぜ……」

セリンはデュロフの言葉をさえぎって叫《さけ》ぶ。

「イッシャは世界で一番、食べるのが得意《とくい》なネコよ！」

そして、片足《かたあし》を後ろに引き、奇妙《きみょう》な姿勢《しせい》を取った。デュロフが初めて見る姿勢《しせい》だ。

「そして何よりも……」

最後まで言いきる前に、わずかな間があった。

「あたしの大事な友達よ」

セリンはぐるりと後ろを向きながら、デュロフのあごに正確《せいかく》に蹴《け》りを入れた。デュロフは自分に何が当たったのか理解《りかい》できず、当惑《とうわく》した表情《ひょうじょう》のまま一瞬《いっしゅん》だけ宙《ちゅう》に浮《う》き、そして後頭部から倒《たお》れこんだ。無様《ぶざま》にも床《ゆか》に転がったデュロフだが、すぐ立ち上がる。

「いいきしゃま！」

悪いことに前歯が二本も折れたため、発音がおかしくなった。デュロフは荒々《あらあら》しく手を前に出したが、その手には何もなかった。虹色《にじいろ》のクスルは、転倒《てんとう》した時に手から落ちたのだ。クスルは少し離《はな》れた所を転がっており、セリンとデュロフはほぼ同時に、クスルに向かってダッシュする。

デュロフのほうがわずかに早く、デュロフは勝《か》ち誇《ほこ》った表情《ひょうじょう》を浮《う》かべた。しかしクスルをつかんだはずの手には何もなかった。

「イッシャ！」

いつの間にか走ってきたイッシャがクスルを奪《うば》い去《さ》っていったのだ。イッシャはクスルをくわえ、デュロフとセリンを交互《こうご》に見つめている。

「イッシャ、いい子だ」

デュロフは心にもないことを口にしながら、ゆっくりと近づいた。イッシャはクスルをどちらにわたすべきか悩《なや》んでいるようだった。デュロフはウソくさい笑《え》みを浮《う》かべた。

「長年の主人の言うことを聞くんだ、イッシャ。クスルをこちらへ持ってこい」

そのままデュロフは、体を翻《ひるがえ》せば届《とど》くところまでイッシャに近づくことに成功した。デュロフがイッシャに飛びかかろうとする様子を見てセリンは叫《さけ》んだ。

「イッシャ！　クスルを食べちゃいなさい！」

「やめろ！」

二人は同時に叫《さけ》んだが、イッシャはセリンの言葉に従《したが》った。

イッシャのおなかに入ったクスルは、イッシャの口から白い光を放ち始める。そしてイッシャはゆっくりと空中に浮《う》かんだ。虹色《にじいろ》のクスルの持ち主が変わった瞬間《しゅんかん》だった。

爆風《ばくふう》のようなもので後ろに倒《たお》れたデュロフは、強い光に耐《た》えきれず後ろを向いた。

セリンはまぶしいのを我慢《がまん》して、最後までイッシャから目を離《はな》さなかった。

明るすぎてよくは見えなかったが、セリンには、イッシャがお別れのあいさつをしているように思えた。明るい光に包まれてゆっくりと舞《ま》い上《あ》がるイッシャは、光の柱を作りながら雲を通《とお》り抜《ぬ》け、空高く上がっていく。

イッシャが消えた所は、夜でもないのに星のようにキラキラしていた。

それが最後だった。

「転生できたのね」

セリンはイッシャの願いを思い出した。

バタン！

突然《とつぜん》の物音に、セリンは振《ふ》り返《かえ》る。巨人族《きょじんぞく》のトッケビを苦しめていた巨大《きょだい》なクモが倒《たお》れた音だった。それを機に、デュロフの像《ぞう》たちが一つ、二つと崩《くず》れていく。爆風《ばくふう》が通《とお》り過《す》ぎたかのような最上階には、傷《きず》ついて倒《たお》れたトッケビたちと、石のかけらしか残っていなかった。唯一《ゆいいつ》、立っていたのはセリンだけだったが、セリンもすぐに疲《つか》れて座《すわ》りこんでしまった。

その時だった。

決して開くことのなさそうだったペントハウスのドアが、ひとりでに開き始める。

音もなく開いたドアからは大きな何かが姿《すがた》を現《あらわ》した。左右には従者《じゅうしゃ》がいる。

背後《はいご》から光が差しこんでいるため見えるのはシルエットぐらいだったが、かなり年を取っているトッケビであることは、セリンにも分かった。

そしてその正体も、簡単《かんたん》に見当がついた。

宝物殿《ほうもつでん》

「ヤン族長！」

セリンの推測《すいそく》が当たっていたことを教えてくれるかのように、倒《たお》れていたヴェルナが何とか意識《いしき》を取《と》り戻《もど》して叫《さけ》んだ。族長と従者《じゅうしゃ》は、這《は》うようなゆっくりとしたペースでトッケビたちに近づいていく。

セリンはすぐにその理由に気づいた。

ヤン族長はどれほどの年なのだろうか、立っているのもやっとのようだ。シミとシワだらけの顔からは、すでに疲《つか》れの色がありありとうかがえる。

「族長！」

続けて意識《いしき》を取《と》り戻《もど》したトッケビたちが、ひざまずいて族長を迎《むか》える。しかし族長は何歩も歩かないうちに息切れして、立ち止まってしまった。

「族長！　無理をなさってはなりません」

ヴェルナは自分のほうがひどいケガを負っているくせに、族長の体を心配する。族長はやわらかな笑《え》みをたたえ、耳を傾《かたむ》けなければ聞こえなさそうなぐらい小さな声で言った。

「ハーラ　モル　ネル」

セリンには族長の言葉が分からなかったが、「私《わたし》は大丈夫《だいじょうぶ》だ」くらいのことを言ったようだ。

そして族長の手が光り始める。

その手から放たれた光はセリンを包みこみ、ヴェルナを包みこみ、そして倒《たお》れているトッケビたちを包みこんだ。セリンはすぐに体が回復《かいふく》していくのを感じた。二度と立ち上がれなさそうだったヴェルナも残骸《ざんがい》を払《はら》って立ち上がる。

ヴェルナはすぐ族長のそばへ行こうとしたが、その前に、ぶるぶる震《ふる》えているデュロフの後頭部を殴《なぐ》って気絶《きぜつ》させた。そしてヴェルナは、族長の前でひざまずいた。

「申《もう》し訳《わけ》ありません。族長のお手はわずらわせたくなかったのですが、力不足でした」

族長は首を横に振《ふ》る。

「トル　ブ　デルリア」

そう言って、セリンを指差した。

「ベラ　スム　カンタ」

ヴェルナがセリンのほうを見る。

「族長が、あなたに話があるそうよ」

「あたしに？」

セリンは乾《かわ》いたつばを飲みこむ。ヴェルナがうなずいたので、セリンは族長のそばへ近づいた。族長の背《せ》はセリンの二倍ほどはあろうか。顔をじっと見てはいけないような、そんな迫力《はくりょく》があり、セリンは自然と下を向いた。

「ベルエン モハ クトク ジャン ニルハ」

「あなたの願いは何か、ですって」

ヴェルナがすかさず通訳《つうやく》する。

「あたし……」

セリンは少し考えた。それならもう答えは出ている。何度、考えてみても、それ以上のものは思いつかなかった。しばらく閉《と》じていたセリンの口が動く。

「イッシャと同じくらい、あたしを大事にしてくれる人が欲《ほ》しいです」

「ホノ？」

「本当かって」

セリンは何とか勇気を振《ふ》り絞《しぼ》って、族長の目を見てうなずいた。族長は重い体を動かしペントハウスのほうを見る。そして手を差し出すと、あたりが軽く揺《ゆ》れ始めた。

ドドドドッ

ペントハウスの最も奥《おく》にあるもう一つのドアが開く音だった。ドアの向こうは、まばゆいばかりの宝石《ほうせき》や金銀財宝《きんぎんざいほう》でいっぱいだ。そこには、セリンが今まで見てきたクスルよりももっとたくさんのクスルが整然と保管《ほかん》されていた。族長が軽く手を動かすと、その中の一つが磁石《じしゃく》に引かれでもしたかのように飛んできて、族長の手に収《おさ》まった。族長はそのクスルをセリンのてのひらに乗せた。

「これは……」

セリンは何も言えなかった。クスルが不思議だったからでも、クスルが気に入らなかったからでもない。

そのクスルには見覚えがあったからだ。それは、セリンがここに来て最初に不幸の質屋《しちや》に預《あず》けた自分のクスルで、いつも持ち歩いていた花柄《はながら》のハンカチが今もクスルを包みこんでいた。

セリンはクスルから目を離《はな》し、族長を見上げる。族長はすでに、セリンの目が意味するものを理解《りかい》したような表情《ひょうじょう》だった。

「ジャモ ドゥ ラクントゥラ」

「それが、あなたの願ったものだそうよ」

セリンは言葉を失い、ぼんやりと立《た》ち尽《つ》くしてしまった。すると族長がどうにか一歩、セリンに近づいた。族長はクスルに手を乗せ、相変わらずセリンには理解《りかい》できない言葉を短く唱える。

しかし今回は、あえて通訳《つうやく》する必要はなかった。

それはセリンにとって、なじみのある言葉だった。

「ドゥル　エプジュルラ」

◆

ある女性《じょせい》が、食堂《しょくどう》の中で皿洗《さらあら》いをしている。肌《はだ》の感じからは四十代のようだが、白髪《しらが》を染《そ》めていないため、それよりは老《ふ》けて見える。その女性《じょせい》は何か急ぎの用があるのか、腰《こし》を一度も伸《の》ばすことなく、ひたすら食器《しょっき》を洗《あら》っていた。

オーナーらしき年配の男性《だんせい》が入ってくる。

「今日は長女の入学式なんだろ。早く行きなさい」

女性《じょせい》はちょうど最後の皿をすすいでいるところで、それが終わると大急ぎでゴム手袋《てぶくろ》を外した。お礼を言って急いで帰ろうとすると、男性《だんせい》が女性《じょせい》を呼《よ》び止《と》め、白い封筒《ふうとう》を差し出した。

「たいした額《がく》じゃないけど、用意しておいたんだ。ボーナスだと思って、これで靴下《くつした》でも買いなさい」

女性《じょせい》は自分の足元を見た。みすぼらしいサンダルからは、何度もつくろって、また穴《あな》が開いた靴下《くつした》が見える。

女性《じょせい》は強く遠慮《えんりょ》することはせず、お礼の言葉を繰《く》り返《かえ》してから厨房《ちゅうぼう》を出ていった。そして急いでエプロンを外し、バッグを持って出ようとしたところで、店内で働く別の店員とぶつかってしまった。

「ちょっと。気をつけてよ」

女性《じょせい》は自分よりもずっと若《わか》い店員に何度も謝《あやま》り、服についた汚《よご》れをウェットティッシュでぬぐった。汚《よご》れがきれいに落ちたわけではなかったが、ちらりと時計を見て店の外へ飛び出した。

女性《じょせい》が向かったのは、ある高校だ。正門の上に掲《かか》げられた垂《た》れ幕《まく》には「第三十七期　入学式」と書かれている。まだ外されていないほかの垂《た》れ幕《まく》には、卒業生たちが合格《ごうかく》した大学の名前も並《なら》んでいた。垂《た》れ幕《まく》にびっしり書かれているということは、それなりに勉強のできる子が集まる進学校のようである。女性《じょせい》は正門を通りつつ、訳《わけ》もなく身なりを整えた。

学校の前のグラウンドは駐車場《ちゅうしゃじょう》となっていたが、そこにはたまにしか見ることのないような外車や高級車が並《なら》んでいる。車から降《お》りる人はなく、どうやら自分が最後に到着《とうちゃく》した参列者のようだと思った女性《じょせい》は、急いで入学式が行われる講堂《こうどう》へ向かった。

幸い入学式は始まる直前で、だいぶ離《はな》れていたものの、探《さが》している生徒を見つけたようだ。

視線《しせん》の先にいるのは、ショートカットの女子生徒だった。

女性《じょせい》は急いで人混《ひとご》みをかき分けてそばに行こうとしたが、近くから声が聞こえた。

「ご両親は来ないの？」

担任教師《たんにんきょうし》らしき男性《だんせい》が尋《たず》ねる。女子生徒は少しためらってから、うなずいた。

「両親は海外旅行中なんです」

すぐにウソと見抜《みぬ》いたのか、教師《きょうし》はそれ以上、何も聞かず、代わりに女子生徒の肩《かた》をぽんぽんとたたいた。

女性《じょせい》は二人に近寄《ちかよ》れずに立《た》ち尽《つ》くしてしまった。そのうちに、間もなく入学式が始まるとの案内が流れたが、女性《じょせい》は一瞬《いっしゅん》、悩《なや》んだように見えたものの、そのまま外に出ていってしまう。

安っぽいハンドバッグで不自然に隠《かく》していた服の一部には、落としきれないキムチの汁《しる》がにじんでいた。

女性《じょせい》は真っすぐ家には戻《もど》らず、近くの銀行に向かった。

銀行はちょうど客の少ない時間帯で、番号札を取る必要もなかった。窓口《まどぐち》で女性《じょせい》は、靴下《くつした》でも買うようにともらったお金を通帳と一緒《いっしょ》に差し出す。通帳を返してもらった女性《じょせい》の口元に、ようやく満足げな笑《え》みが浮《う》かんだ。

通帳には、丁寧《ていねい》な文字でこう書かれていた。

「セリン　大学の学費《がくひ》」

◆

ここで景色が一変する。

今度は、さっき見た女子生徒と同じ年ごろの少女が、通りにぼんやりと立っている。学生なら当然、学校にいるはずの時間だが、少女は洋品店のショーウィンドウに置かれた制服《せいふく》をガラス越《ご》しにながめていた。その横には、背《せ》はひと回りほど大きいが、かなりやせた同じ年ごろの友達もいる。

「どうしたの？　また学校に行きたくなった？」

やせた友達が風船ガムを膨《ふく》らませながら言う。

「まさか」

少女は鼻で笑ったが、制服《せいふく》から目を離《はな》せずにいた。

「先に行ってて。あたし、ちょっと用事があるの。ところで、その本は何？」

「これ？　来る時に暇《ひま》つぶしに買ったの。最近よく話題になってるから……」

やせた友達は『願いをかなえてくれる島』と書かれた本を少女に差し出す。

「読んでみる?」

「そのうちね」

友達は少女をぼんやりと見ていたが、横断歩道《おうだんほどう》の信号が青になると、そちらに走っていった。

「じゃ、また後で」

少女は軽く手を振《ふ》り、友達が横断歩道《おうだんほどう》をわたったのを確認《かくにん》してから、洋品店に入った。

「いらっしゃいませ」

メジャーを持ってうろうろしていた仕立て屋が、少女にうれしそうに声をかける。感じのいい人特有の、優《やさ》しい雰囲気《ふんいき》を漂《ただよ》わせている。少女のほうも丁寧《ていねい》にあいさつをし、店の中を見回した。たくさんのスーツがきちんと並《なら》べられていて、年老いた主人はにこやかな顔をしている。

「あの……制服《せいふく》を買いたくて」

「そうですか。では、こちらへどうぞ」

仕立て屋は少女を鏡の前に案内して寸法《すんぽう》を測《はか》り、学校の名前を聞いた。少女の答えを聞いて、倉庫に向かった仕立て屋がまた尋《たず》ねる。

「制服《せいふく》に入れるお名前は、どうしますか?」

少女はすぐに答えようとして、言いよどんだ。

「キム・エリン……じゃなくてキム・セリンです」

「ご本人じゃないんですね？」

三十年以上、洋品店をやっていて、仕立ての腕《うで》だけでなく勘《かん》もいいようだ。

「はい、友達にプレゼントするんです」

「ずいぶん仲がいいんですね？」

少女は思い出に浸《ひた》るかのように目を閉《と》じる。仕立て屋は、何か事情《じじょう》があるのだろうと思い、少女を急《せ》かすようなことはせず、ゆっくり待っていてくれた。

少女の答えは、長く考えたわりには短いものだった。

「はい。あたしの一番の仲良しです」

◆

あたりの景色が元に戻《もど》る。しかしセリンは顔を上げることができなかった。あごまで流れた涙《なみだ》が、床《ゆか》にポトポトこぼれ落ちる。

いつの間にか一人、二人とトッケビたちが集まり、セリンを取《と》り囲《かこ》んでいた。トッケビたちはセリンの肩《かた》を優《やさ》しくさすっている。

「そろそろ戻《もど》らないと」

ようやく顔を上げたセリンの目元には、急いで涙《なみだ》を拭《ふ》いた跡《あと》が残っていた。

「みんな、ありがとう」

「お礼なんて。こちらこそありがとう」

エマはセリンの両手を握《にぎ》って言った。

「体に気をつけて」

「ここを守れたのは、ぜんぶセリンのおかげだ」

「ご飯は食べてきちゃったから、今度一緒《いっしょ》に食べよう」

ヴェルナは関係ないことを言うマタの口をふさいだ。

「ここはボロボロになってしまって、しばらくは修理《しゅうり》で忙《いそが》しくなるけど、いつかまた会いましょう」

「じゃあね」

「気をつけて」

「早く行きなさい！」

トッケビたちがセリンに話しかけ、セリンもそれぞれに返事をする。名残《なご》り惜《お》しいけれども、もう時間がない。時計の中にたくさんあった水はどこかに消え、最後の一滴《てき》も蒸発《じょうはつ》してなくなりそうだ。族長はぎりぎりまで待って、最後の一滴《てき》が消える直前にセリンに向かって呪文《じゅもん》を唱えた。

「みんな、バイバイ」

そう言うと同時にセリンの体が光り始めた。

足から消え始めたセリンは、トッケビたちの姿《すがた》を目に焼きつけようと頑張《がんば》った。

そのうちに、深い眠《ねむ》りにつくかのように、ゆっくりと意識《いしき》を失っていった。薄《うす》れゆく意識《いしき》の中で、おぼろげにヴェルナの声が聞こえた。

「族長が、ここを修理《しゅうり》するついでに、名前を『虹《にじ》の商店街』にしようとおっしゃってる。雨が降《ふ》ると現《あらわ》れる『虹《にじ》』のように、苦しい状況《じょうきょう》でも絶対《ぜったい》に希望を忘《わす》れないでいようという意味をこめて、ですって。みんな、いいかしら？」

「はい！」

トッケビたちは声をそろえて答えた。

◆

セリンは静かに目を覚ました。

「もしかしてあたし、夢《ゆめ》を見てた？」

ここへ来た時から、特に変わった様子はないように見える。あたりの景色も、古びた廃屋《はいおく》もそのままだ。ただ、あの時は夜だったが、今は空が明るくなりつつある。

湿気《しっけ》を含《ふく》んだじっとりした風が顔をなでていき、新鮮《しんせん》な空気で胸《むね》が満たされる。

セリンは明け方の空をじっと見ていた。そしてしばらくの間、目を離《はな》せなかった。

明るく晴れた空には、いつにも増《ま》して鮮《あざ》やかな虹《にじ》が出ていたからだ。虹《にじ》に魂《たましい》を奪《うば》われすぎて、手に持っていたものに気づいたのはだいぶ時間が経《た》った後だった。

セリンは手に小さなクスルを握《にぎ》っていた。ダサくて古いハンカチにしっかりと包まれている。

セリンはゆっくりとハンカチの結び目をほどいた。

やはり、最初に預《あず》けたままの、何も入っていないクスルだ。

しかしセリンにがっかりした様子はなく、むしろ世界で一番大切な宝物《たからもの》を手に入れたかのように、ぎゅっと胸《むね》に抱《だ》きしめた。

その間にも空はさらに明るくなる。

そしてガラスのように透明《とうめい》なクスルには、鮮《あざ》やかな虹《にじ》がそのまま映《うつ》りこんでいた。

虹《にじ》

「セリン、しばらく見ない間にずいぶん上達したな」

足蹴《あしげ》りの練習の真っ最中に、通りがかったテコンドーの師範《しはん》が驚《おどろ》きの声を上げる。

「どこかで特別なトレーニングでも受けてきたのか」

「まあ、そんなところです」

セリンは適当《てきとう》に聞き流した。師範《しはん》がしばらくセリンのそばに立っていると、ほかの生徒たちも一人、二人と、セリンに関心を示《しめ》し出《だ》す。その中にはセリンが気になっている男子生徒も含《ふく》まれていた。

「セリン、何か秘密《ひみつ》でもあるのか」

「うん？」

「さっき言ってただろ。どんなトレーニングを受けたんだ？」

「あ……」

セリンは男子生徒の言葉の意味を理解《りかい》して、うろたえる。

「ホントにほかに何かやってるのか？」

「その……実は……」

セリンは適当《てきとう》にごまかそうとしたが、結局、正直に打ち明けた。

「あたし、高い所に住んでるの」

男子生徒は少し考えてから言った。

「いいマンションに住んでるんだな？」

誤解《ごかい》されたと、セリンはすぐに気づいて続けた。

「そうじゃなくて、すごい坂の上に住んでるの。長い階段《かいだん》があって……」

もう少し説明が必要そうだった。

「知ってるでしょ。ほら、再開発《さいかいはつ》が予定されてるエリア……」

「ああ！」

ようやく伝わったようで、男子生徒がうなずく。

「毎日、そこまで上り下りしてて、知らないうちに足が鍛《きた》えられたみたい。たいした秘密《ひみつ》でなくてごめん」

隠《かく》しておきたいことがバレた気分になり、セリンは恥《は》ずかしくてうつむいてしまった。しかしセリンの予想とは異《こと》なり、男子生徒はとても真剣《しんけん》な表情《ひょうじょう》で言う。

「いや、それマジでいい訓練になりそうだ。もしよかったら、教室が終わってから、訓練を兼《か》ねて一緒《いっしょ》に行ってもいい？」

「え？」

セリンは絶対《ぜったい》に自分の聞《き》き間違《まちが》いだと思った。それで聞き返したが、男子生徒は自分の言いたいことだけ言って、その場を離《はな》れた。

「じゃ、後でな！」

セリンはあっけに取られ、しばらく呆然《ぼうぜん》としていた。まるで酔《よ》っ払《ぱら》いのように顔が赤くなり、セリンはあわてて窓《まど》の向こうに視線《しせん》を移《うつ》す。

「あ……」

セリンの口から短いため息が漏《も》れた。

朝から降《ふ》っていてやみそうもなかった激《はげ》しい雨がやみ、いつの間にか黒い雲はなくなっていた。

そして空には、約束でもしてあったかのように、しっかりと虹《にじ》がかかっている。

セリンはふと、「梅雨時《つゆどき》商店街」とそこで出会った友達のことを思い出した。楽しい思い出が頭に浮《う》かんだからか、あるいは男子生徒との約束があるからか、口元がそっと緩《ゆる》んだ。

窓《まど》から入ってくるひと筋《すじ》の日差しがセリンの肩《かた》に降《ふ》り注《そそ》ぐ。

「ただいま」

家では、いつものように母親が針仕事《はりしごと》をしていた。

「セリン、あなた宛《あ》てに宅配《たくはい》が来てるけど、何か分かる？」

母親が靴《くつ》入《い》れの前に大事そうに置かれた箱を指差して尋《たず》ねる。

「あなた宛《あ》てなんだけど、送り主の名前がなくて」

セリンは箱をあちこちからながめる。

「軽いから、服が入ってるんじゃないかと……」

「あ！」

セリンは何か思い出し、分かったふうに答えた。

「たぶん友達が贈《おく》ってくれたものだと思う」

「友達？」

セリンはすでに中身を見たかのように確信《かくしん》に満ちた声で言う。

「うん、一番仲のいい子」

母親はちょっぴり首をかしげたが、針仕事《はりしごと》を続けた。

「うちの娘《むすめ》は、お母さんの知らない友達がたくさんいるのね」

セリンは黙《だま》って笑う。

「待って。ところであれは何？」

母親がルーペグラスをひたいにずらし、セリンに近づいた。

「あれって？」

セリンが母親の視線《しせん》の先にある、開いたままのドアを見ると、ドアの隙間《すきま》からなぜか子ネコが顔を突《つ》き出《だ》していた。

「なんでここに子ネコがいるの？　少し前に、おなかの大きい野良《のら》ネコを見たけど、そのネコが産んだのかしら」

母親のそれっぽい推測《すいそく》に、セリンはマクワウリを与《あた》えたネコのことを思い出した。母親はほうきでネコを追《お》い払《はら》おうとしたが、動きを止めた。

「でも、ずいぶん変わったネコね」

「どこが？」

「ネコなのに動きが犬みたい。ほら、しっぽを振《ふ》ってる。変だと思わない？」

「そうだね」

セリンはネコをじっくり見るのに忙《いそが》しく、適当《てきとう》に答える。

「まあこのコったら。初めて見るのに、セリンにまとわりついてる」

ネコは、靴《くつ》を履《は》いたままのセリンの足を踏《ふ》みつけ、体をすりつけてくる。セリンはそのネコを見てとても喜《よろこ》んだが、すぐに暗い顔になった。

「お母さん、あのさ……このコ、飼《か》っちゃダメだよね？」

絶対《ぜったい》に許可《きょか》が出ないと思っていたセリンだが、母親の答えは意外にも違《ちが》った。

「このネコ？　あなたには大変だと思うけど……。フンの始末はセリンがやるのよ？」

「飼《か》っていいの？　やるやる!!」

セリンがあまりに大きな声を出したため、母親はびっくりして肩《かた》をすくめた。母親は鼓膜《こまく》が破《やぶ》れるところだったとセリンを叱《しか》ったが、セリンの口元は緩《ゆる》みっぱなしだ。

「名前をつけてあげないと……」

「名前はもう決めた」

「もう？　ずいぶん早いこと」

セリンはようやく靴《くつ》を脱《ぬ》いで部屋に入った。そして母親が縫《ぬ》っていた靴下《くつした》の穴《あな》を一緒《いっしょ》につくろい始める。

「お母さん、人生って穴《あな》の開いた靴下《くつした》に似《に》てる気がする」

「セリンったら、ずいぶん大人になったわね？　お母さんにもまだよく分からない人生を知ってるなんて」

母親は、感心半分、からかい半分で言った。

「どうしてそう思うのか教えてくれる？」

セリンは母親に分かるか分からないかくらいの笑《え》みを浮《う》かべて答える。

「穴《あな》の開いたところを大切な人と一緒《いっしょ》につくろっていけるから。そうよね、イッシャ？」

セリンはいつの間にか、宅配《たくはい》の箱に収《おさ》まっているネコを見ながら聞く。名前をつけてもらったばかりのくせに堂々《どうどう》としていて、すでにここは自分の家だと思っているようだ。

イッシャは人間の言葉を理解《りかい》しているかのように、長く鳴いて答えた。

「ニャーーン」

エピローグ

こんばんは。『身の上話を聞かせて』のコーナーです。
今日は匿名《とくめい》の、ある女子高生が送ってくれた「身の上話」です。

はじめまして。
私《わたし》はネコの下僕《げぼく》初心者で
テコンドーのデモンストレーションチームに入るという夢《ゆめ》を持つ女子です。

きっと私《わたし》の投稿《とうこう》なんて選ばれないと思いますが
言いたいことがあって送ります。

うちは貧《まず》しいですが針仕事《はりしごと》だけはすごく上手な母と
離《はな》れて暮《く》らしているけど、心の優《やさ》しい妹がいます。

今まで恥《は》ずかしくて言えなかったけれど
ここでだけでも、大好きだと言いたくて。

私《わたし》は、みんなより遅《おそ》くテコンドーを始めました。
近所の人には、女の子がテコンドーなんて、と言われました。
でも私《わたし》は絶対《ぜったい》にデモンストレーションチームの一員になりたいです。

今はまだまだ実力不足ですが
あきらめなければ、いつかはなれますよね？
そうなったらうれしいです。

こうして書いてみると、何を言っているのか分かりませんね。

私《わたし》にはやっぱり「身の上話」を書く才能《さいのう》がないみたいです。

それでも曲をリクエストします。

何が起きるかなんて分からないから。

追伸《ついしん》　梅雨《つゆ》の間、一緒《いっしょ》に過《す》ごした友達のみんなへ　私《わたし》は元気です。

とてもかわいい方からの「身の上話」でした。家族と友達を大切に思う気持ちが伝わってきますね。

テコンドーを続けたいと書いてくださってますが、夢《ゆめ》を見るのにも好きなことをやるのにも遅《おそ》すぎるということはないみたいです。いつだって、今、この瞬間《しゅんかん》から始められますから。

だから英語で「今」を「present　プレゼント」、贈《おく》り物《もの》というのかもしれません。

では今日の最後のリクエスト曲をお送りします。

『Tomorrow better than today（明日は今日よりいい日になる）』

あとがき

「あなたの小説は本になりません」

昔、出版社《しゅっぱんしゃ》を片《かた》っ端《ぱし》からリストにして、一斉《いっせい》メールでつたない原稿《げんこう》を送り、受け取った返事の冒頭部分《ぼうとうぶぶん》です。その時は胸《むね》がヒリヒリと痛《いた》みましたが、今になって振《ふ》り返《かえ》れば、この言葉には感謝《かんしゃ》するばかりです。それからは、どうすれば自分の書いたものを本にできるのか、いつも悩《なや》み、時間さえあれば書店や図書館をうろうろして過《す》ごしました。

世の中にたくさんあることのうち、なぜ何か書きたいと思ったのか、今もよく分かりません。中学生の時、不良たちによるいじめから逃《のが》れるため、体育館の裏《うら》に隠《かく》れていた時にたまたま手にしていたのが小説だったからでしょうか。あるいは、第一志望《だいいちしぼう》の大学の入試に失敗し、漫《まん》画喫茶《がきっさ》やブックカフェを巡《めぐ》っていたころがとりわけ記憶《きおく》に残っているからでしょうか。もしかすると数年かけて取り組んだ国家試験に落ちて、近所の図書館を避難所《ひなんじょ》としてつらい気持ちをなだめていたからかもしれません。理由は何であれ、私《わたし》は、世の中の人が夢《ゆめ》をあきらめる年ごろに新たな夢《ゆめ》を見始め、書くことは私《わたし》にとって生きる理由となってくれました。

しかし文創科を卒業したわけでもなく、文章の書き方を特に学んだこともなかったため小説を書くのは決して簡単《かんたん》なことではありませんでした。何も考えずに始めた最初のクラウドファンディングでは、まったく関心を引くことができず、自費出版《じひしゅっぱん》した本は一冊《さつ》も売れず、書店からはすべて返品されました。もしかしたらとの気持ちで、いくつか公募《こうぼ》にも挑戦《ちょうせん》しましたが、入賞者《にゅうしょうしゃ》のリストに私《わたし》の名前が載《の》ることは一度もありませんでした。悪いことは重なるもので、本を作ってくれる専門家《せんもんか》を探《さが》しているうちに、貯《た》めていたお金をすべて失ったりもしました。やはり私《わたし》の書いたものは本にならなかったのです。

そして、これが最後だというつもりで挑戦《ちょうせん》した二度目のクラウドファンディングで、初めて感想がアップされたのです。その日は目頭《めがしら》が熱くなり、声も出さずに、どれほど泣いたことでしょう。気落ちしていた私《わたし》に勇気をくれた読者の方々にお返しをしたいという気持ちで、私《わたし》はまた古いノートパソコンの前に座《すわ》りました。そして行《い》き交《か》う地下鉄の中で、行きつけのカフェの片《かた》すみで、下書きノートを広げアイディアを考えました。

何を書いたらいいだろうか。本を閉《と》じた時に、あたたかな余韻《よいん》の残る本があったらいいなと思いました。気軽に楽しく読めて、何かメッセージや感動も詰《つ》まった物語を書きたいと考えたのです。傷《きず》ついた心を癒《いや》し、明日に希望を持たせてくれる話なら言うことはありません。そうして書き上げた小説が『トッケビ梅雨時《つゆどき》商店街』です。

この本のために立ち上げた三度目のクラウドファンディングは、予想より多くの反応《はんのう》をいただけました。途中《とちゅう》で本の製作《せいさく》が思うとおりに進まず、全量を再印刷《さいいんさつ》することになりましたが、支援者《しえんしゃ》の方々が応援《おうえん》のコメントや感想を書いてくださったおかげで、クラウドファンディングを無事に達成することができました。さらには、ずっと断《ことわ》られ続けてきた出版社《しゅっぱんしゃ》とも初めて契《けい》約《やく》を結ぶ運びとなりました。これらの出来事は、私《わたし》にとって生涯忘《しょうがいわす》れられない、大切な思い出となりそうです。

そして正式に出版《しゅっぱん》されるまで、実に多くのサポートをいただきました。

まず、力不足の私《わたし》のことを信じて大金を投じてくださった九百人を超《こ》す支援者《しえんしゃ》の方々、正式に出版《しゅっぱん》される前に、複数《ふくすう》の海外の大手出版社《おおてしゅっぱんしゃ》と版権契約《はんけんけいやく》をしてくださったクレイハウスのユン・ソンフン代表、ガラスのメンタルの持ち主である私《わたし》をいつもあたたかくケアしてくれたキム・デハン編集長《へんしゅうちょう》、製作《せいさく》に尽力《じんりょく》してくださったコンガン・コーポレーションのソン・ヒョンソク代表、皆《みな》さんに感謝《かんしゃ》申し上げます。

また誰《だれ》よりも、何の希望もなかった時期に、私《わたし》が書き続けられるよう励《はげ》ましてくれたセジンという友達にも、感謝《かんしゃ》の言葉をここに残します。

特別な才能《さいのう》もない自分のことをいつも応援《おうえん》してくれました。この物語の背景《はいけい》となる景色は、その友達が話してくれた、前の日に見た夢《ゆめ》が素材《そざい》となっています。おかげでコールセンターと配達の仕事をしながらも、完成まであきらめず、最後の文章にピリオドを打つことができました。

最後に、愛する家族と、この本を読んでくださった読者にも心より感謝《かんしゃ》申し上げます。たとえ外からは見えなくても、私《わたし》たちは皆《みな》、それぞれに悩《なや》み事《ごと》や心配事を抱《かか》えて生きています。この瞬間《しゅんかん》にも、つらい歩みを続けている方がいらっしゃるなら、その方々にわずかでも安らぎや希望のメッセージが伝われればと思います。時に明日さえ見えないことがあっても、この世に一人取り残されたと感じることがあっても、私《わたし》たちは皆《みな》、誰《だれ》かにとって大事な存在《そんざい》であると信じています。たとえ激《はげ》しい雨が降《ふ》る日々が続いても、遠くない未来に輝《かがや》く虹《にじ》が空高く上がることを、手を合わせて祈《いの》っています。

私《わたし》の小説が、貴方《あなた》にとっての光を探《さが》してくれる「虹色《にじいろ》のクスル」になりますように。

ユ・ヨングァン

二〇二三年　夏

ユ・ヨングァン

유영광

大学で経営学と歴史を学ぶ。教育産業、YouTubeのチャンネル運営などさまざまな仕事を経て、生きていくうえで味わった痛みや傷を物語で癒された体験から、作家になることを夢見るように。飲食の配達をするかたわら、隙間時間に地下鉄やカフェで書いた本書を出版するための資金をクラウドファンディングで募ったところ、目標金額の1982%を達成。読者からの熱い支持を得て商業出版されると、たちまち話題を呼んだ。

岩井理子《いわいのりこ》

翻訳者、ワイズ・インフィニティ字幕翻訳講座講師、日本語講師。訳書に『変革の知』(角川新書)、『韓国の外交官が語る世界が見習うべき日本史』(楓書店)、共著に『日本語を活かしてつかむ　中級韓国語のコツ』(白水社)があるほか、字幕翻訳多数。

編集協力　オフィス宮崎

トッケビ梅雨《つゆ》時《どき》商店街《しょうてんがい》

2024年10月22日　初版第1刷発行

著　者／ユ・ヨングァン
訳　者／岩井理子
発行者／吉川廣通
発行所／株式会社静山社
〒102-0073 東京都千代田区九段北1-15-15
電話　03-5210-7221
https://www.sayzansha.com
印刷・製本／中央精版印刷株式会社

ISBN978-4-86389-835-6 Printed in Japan

組版／マーリンクレイン
編集／荻原華林